U0559462

书香迷离

米舒读书小品集

曹正文 著

上海文化出版社

书香迷离你动人
—— 题《米舒读书小品集》
龚心瀚

人生最乐是读书, 米舒老家在姑苏。
自幼好读古诗文, 及长笔耕不胜数。
长夜小窗辨真伪, 青灯红烛品千古。
好书多情胜挚友, 妙笔逸趣见新绿。
沉迷清气书千卷, 陶醉墨香茶一壶。
谈武论侠义为先, 蛛丝蚂迹拨迷雾。
昔日逆稿费思量, 今朝新作多满足。
书香迷离你动人, 更惜寸阴不虚度。

二〇二三年六月十八日
于金山亭林镇意蜀苑

（作者系中共中央宣传部原副部长）

[目 录]

序 言

贾树枚

《书香迷离》是曹正文出版的第77本书。我与正文认识，大约在1987年，当时我调任上海新闻出版局，他正在执编"读书乐"，因书结缘，已三十多年了。

曹正文的这些著作，题材丰富，体裁多样，既有散文小品、名人访谈、文学游记，也有武侠评论、历史小说、侦探史话、杂文随感，篇幅达1300多万字。如果加上他主编的120多部书稿，那就接近200部了。

历数古今中外著名作家，很少有人在一生中能完成这样大的工作量。想想看，中国古代四大名著《红楼梦》《三国演义》《西游记》《水浒传》加起来也不过360多万字。当然两者质量难以比较，但从数量而言，可看出正文在写作上很勤奋，很努力。

曹正文是苏州人。中国自隋唐科举取士以来，全国共出过596位文状元，其中苏州有45位，占7.55%，居全国各城市之首，而苏州当时人口只占全国的1%。清朝的科举考试是全国统一命题，苏州出了26位状元，占全国114位中的22.81%。苏州地灵人杰，朋友笑称，曹正文传承天地之灵气，是名副其实的苏州才子。

但正文并不认可这种说法。他在《书香迷离》这本书中回顾了自己的成长经历，他小时候有许多爱好，父亲是银行高级职员，妈妈是会计，对培养自己独生儿子可谓尽心尽力。凡是儿子感兴趣的事，母亲总是千方百计满足儿子的心愿。正文喜欢绘画，母亲就带他到哈定、刘海粟的画室，请名师指点，并临摹《芥子园画谱》；正文喜欢乐器，母亲给他买了口琴、二胡、手风琴；正文迷恋评弹，母亲送他去一家私人弹奏班学三弦，后又改学月琴；还请专业人士辅导唱歌，因其五音不全，知难而退。学绘画、面塑、音乐花了不少功夫，均未修成正果。

　　少年人有诸多爱好，他作过无数次尝试，又都放弃了。正文最后选择了书籍——读书、淘书、藏书、写书、编书、捐书，是他一生中无法割舍的爱好，为之付出一生的心血。

　　早在刚刚识字的童年，他就将父母给他买早点省下的钱到路边书摊租借连环画阅读。母亲尊重他的爱好，鼓励他买书、读书。正文每逢周日，必去老城隍庙、旧书店淘书，初中毕业时，他书架上已有近200册藏书。参加工作后，他把自己大部分工资用来买书，1995年，他以16000多册藏书（包括近千册名家签名本），被评为上海十大民间藏书家之一。每到晚上，他就辞谢一切社交活动，闭门读书写作，几十年雷打不动。

　　20世纪60年代末，他初中毕业后在一家马铁厂当翻砂整理工，一炉铸件整理结束后有半小时休息时间，他便把《唐诗三百首》带去，一个人躲在车间角落里念唐诗，独自品味读诗的乐趣。不料只快乐了三天，班长就找他谈话："是'封资修'吧？今后勿带到厂里来，免得被没收。"书不能带了，但唐诗还想读，他就把一首首唐诗写在小纸条上，藏在手心里阅读、背诵。多年后，他考进《新民晚报》当记者，一位当年的工友见面时笑着对他说："看来你当年背唐诗的功夫真的没白费呢。"

　　爱读书的人大多喜欢写作，正文亦如此，但这条路走得也很不顺当。他早在比乐中学读初二时就开始给报刊投稿，在70年代的三年中连投了48

篇,都被退回,有点沮丧,母亲鼓励他坚持下去。直到1973年4月19日,《解放日报》发表了他写的一首儿歌《打虎》,他跑到附近一家邮局,把当天零售的《解放日报》全买了下来,营业员大为惊诧,问:"今天发生了什么大事?"曹正文按捺住激动的心情说:"没什么大事,是我个人的重要日子。"

儿歌《打虎》只有12句,发表时有8句被修改过。此后,他的投稿仍旧一篇篇被退回,直到他从写诗文转向写历史评论,采用率才高起来。他曾把投出的稿件,将第一页与第二页黏在一起,但退回来时依旧如此。他下定决心,倘若自己有朝一日能当编辑,一定要认真处理每一篇来稿。

1981年,曹正文考入《新民晚报》当了记者,从1986年起主编"读书乐"专刊,深受读者欢迎。领导识拔他,他依旧愿意当一个普通编辑,独立执编"读书乐"专刊22年。因为他有早年投稿屡投屡退的经历,他特别重视从众多来稿者中发现好稿,并主动与外地作者联系。22年中他先后写了1000多篇答读者问,在读者中有较大影响,1993年被评为上海市第一届韬奋新闻奖获得者。

正文沉湎书海,几十年在书中探寻史实真相:皇帝诞生于秦朝,为何第一位皇后却出现在西汉?屡战屡败的刘邦何以能战胜兵强马壮的项羽?西汉相国萧何晚年为什么低价强买民宅自污?司马迁惨遭宫刑的真正原因何在?荣登九卿之位的造纸发明家蔡伦为何要自杀?东昏侯萧宝卷做了多少荒唐事?初唐名将李靖怎么会在文学作品中变身成"托塔天王"?写出"须知盘中餐,粒粒皆辛苦"的李绅为何遭遇褒贬不一的定论?刘𬤇为何要开创"阉人之国"?文理兼通的沈括为何死后竟无人肯写墓志铭?唐末农民领袖黄巢死因之谜?《金瓶梅》作者到底是谁?清朝第一汉臣张廷玉晚年辞官为何如此艰难?掌控太平军权力第一的杨秀清何以不堪一击?杨乃武冤案怎么会真相大白?作者都有精辟详尽的阐述与分析。

杜甫说:"读书破万卷,下笔如有神。"曹正文为了编著《中国侠文化史》和《世界侦探小说史略》,先后阅读了500多本中国武侠小说和300多本外国侦探小说。他家中的16500本藏书,他精读了三分之二。

他还以"读万卷书,行万里路"视作人生的乐事,先后去69个国家旅游考察,写出了《我走过的88个城市》《无边风月之旅》《开心万里行》《行走亚洲二十国》《行走欧洲三十六国》《要玩,就去日本吧》七部游记作品。

生也无涯,知也有涯。曹正文除热衷读书和旅游,还虚心向前辈和专家学习。他青年时代拜复旦大学中文系教授章培恒为师,在章培恒指导下读文史,学写历史小说,出版了以"安史之乱"为背景的历史小说《浴血睢阳》。进入《新民晚报》后,他拜老报人冯英子为师,学写新闻和评论。上海文史大家蒋星煜见多识广,文采风流,在50年写作生涯中,曹正文自觉受蒋星煜文字风格影响最大。2015年春节前,66岁的曹正文拜访96岁的蒋星煜,提出了拜师的想法,蒋先生开玩笑说:"我韩国的女学生吴秀卿(韩国汉阳大学教授)上个月来看我,给我磕了头。"曹正文听出蒋先生有收徒的意思,赶紧跪下向蒋先生磕了三个头,拜蒋先生为师。蒋先生喃喃地说:"你喜欢写历史小说和文史小品,与我蛮相像的。"

《书香迷离》收入与读书有关的短文近百篇,分为八个部分,前七个部分主要是对古代书海中珍闻轶事的考证与阐述,对文史、武侠、侦探与传统戏曲的评点,颇有新鲜的史料与可读性。第八部分"烟云往事"是作者人生道路的缩影,读来倍感亲切,对年轻读者更有启迪和教益。

2023年6月11日

(作者系上海市委宣传部原副部长)

壹

觅趣 开卷

【书香迷离】

古代书市趣谈

今天的上海，每年有书展，这种爱书的传统最早出现于西汉的"长安书市"。

据《庄子·天下》载："惠施多方，其书五车"，因文字记于竹简，竹简分量重，一本书装几辆车，不足为奇。最早的私家藏书，发生在春秋战国时期。但自秦朝至西汉初，书籍归皇帝、官家所用，私人藏书是违法的。至汉惠帝刘盈时，才取消了禁书令，私人可以写书，民间允许藏书。好书者开始"大收篇籍"。

至汉武帝时，刘彻采纳董仲舒之谏议，广开献书之路，建立国家藏书机构，并发起了第一次向民间征书活动。在朝廷的倡导下，书贩开始活跃起来。在长安城东南的太学一带，有人贩书，有人买书，那里有一片繁茂的槐树林，故长安书市又称"槐市"，逢初一、十五最为热闹。据《三辅黄图》载："诸生朔望会此市，各持其郡所出货物及经书传记、笙磬乐器，相与买卖，雍容揖让，或议论槐下。"这是中国书市街最早的雏型。

至汉成帝执政时，他第二次发起征书活动，命著名学者刘向与其子刘歆整理编辑了中国历史上最早的图书分类目录学《别录》。公元四年，宰相王莽在长安街扩建了太学，让太学生在"槐市"买卖经传书籍、乐器与家乡土特产，买卖项目增多，书市渐显热闹。《后汉书》中也记载王充逛书肆："常游洛阳市肆，阅所卖书，一见辄能诵忆，遂博通众流百家之言。"

北宋雕版技术推广，促进了东京开封相国寺附近的图书市场，"殿后资圣门前，皆书籍、玩好、图画及土物、香药之类"。在《清明上河图》上也可找到书坊。而在福建建安（今建阳）县麻沙镇有条书坊街，由于此地造纸业发达，当地居民多以刻版印书为业，麻沙镇便成为北宋最大的刻书中心，有儒家经典、诸子史籍、农桑巨书、唱本尺牍、小说演义等，麻沙镇南则有"书林"。北宋当时拥有三大书市，除了建阳，临安与成都也声名显赫。尤以临安佟贵经营的"荣六郎书铺"名头最大。佟贵选用上好梨木印刻，宋体悦目，行格疏朗，生意日益兴隆，

>古代书市　　　　　　　　　　　　　>纪晓岚以淘书为乐

临安书市客贩大多以此进货。"荣六郎书籍铺刻本"一时享誉东京。唐宋诗词、话本小说和杂剧南戏之类书籍皆在书市内流传买卖，促进了临安的文化交流。

　　明代为了编《永乐大典》，广泛向民间征求各类图书，朝廷以国子监、司礼监主持刻书，明代私人藏书之风更盛，其中以范钦与毛晋最为有名。朱棣迁都南京后，明代书市街也从北方移向江南，在南京三山街一带有世德堂、继志斋等书坊。南京书市街一处在夫子庙，一处在花牌楼。夫子庙面对秦淮河，是文人雅士的读书怡情之地，先后出现了文林山房、天禄阁、瀛州书馆、宏文书店等三十余家书肆，"擅名文献，刻本之多，巨帙类书，咸为萃焉。"

　　康乾时，买书与卖书的风气亦盛，清代北京有三处书市街最为有名：一为慈仁寺书摊区，二为隆福寺书肆街，三为琉璃厂书肆街，有诗记之："华灯九陌挂春风，独弄廊下觅尚书。"纪晓岚为编纂《四库全书》经常带了文人雅士去琉璃厂搜淘古籍，"日费数十金"，以淘到好书为大乐。而崇文门外东磨厂的"老二酉堂""宝文堂"书局刊印易于流传的《三字经》《百家姓》及戏曲、鼓曲唱本，也颇受平民百姓的喜爱。这些书市街除了出售古旧图书，还经营书画、碑帖、古玩。当时书店的门面都不大，经入则曲折纵横，几层书架，窗明几净，买书者浏览读书，恣无拘束，而卖书者则和颜悦色，令读书人欣欣然也。这种风俗一直维系到20世纪40年代，鲁迅、罗振玉、朱自清、郑振铎都曾在那里淘到不少好书。

话说古人手抄本

> 古代流行手抄本

在印刷术尚未发明前，手抄本是主流的文化传播方式。

中国最早的文字刻在甲骨上，故曰甲骨文。后写在竹简上，一片长一两米的竹简可写三四十字。一部书稿要上千片竹简，《孙子兵法》《六韬》《尉缭子》《晏子》《易经》都刻于竹简上。汉武帝时，东方朔给皇帝写奏折，竟用了3000多片竹简，刘彻花了两个月时间才读完。

战国时也有将文字写在丝织品上，称为帛书，但丝织品很昂贵，一般人用不起，只有皇帝颁布的圣旨才写在帛书上。西汉早期已有人用树皮、破布造纸，但造出来的纸很粗糙，不能写字，只能用来包装东西。至东汉汉和帝时，中常侍蔡伦知邓太后喜舞文弄墨，便用渔网、麻头造纸，经过分离、打浆、抄造和干燥四个步骤，使纸的质量大为提高，可供人书写。

古代读书人有了纸，写作自然方便了，但书籍还不易流传，读书人为了读到更多好书，应运而生了弥足珍贵的手抄本。

晋代道学家葛洪自幼家贫，他在农耕之余四出借书，东家借几册，西家借几册，好不容易才凑齐一部书。为了及时归还，就在夜间抄书，在纸上写得密密麻麻，写完正面，再写反面。经过多年努力，"抄《五经》《史》《汉》、百家之言、方伎杂事三百一十卷，《金匮药方》一百卷，《肘后要急方》四卷"，其手抄本凝聚了葛洪一生的心血。

唐代以后，雕版书籍在书市占据主要地位，北宋布衣毕昇又发明了活字印刷技术。书的印刷大大方便了读书人，但手抄本仍然有活跃的空间，一是手抄快速；二是手抄便宜。当时一些学子只对某些书的某些精彩部分有兴趣，于是以抄书为业，精美的手抄本也更适于欣赏与收藏。明代学者李诩回忆道："余少时学举子业，并无刊本窗稿，有书贾在利考朋友家往来，抄得灯窗下课数十篇，每篇誊写二三十纸，到余家塾，拣其几篇，每篇酬钱或二文或三文。"李诩自述他考举人前，读的全是手抄本，没见过印刷版的教辅书。

有意思的是，中国古代藏书家都视枯燥乏味的抄书工作为乐事，手抄本也成为历代藏书的重要组成部分。在范钦的"天一阁"、祁承爜的"澹生堂"、钱谦益的"绛云楼"中，都有罕见的手抄本。黄宗羲的藏书楼取名"续钞堂"，缘于不少版本是由他亲自抄录的。

为了抄书，清代诗人朱彝尊还有"美贬"与"雅赚"之名。前一事指他因偷抄史馆藏书而被贬官，后一事讲他获悉钱谦益的"绛云楼"中有不少珍贵的藏书，钱谦益的侄孙钱曾轻易不肯将藏书公之于众，朱彝尊便举宴请江左名士，把钱曾也请了来。然后用黄金、裘衣贿赂钱曾的侍人，请了10个人入藏书密室抄书，此举引起了当时士人的议论纷纷。

古代的手抄本因书家用毛笔抄写，颇有收藏价值。在明清两朝，民间私下流传十大小说手抄本，这10本小说讲男欢女爱的市井风俗小说，抄写者皆是有名的才子与士人，如沈三白的《锦绣衣》、袁枚的《海上花魅影》、高濂的《山水情》、吕天成的《双和欢》、沈德符的《玉支肌》、李渔的《锦香亭》、纪晓岚的《雨花香》、文震亨的《春消息》、田芝衡的《人间乐》与杨慎的《归莲梦》。这些作者或才情横溢，或学识渊博，皆不拘于礼义，喜标新立异，又将民间流传的版本在抄写中给予文字润色，于是形成明清时十大私人手抄本。古典名著《红楼梦》最初就是以手抄本形式而流传的，在法国巴黎拍卖会上曾高价成交一部明代嘉靖年间的《永乐大典》手抄本，价格不菲。

由于古籍手抄本，是用中国毛笔抄录，因中国书法以其独特的字体与气韵，有特殊的审美价值，已成为世界收藏门类中的一个"新宠"。

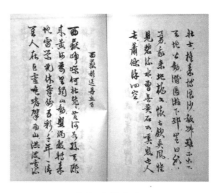

> 古代手抄本之二

斋名与书联

锦沁楼

正文先生属
陈立夫
[印]

> 陈立夫题的斋名

古人读书，本无斋名。后人见其读书史迹，乃取其名，如老子著书处，孔子弦歌台，屈原读书洞。司马相如当年在蜀中有一读书窟，唐明皇因"安史之乱"入川，慕相如之文名，乃将此窟敕名为"长卿石室"。私家斋名，始于西汉扬雄，他将读书笔耕室取名"玄斋"。

魏晋南北朝文人的斋名别有趣味，如《三国志》作者陈寿的书斋取名为"万卷楼"，指他撰《三国志》时参考了许多书籍。陶渊明作《归去来兮辞》，其书斋乃名"归去来馆"。《文心雕龙》作者刘勰以"校经楼"为其书斋室名。

唐宋时代的读书人，将其斋号取得各有其妙，如陈子昂的"读书台"、王维的"竹里馆"、杜甫的"浣花溪草堂"、薛涛的"吟诗楼"、白居易的"庐山草堂"、刘禹锡的"陋室"、李渤的"白鹿洞"。

至宋朝，欧阳修有"非非堂"、王安石有"昭文斋"、曾巩有"南轩"、沈括有"梦溪园"、李清照有"归来堂"、陆游有"老学庵"、黄庭坚有"滴翠轩"、范成大有"石湖别墅"、朱熹有"达观轩"等。

元明清的书斋较有名的有赵孟𫖯的"松雪斋"、王冕的"梅花屋"、徐文长的"青藤书屋"、王世贞的"尔雅楼"、范钦的"天一阁"、李渔的"芥子园"、钱谦益的"绛云楼"、蒲松龄的"聊斋"、张岱的"陶庵"、惠周惕的"红豆书屋"等，各有其妙。

由此可见，古人斋名，往往以楼、堂、馆、阁、洞、庐、苑、轩、室、庄、亭、房、庵、舍、巢、窝、屋、居、榭、园为名，配上主人的字号、嗜好、性情、行踪及志向的有关文字，中国读书人斋名之风雅，实在妙不可言。

有了斋名，文人还喜欢在书房中挂一副有关书的对联。于是出现了许多妙趣横生又意味深长的书联。

第一类对联与书有关，言简意明。如"开卷有益，闭户自精""卧游神州，坐拥书城""无欲最乐，有书极佳""读万卷书，行万里路""书中乾坤大，笔下天地宽""观书悟昨非，挥笔知今是""书山有路勤为径，学海无涯苦作舟"。这一类对联大多以哲语见胜，也可作自勉之句。

第二类书联，文字间荡漾诗情画意。如"读书不求甚解，鼓琴足以自娱""书似青山常相忆，灯如红豆最相思""漫研竹露裁唐句，细嚼梅花读汉书""千古文章书卷里，百花消息雨声中""文至蕉叶书犹绿，吟到梅花句亦香""明月有情常照我，清风无事乱翻书"。这类对联以虚见实，以景抒情，文词精美，情景交融，联中皆嵌有书香文字，如配上名家笔墨，更让人心旷神怡。

好的书联，千古流传，如颜真卿的"黑发不知勤学早，白首方悔读书迟"、楼大防的"门前莫约频来客，座上同观未见书"、石蕴玉的"精神到处文章老，学问深时意气平"、郑成功的"养心莫若寡欲，至乐无如读书"、纪晓岚的"书似青山常乱叠，灯如红豆最相思"、姚文田的"世上几百年旧家无非积德，天下第一件好事还是读书"、顾宪成的"风声雨声读书声，声声入耳；家事国事天下事，事事关心"。

对联之巧，古人喜用回文联与叠字联添趣，有人游西湖，出了个上联："僧过大佛寺"，即有人对之："寺佛大过僧"。由此还有两副妙联："客上天然居，居然天上客""僧游云隐寺，寺隐云游僧"。可见连环回文之妙，对得十分讨巧。再如叠字联："水水山山，处处明明秀秀；晴晴雨雨，时时好好奇奇"。还有一联，上联叠事，下联叠人，"不生事不怕事自然无事；能爱人能恶人方是正人"。寓含哲理，意味深长。

> 张晓明以作者名字题的嵌名联

科举取士与唐代诗人

> 杨坚

以科举取人才，始于隋朝。隋朝之前，各地方自搞一个察举制度，比如汉朝地方官实行考察标准，一是孝廉，将孝顺和廉洁的人推选出来；二是茂才，即才华出众的人。但这种察举标准由地方官和少数人自己掌握，曹丕又搞了一个为豪门士族后代开后门的选拔制度。因此隋文帝杨坚统一天下后，他为了使各地人才脱颖而出，采取了科举取士的方法。

公元587年，文帝定制，每州每岁贡士三人，州县保荐贡士的标准是文章华美者。公元599年，隋文帝以志行修谨（有德）、清平干济（有才）两科取士。这个制度到了其子隋炀帝杨广执政时，又有了发展。公元607年定十科取士，其中有"文才秀美"一科，即进士科，提倡文人以诗赋文章获取功名。

开科取士制度在唐朝被传承巩固下来。唐太宗李世民规定学士和乡贡接受吏部考试，科目有秀才、明经、俊士、进士、明法、明算六科。其中明经与进士两科，为考生们所热衷。明经科主要考帖经，背诵儒家经典；进士科主要考诗赋，由于诗赋的形式活泼，考生可自由发挥，显示自己的才华。当时不少名人也往往从进士登第而入仕途。故而，尽管明经科取士是十人中取一二，进士科取士是百人中取一二，但考生仍然拥向进士科考场。

隋唐推行科举取人才，这是中国封建社会选拔人才制度的一大进步。隋唐之前，取舍人才，往往由君主和一些官僚凭其个人好恶为标准。三国时的魏文帝曹丕实行九品中正制，保护士族子弟的特权。相比之下，隋唐的科举制，客观上对开创清平的政治文化局面是有利的，也使不少出身门第清寒的文人得以脱颖而出。

唐代许多诗人就以登进士第而显露才华。如元稹15岁就明经擢第，王勃

16岁进士及第，王维和柳宗元是21岁，韩愈和李商隐是25岁，杜牧是26岁，白居易是29岁，岑参是30岁，孟郊和杜荀鹤则是46岁。其他如陈子昂、王昌龄、刘禹锡、韦庄皆为进士出身。除了这些有才华的诗人的出现，朝野注重真才实学、轻视门第的好风气也在唐代盛行起来。这是唐朝国家兴盛的一个标志。

科举取士能否把天下有才华、有能力的人一网打尽呢？显然不能。我们可以举出许多才华横溢的诗人和文学家未中进士。如骆宾王、孟浩然、高适、李白、杜甫、韦应物、李贺、陆龟蒙、罗隐，等等。其中杜甫是两试落第，陆龟蒙是屡试不中，罗隐考了十多次，皆铩羽而归，史称"十上不第"。李贺因名讳而失去考试资格，李白、高适、孟浩然则从未进过考场。但他们的诗赋文章却在当时不少进士出身的文人之上。

由此可见，考试举士是对任人唯亲用人制度的否定，在历史上的进步作用是不容忽视的。但并非说科举取才是唯一选拔贤能的好办法。考试可以考出真才实学，但有真才实学的人不一定在某次考试中一定独占鳌头。如北宋诗人梅圣俞（即梅尧臣），当时"语诗者必求之圣俞"，而他却"累举进士，辄抑于有司"。明代文学家徐文长在当时"声名藉甚"，"然数奇，屡试辄蹶"。幸亏慧眼识真才的欧阳修、袁宏道并没有因为梅、徐不是进士而贬低他们的文学成就。

再以中举的唐代诗人作一分析，我们不难发现，元稹、柳宗元、韩愈等人的才华并非表现在考场上。在《全唐诗》名篇中，除白居易的"野火烧不尽，春风吹又生"，钱起的"曲终人不见，江上数峰青"与祖咏的《终南望余雪》等个别诗篇是应试之作，绝大多数的唐诗精品，是诗人们经历了坎坷的生活之路才写出来的。科举取士，也有其局限性。

＞古代考生在考场

＞揭榜之日

古人著作集名

今人读古人著作集名，会遇到一些困惑，其实古人著作集名也有一些规律可寻。

古人著作集名的由来，往往有以下几种规律来取名。一是以作者本名作集名，如《诸葛亮集》《杜审言集》；二是以作者的字或别号作集名，如曹植字子建，有《曹子建集》，唐人王绩别号东皋子，有《东皋子集》；三是以作者籍贯或出生地作集名，如唐人张九龄为曲江人，其集名为《曲江集》，柳宗元祖籍河东郡，其著为《河东先生集》，王安石生于临川县，其著为《临川集》；四是以作者曾经居住过的某地为集名，如唐人杜牧在樊川建别墅，集名为《樊川文集》；五是以作者的封号、谥号作集名，如谢灵运袭封康乐公，其集名为《谢康乐集》，司马光封温国公，谥文正，集名为《温国文正司马公集》；六是以作者的官衔作集名，这有两种情况，第一种以作者成名时的官衔或创作诗文最旺盛时的官衔为集名，第二种以作者一生中任职最高的官衔为集名，如杜甫曾任检校工部员外郎，故有《杜工部诗集》，王维曾任尚书右丞，有《王右丞集》，唐人韦应物曾先后在苏州与江州任刺史，但他偏爱苏州，在苏州作诗较多，其集名为《韦苏州集》；七是以成书年代作集名，如唐人白居易与元稹的

> 司马光文集

> 元稹文集

诗文集编于唐穆宗长庆年间，白居易有《白氏长庆集》、元稹有《元氏长庆集》；八是以作者的室名、书斋名为集名，古代文人将自己读书、藏书之所，大多以堂、室、斋、居、轩、亭、庵、馆、楼、阁为名，明代戏剧家汤显祖有玉茗堂，集名为《玉茗堂全集》，清代诗人袁枚有随园，集名《随园诗话》。除以上几种，还有一些作者的文集，渗透了作者个人的特点，比如唐人皮日休编的一本诗集，他自认为文稿繁如薮泽，故取名《皮子文薮》。

> 袁枚

　　了解古人集名的一些规律，我们就可以从容地查阅古籍，从书名索引中找到自己需要查阅的有关书籍。至于同书异名现象，这是一个作者以两种方法编集子，宋人张耒有《张右史文集》，此以官衔命集；因张耒号柯山，又名《柯山集》；张耒晚年居陈州宛丘，故其集名又名《宛邱集》。还有一些古人著作，同书异名，比如汉人刘向在整理古籍时发现《战国策》有六个不同的书名，或曰《国事》，或曰《短长》，或曰《事语》，或曰《修书》……他最后审定为《战国策》。曹雪芹撰《红楼梦》就先后用过五个书名：《风月宝鉴》《金陵十二钗》《石头记》《情僧录》……最后才定为《红楼梦》。

　　此外，一些名人名气大，如宋人朱熹有《朱文公文集》，因为他是南宋大儒，此集又名《朱子大全》。这些基本知识，对初涉古籍的书友都很有必要了解。

　　关于古籍的版本，还需了解一下珍本、抄本与孤本。珍本是难得一见的珍贵书籍，或极有价值的古旧图书资料，从版本学上说是"珍本"。抄本，即手抄本，现存最早的抄本是西晋元康六年写的佛经残卷。孤本是某书的旧拓本或未刊刻的手稿本，如现存世界最早的印刷品我国唐代雕版印刷的《金刚般若波罗蜜经》孤本。

　　此外，还有影印本、套印本、百衲本、原本、副本、别本、节本、洁本的讲究。史书的种类则分正史、野史、稗史等。另有轶事、佚文、掌故之分。为文章成书籍作序，早在春秋战国时已有先例，但当时"序"放在文章最后，到了两晋南北朝时，"序"才移至文章之前。而放在文章最后的是"跋"，叙述该书的内容或作补充说明，一般由作者自写，也称后记，两者内容大致相仿。

漫话四大书院

> 岳麓书院

  中国古代书院是封建社会特有的教育组织和学术研究机构。书院设山长,由他主管教育学,也兼管院务。古代书院有官办与私办之分。官办书院由地方官聘请山长,私办书院则自聘山长,但需报官署备案。

  书院最早出现于唐玄宗执政期间,在东都洛阳紫微城出现了丽正书院,"聚文学之士"。后来又出现了集贤书院。这两家书院当时名气都不大,但毕竟是官办的书院,为后来兴起私办书院,起到了作用。

  丽正书院与集贤书院开始为"修书之地"(见袁枚《随园随笔》),后来成为收藏、校勘和整理图书的机构。至宋朝,宋太祖赵匡胤倡文教,他认为一个国家处于礼乐文明的笼罩之下,就不会出现五代十国的乱象了。宋代书院作为一种教育制度的正式形成和确立,书院以教育生徒(学生)为主,以传道授"业"为目的。宋代书院与寺院有较密切的关系,因寺院大多建于秀丽风景的名山之上,寺院成为禅宗佛教徒静心读书之所在,此与书院的性质实有相通之处。

  关于中国古代的"四大书院",历来有三种说法。清代学者王应麟在《玉海》中撰及当时科举考试所需的各类知识,其中以白鹿洞、岳麓、应天府、石鼓为"宋初四书院"。但也有人说"四大书院"的石鼓书院,应改为嵩山书院,因后者名气更大。晚清学者全祖望则认为《玉海》中的"四大书院"是指北宋四大书院,南宋也有四大书院,即白鹿洞、岳麓、丽泽、象山书院。

> 朱熹

这三种说法，都肯定了白鹿洞与岳麓这两大书院，这无疑在书院中是最负盛名的。白鹿洞书院，位于江西境内的庐山五老峰下，唐人李渤、李涉兄弟隐居庐山，养白鹿自娱，后为高雅人士读书之地，宋初扩大为书院，后遭兵火。南宋淳熙六年，朱熹重建院寺，在此讲学。岳麓书院，位于湖南岳麓山东面山下，为北宋开宝九年潭州太守朱洞所建，南宋张栻、朱熹在此讲学，从学者千余人，甚为壮观。应天府书院在河南商丘附近，嵩山书院在河南登封县城北面，石鼓书院在湖南石鼓山上。

北宋大中祥符二年，宋真宗正式赐额为"应天府书院"，是为州县兴学之始，由于名士晏殊、范仲淹等人的加入，使应天府书院（原名睢阳学会）成为北宋官办影响最大的书院，也是学术文化交流与教育中心。

两宋之交，岳麓书院惨遭战火洗劫而被毁。乾道元年重建，张栻主教，朱熹来访，开书院会讲之先河。元承宋制，书院办学继续，后元兵攻破长沙，岳麓书院被付之一炬，岳麓书院在激战中被再次毁坏。清康熙七年，重建书院，吴三桂攻长沙，书院又被毁，乾隆九年重建，太平军攻长沙，岳麓书院受战火毁坏，"书院毁半"，岳麓书院可谓久经磨难。

白鹿洞书院在元末曾毁于战火，清康熙时重建。嵩山书院在北宋末年毁过一次，清康熙时重建。全国著名的书院还有茅山书院、徂徕书院等。

古代传统的书院，最早的功能是教学、藏书和祭祀。一所书院，仿佛一个大家庭，教师与学生亲密往来，构成了一个具有高度凝聚力的学术生活共同体。在战乱与资源匮乏的岁月中，书院为众多学士切磋琢磨与相互砥砺，提供了一个温暖的港湾与感情依托之所在。古代士大夫将"立德、立功、立言"视为三不朽，先生的传道与学生们各抒己见的学术交流，也成为历代书院在千年历史长河中闪烁着耀眼的光彩。

> 古代书院一景

古代小品文之妙

　　中国的小品文，是散文的形式之一，由于其题材包容宽广与体裁的自由，寓言、尺牍、游记、序跋、日记、辞赋等文体俱在其内。小品文的溯源最早要追溯到先秦诸子百家之作，周作人晚年曾把孔子《论语》中的语录也认定有小品文的意味。

　　"小品"一词，始见晋代《世说新语》："殷中军读《小品》，下二百签，皆是精微。"又见佛经《辨空经》云："详者为大品，略者为小品。"小品普遍应用于文学，亦是明代后期的产物。袁中道曾总结道："不知率尔无意之作，更是神情所寄……炙人口而快人目。班、马作史，妙得此法。今东坡之可爱者，多其小文小说。"此文道出了古代小品文的妙处，诙谐幽默，富有趣味，并倡导开创了一种灵动鲜活、真情洋溢的文体。

　　六朝小品文中，首推陶渊明的《五柳先生传》与《与子严等疏》，前者是文笔风趣的自传文，后者是给五个儿子的疏札，虽是训诫之文，但如叙家常，亲切入目，有遗嘱的庄重色彩，实在妙极！其他如刘伶的《酒德赋》、诸葛亮的《诫子书》、王羲之的《兰亭集序》、谢灵运的《山居赋序》、陶弘景的《答谢中书书》，皆为小品文名篇。

　　唐宋古文运动，无疑推动了中国小品文的发展，韩愈的《题李生壁》、柳宗元的《临江之麋》、刘禹锡的《陋室铭》、欧阳修的《卖油翁》《冯道和凝》、苏舜钦的《沧浪亭记》、周敦颐的《爱莲说》、曾巩的《墨池记》、王安石的《伤仲永》、苏轼的《记承天寺夜游》

> 历代小品大观

《日喻》、黄庭坚的《书幽芳亭记》等，皆文字精简，寓意深刻，让人浮想联翩。

但古代小品文鼎盛时期应发端于明朝。明代初期已有刘基的《卖柑者言》、方孝孺的《蚊对》、归有光的《项脊轩志》，至袁宏道、张岱、祁彪佳出手，晚明小品佳作迭现，张岱的《陶庵梦忆》《西湖梦寻》的序文与《二十四桥风月》《赏心亭香雪》《西湖七月半》《柳敬亭说书》及祁彪佳的《水明廊》《踏香堤》《芙蓉渡》和吴从先的《赏心乐事》问世，晚明小品文佳作蔚为壮观也。

> 张岱

清代小品亦出手不凡，李渔、蒲松龄、金圣叹、张潮、郑板桥、袁枚、龚自珍、俞樾、林琴南等一大批小品文大家的先后崛起，令清代小品文也大有与晚明小品文一试高下的热闹情形。

古代小品文之妙，一在于它的精而短；二在于其体裁、风格的多样性；三是古代小品文的文学性与艺术审美价值甚高。发展至现代，便诞生了林语堂、周作人、梁实秋的舒雅抒情小品和鲁迅的讽刺小品，这两派小品究其源头，亦脱胎于中国古代小品文。舒雅小品文以王羲之、陶渊明、袁宏道、张岱、吴从先、李渔、袁枚为主，他们的小品行文雅致、文字轻逸、绘声绘色、舒展大方。而讽刺小品则由庄子为鼻祖，他以写故事来讽刺世人，如《齐物论·朝三暮四》《列御寇·舐痔》《应帝王·浑沌凿窍》，孟子的《齐人一妻一妾》也是讽刺妙文。讽刺小品第一个高潮产生于晚唐，罗隐写了《谗书》，皮日休写了《皮子文薮》，陆龟蒙写了《笠泽丛书》。至明清，宋濂写《龙门子凝道记》，刘基写《棘人舞猴》《卖柑者言》，徐渭写《抄代集小序》《答张太史》，李贽写《答友人书》《张氏雀鼠》，纪晓岚写《某公表里》，龚自珍写《病梅馆记》及俞樾写《高帽》，构思巧妙，文字精简，读来忍俊不禁，皆有讽刺意味之妙。鲁迅后来谈到新文学领域的文学作品，他认为散文小品成就最高，在小说、戏剧、文学评论之上。恐怕事实也确实如此。

话本与小说

　　小说，最早见于《庄子》：“饰小说以干县令，其于大达亦远矣。”之后，桓谭在《新论》中指出小说类似一种杂记。“小说”第三次出现在班固《汉书·艺文志》中，他将小说家与儒家、道家、墨家、兵家、农家、纵横家等三教九流并列。他对小说的定义是“街谈巷议、道听途说者所造”，含有虚构的成分。魏晋小说主要指玄怪小说，唐代称之传奇，宋元时称为话本。

　　所谓话本，指说书人讲故事所依据的底本，又称“说话”，师徒之间以“说话”传承其技艺。最早的“说话”在隋唐时出现，唐代敦煌变文里已有“话本”一词。但话本作为一种演技出现，则始于北宋。据《东京梦华录》记载，汴京的“瓦肆”(综合游艺场)设有各种艺人演出的“勾栏”(最早的戏院)，说书人在此向观众们献艺。他们讲烟粉、灵怪、传奇、公案、朴刀杆棒之类故事大受欢迎。至明清时，话本小说内容更为丰富。《水浒》《三国》《西游记》便是先有话本，后有文本。冯梦龙编撰的“三言”也是从民间传说与说书舞台上看到而记录、加工而成。可见，中国古典白话小说最早源于“话本”，其中分为“小说”、“讲史”、“说话”、“合生”四种，以“小说”、“讲史”为主要方式。“小说”以短篇为主，讲前人故事与民间传说；“讲史”则根据历史记载而讲，如宋代有《五代史平话》《大宋宣和遗事》《全相平话五种》，明清时则有《三国》《水浒》《隋唐》《岳传》等。

　　由于要吸引观众，“话本小说”一定是故事委婉曲折，带有悬念与传奇情节，在说书人代代传承的基础上，话本中的人物，开始精心塑造，并突出其人物个性与有独特的开相与描述，由此逐步提高了话本艺术的精致与魅力。同时在说书过程中插入有趣的异闻或离奇的传说，以曲折生动、脉络清晰的情节引人入胜，并增添了浓郁的市井生活气息。这种叙事模式对中国近现代小说的发展奠定了基础。

鲁迅曾对宋元话本给予高度评价："实在是小说史上的一大变迁"。在宋元话本的基础上，明代出现了两位白话短篇小说大家，即冯梦龙与凌濛初，他们编撰的"三言""二拍"堪称中国古代白话短篇小说之翘首。冯梦龙在"三言"中有《碾玉观音》《错斩崔宁》《闹樊楼多情周胜仙》《十五贯戏言成巧祸》等名篇，唐伯虎、白素贞、杜十娘等家喻户晓的人物也出自"三言"中。冯梦龙编撰的"三言"基本运用白话，故事通俗、情节生动，塑造的女性形象尤为成功。凌濛初编纂的白话短篇小说"二拍"，虽多取材于《太平广记》《夷坚志》旧籍，但他在继承宋元"话本"艺术的基础上，在叙事结构、叙事布局、叙事视角等作了创新与提高。"二拍"中的"韵散结合"文体与人物内心的细腻刻画，使话本小说逐渐演变为中国古典短篇小说之精品。

　　最早进入欧洲文坛的中国古典小说，是姑苏抱瓮老人编选的《今古奇观》。这本明代拟话本选集，便是从"三言"、"二拍"中挑选出来的短篇白话小说。

史官实录之不易

最早的史书由史官所撰，最早的史官即"造字圣人"仓颉。在夏、商、周时，史官负责记录当时君王的一言一行。至春秋时，又分大史、小史、内史、外史、左史、右史，分工极细，最出名的便是齐国权臣崔杼杀史官的记载。

齐大臣崔杼因拥立太子光有功，太子光当上齐庄公，对其十分看重。崔杼看中了棠公的遗孀东郭美，他不顾两家是近亲，强娶东郭美为继室，生有一子。不料东郭美是个姿色美艳而又举止轻浮的女子，她又吸引了齐庄公，齐庄公与其眉来眼去，两人如胶似漆。齐庄公一次竟将崔杼的一顶帽子赐给其侍从，公然污辱崔杼。崔杼忍不住了，就趁齐庄公来其家时，命众家丁将齐庄公杀死。随后，崔杼拥立了齐庄公异母之弟为齐景公。

崔杼杀齐庄公，不想让此事被史官记录下来，留下千古骂名。他就把太史（即大史）伯请来，要他把齐庄公之死，记为暴病而亡。

太史伯不慌不忙拿出竹简刻道："夏五月乙亥，崔杼弑其君。"崔杼大怒，杀太史伯。召其二弟太史仲说："你哥哥不听我命令，已被杀，你若不听命，就是这个下场。"

太史仲在竹简上刻字："夏五月乙亥，崔杼弑其君。"崔杼又大怒，杀太史仲。

崔杼召其三弟太史叔，太史叔在威胁后仍然刻其字。崔杼气疯了，又杀太史叔，招其最小的弟弟太史季，太史季年纪虽小，仍不畏死，坚持实录。崔杼见状，无奈只得作罢。太史季出门，一位史官南史氏正准备前赴后继秉笔直书。可见古代史官的正直和勇气，何等宝贵！

春秋后，历代有史官，他们记载君王起居，故有《禁中起居注》。汉武帝置太史令，有司马谈，后由其子司马迁继任。唐代设史馆，由宰相为监修。房玄龄、魏徵、刘知几、吴兢、韩愈、杜牧都参与史馆工作。宋代有国史院、实录院、起注院与日历所。元有翰林兼国史院，明清两代都以翰林院掌史事。不过

> 崔杼杀齐景公　　　　　　　> 古代史官秉笔直书

封建社会越到后期，做个正直史官的考验越严峻。

历代正直的史官都敢于记录真实的历史，春秋时伯、仲、叔、季前赴后继，司马迁为实录项、刘之争，受宫刑而忍辱坚持完成《史记》。李世民发动"玄武门之变"，杀了兄李建成与弟李元吉，怕史官褚遂良记载于书，便要翻看实录，褚遂良坚决不同意。房玄龄后接替，唐太宗又提出要看，房玄龄同意了，李世民看完，只说"删去浮词，直书其事"，很大度将历史真实保留了下来。据《贞观政要》记载，唐太宗对大臣言道："我每天上早朝时，都要考虑自己说话是否合乎百姓利益，所以不敢多说。"宋太祖赵匡胤是武人出身，一日在御花园内用弹弓打麻雀，侍御史张蔼因事启奏，赵匡胤边玩边听，张蔼便批评皇帝，赵匡胤一怒，用斧柄击其面门，张蔼掉了两颗牙齿，他把两颗牙齿拾起，赵匡胤怒问："卿要告我吗？"张蔼答："臣不能讼陛下，自当有史官书之。"赵匡胤慌忙向张蔼道歉，送他很多财物，这件事仍记于司马光的《涑水纪闻》。

至明清两朝，虽仍有《起居注》，但很多记事经历了修改和歪曲。燕王朱棣举兵攻陷北京，为了证明自己继位的合法性，让史官对以前的明史记载进行重写，丑化其兄原太子朱标和建文帝朱允炆，并命史官美化自己。由于朱棣诛杀方孝孺十族的惨烈之举，引起文人恐慌与胆怯，史官在高压下只能按其意志而修改。清代乾隆时编修《四库全书》，向民间征集各类图书，并下旨："如藏有悖逆之书，趁机献出，不怪罪藏书之人。""秘而不献者，将严加定罪。"并向藏书者保证："征书只为编纂所需，待抄录完毕即如数归还。"但实际上乾隆对3100种图书"尽行销毁，杜遏邪言"。

秉笔直书的史官在中国历史上是多么不易。

贰

史海
钩沉

【书香迷离】

中国第一任皇后吕雉

> 中国第一个皇后吕雉

中国第一个一统天下的嬴政，认为自己"德高三皇，功过五帝"。他把"皇"与"帝"合称，为始皇帝。

秦始皇在位37年中，拥有佳丽无数，却没册封一位妃子为皇后。据查，一是他忙于统一各国货币、文字与度量衡，修筑万里长城，又四次出巡；二是源于他对其母赵姬的蔑视，赵姬系吕不韦家之小妾，因其姿色出众，能歌善舞，席间被嬴政之父异人看中。吕不韦玉成其事，又在其精心安排下，让异人认安国君宠妃华阳夫人为母，改名子楚。安国君后登位，即秦孝文王，立子楚为太子。秦孝文王卒，子楚当上秦庄襄王，赵姬为王后。秦庄襄王卒，嬴政13岁即位，赵姬为太后。因她不甘寂寞，与假太监嫪毐生了两个儿子。嬴政22岁亲政，将嫪毐车裂，摔死两个"弟弟"，把母亲赵姬幽禁。嬴政幼子胡亥篡位后，也没封后。

在《二十四史》中，每个国家都有自己的历史书，连南北朝小国也有《齐书》《陈书》，但秦王朝既没有《秦书》，也没有《秦史》，这在中国历史上始终是个谜，只有司马迁在《史记》中对秦始皇及胡亥有简略记载。

秦王朝有皇帝没有皇后，取而代之的西汉王朝，刘邦成了汉高祖，其妻吕雉就成了中国古代第一个皇后。

吕雉字娥姁，今山东单县人。吕雉是当地的大家闺秀，性格刚毅。她父亲吕公一次乔迁之喜，请来众多宾客，其中有沛县亭长刘邦。刘邦填上贺礼"贺钱一万"，其实并没有交钱，吕公不悦，但他仔细打量刘邦，发现此人气宇不凡，便想把20岁的吕雉嫁给已35岁的刘邦。吕公的妻子吕媪很生气，但勉强允应了。

吕雉嫁给刘邦后，才知丈夫好交际。常戴一顶竹帽在外闲逛，大话说得很牛，其父刘煓斥其为无赖。吕雉干农桑活，孝顺公婆，又养了一儿（汉惠帝刘盈）与一女（鲁元公主）。后来刘邦押解囚犯至芒砀山，囚犯逃走，刘邦也亡命在外，不敢回家。吕雉与儿女幸有审食其陪伴侍候。

刘邦起兵造反，被项羽封为汉王，刘邦其父刘煓与吕雉携儿女欲归，途中被楚军俘虏，幸得审食其百般照顾。直到楚汉议和，吕雉率子女返回，当时刘邦身边已有美貌的宠妃戚夫人。她知刘邦欲立戚夫人之子刘如意为太子，只因周昌、叔孙通等大臣坚决反对"废长立幼"，刘邦虽未成功，但心属幼子。

吕雉心思周密，知张良计谋高超，便让其兄吕释之劫持张良，逼其献计。张良说"商山四皓"威信极高，吕雉赶紧备了厚礼，请"商山四皓"陪儿子刘盈去见刘邦。刘邦知四人心意，"废长立幼"只得作罢，当晚告之戚夫人，戚夫人失声痛哭不已。

汉高祖战败项羽后，吕雉为了巩固权势，利用萧何，诱杀第一功臣韩信，诛三族。梁王彭越在流放前见到吕雉，托她求情。吕雉一口应允，将他带回咸阳，她说："放彭越走，似放虎归山。"在她劝说下，刘邦将彭越剁成肉酱，将肉酱分给各诸侯王，众将吓得面无土色。

刘邦死后，刘盈即位，吕雉将刘邦宠幸的妃子一一囚禁。戚夫人剃去头发，颈束铁圈，做舂米苦役。戚夫人泣曰："子为王，母为虏，终日舂薄暮，常与死为伍！相离三千里，当谁使告汝？"吕雉闻之大怒，杀赵王刘如意，刘盈几次保护未能成功。吕雉又将戚夫人斩

> 汉初三大名将之一的彭越

去双手双脚,薰聋双耳,挖掉双目,强喂哑药让她说不出话来,放在茅厕中陈列,称之"人彘"。吕雉带汉惠帝刘盈去看,刘盈见之惊恐万状,失声痛哭:"此非人所为,太后如此,儿无法治理天下。"惊骇而不理朝政。从此,吕雉大权独揽,萧何卒后,曹参"萧规曹随",曹参死后为王陵。

汉惠帝七年,刘盈忧郁病死,吕雉干哭而无泪。刘邦的几个儿子淮阳王刘友、梁王刘恢、楚王刘交、齐悼惠王刘肥不是被杀就是被迫远离京城。王陵因反对吕雉大封诸吕为王,告病回家。主管朝政的是右丞相陈平,陈平朝夕饮酒,不问政事,佯为自保。

吕雉先后封吕氏家族十几人为王为侯,当时汉少帝刘恭已稍懂事,知其生母被吕雉所杀,便出口怨言,扬言长大要报仇。吕雉暗中杀了他,立常山王刘义为帝,改名刘弘。

公元前180年,吕雉病危,命侄子吕禄为上将军,统领北军,吕产统领南军,后任相国。但好景不长,刘氏集团与吕氏集团矛盾激化,陈平、周勃内中响应,终于诛杀诸吕,吕氏男女"无少长皆斩之"。吕氏集团消灭后,大臣迎接代王刘恒即位,是为汉文帝。

萧何晚年战战兢兢

> 萧何

　　萧何(？—前193)，沛郡丰邑(今江苏徐州)人。他年轻时任沛县主吏掾，掌管过人事，当过狱吏。萧何擅长交际，喜好结交三教九流，如狱吏曹参、屠夫樊哙、吹鼓手周勃、车夫夏侯婴……其中刘邦长得器宇轩昂，放荡不羁。曾犯法，萧何庇护了他，两人遂成莫逆。

　　陈胜、吴广首先起义，刘邦与萧何、曹参等人起兵攻占县城，萧何想推刘邦为县令，刘邦不肯。萧何把县中很有威望的10个人写在纸上，让刘邦抓阄，刘邦拆开一看，正是自己的名字。其实，萧何当时在10张纸条上都写了刘邦。

　　刘邦起兵后南征北战，萧何一直负责招纳人马、管理粮草。刘邦兵发咸阳，秦王子婴杀了赵高，开门投诚。刘邦率军队先入咸阳，将士们见宫殿巍峨，商市繁华，美女成群，纷纷动手强抢，刘邦更是走进胡亥寝宫飘飘然起来。而萧何一进咸阳，便急奔御史府，将秦朝户籍、地形、法令等图书档案一一清查，为今后制定法令找到了根据，众人无不佩服。

　　当时兵强马壮的是项羽，他占有梁楚东部九郡，自立为西楚霸王，并将刘邦赶到巴蜀之地。刘邦憋气想与项羽决一死战，萧何等人极力劝阻，刘邦这才听从，入蜀广招人才。

　　当时，韩信在项羽部下，未得重用。他转投刘邦，刘邦也瞧不起韩信，让他管理粮草。萧何偶然与韩信一谈，发现他是不可多得的帅才，多次向刘邦

> 韩信

举荐,刘邦始终不用。韩信一气之下不辞而别,萧何发觉后当即策马追赶,终于以诚意把韩信追回汉营。

在萧何的努力下,韩信官拜大将军。在楚汉之争中,韩信率军渡陈仓,战荥阳,从屡战屡败到连战连胜,终于在垓下设十面埋伏,一举歼灭项羽全军,为建立汉王朝立下头功。

萧何坐镇关中,保障粮饷,安抚百姓,恢复生产,让百姓自行推荐年过五十、有德行、能做表率的人为"三老",并免徭役,教化民众。萧何办事精明,施政有方,稳固了后方。后来咸阳改名为长安,皇城城内的最早规划与设计者便是萧何。

刘邦平定天下后,论攻城拔寨,韩信之功应为第一,曹参、樊哙、周勃也战功赫赫,但刘邦却让萧何排首座。刘邦的理由是自己军队好几次全军溃败,全靠萧何派出后援部队来补充;在缺少粮草时,也是萧何在汉军危急中保证了供需。其实萧何位列众臣之首,是刘邦知道萧何手头无一兵一卒,又是宽厚长者,众人皆服。韩信诸王却被刘邦剥夺了兵权。

韩信被杀后,萧何在封邑晋爵之日,众宾客齐道贺。唯有门客召平素衣进来吊丧。萧何见状发怒,召平却说:"公勿喜乐,从此后患无穷。"据召平分析,刘邦此人唯我独尊又喜怒无常,他原来潜在的对手是韩信,如今韩信一除,唯有萧何了。今派500名士兵保护相国,其实是监视萧何的一言一行,萧何顿时惊出一身冷汗。

萧何听召平之言,用低价强行购买百姓土地房屋,价值几千万,令民众愤而控告萧何。刘邦闻之大喜,把百姓告状信公之于众:"卿堂堂相国居然向百姓渔利!"萧何自污,刘邦十分高兴,继尔放心。萧何后因刘邦要扩大上林苑行打猎之快,上奏劝阻,刘邦大发雷霆,他将萧何拘禁,戴上刑具,关进牢房。当时有位姓王的卫尉直言道:"相国若有异心,他留守在关中便可变异,今日陛下疑相国有私,恐怕不至于吧?"刘邦听了虽不愉快,但最终还是赦萧何出狱。萧何出狱后,上殿谢恩,刘邦见他蓬头赤足,污秽不堪,便说:"你为百姓说话,为民请愿,是贤明的相国;我要扩大花园作乐,不过是像桀、纣一样的君主。"一番话说得萧何战战兢兢、胆战心惊。

萧何临终前一直生活在唯唯喏喏、提心吊胆之中,卒年约64岁。

班固因何死于狱中

> 班固

　　班固（公元32—92），字孟坚，陕西咸阳人。他生于儒学世家，其父班彪、伯父班嗣皆东汉学者。班固9岁能作文，16岁入太学，博览群书，打好了扎实的文史根基。

　　其父班彪好斟酌前史，作《史记后传》60余篇。他死后，年仅23岁的班固在此文基础上撰写《汉书》。不料永平五年，班固遭人诬告私改国史，书稿被查抄，班固下狱。幸其弟班超是西汉名将，他从边疆飞马返家辩冤。此举获汉明帝重视，他听了班超讲其父其兄几十年修史之艰辛，又读了书稿，对班固才华颇为赏识，遂召班固任校书郎，拜兰台令史，允许他浏览皇家图书。

　　班固从此奉旨修史，这是他人生的一大转折。他修史再也不用担惊受怕，还可借用各种官家藏书记载。而后继位的汉章帝对经学文章尤感兴趣，班固擅长辞赋经学，颇获青睐。班固虽一小官，但汉章帝与大臣商讨议事，总让班固列席，汉章帝出外巡行，班固陪同随行。班固虽春风得意，才华显露，但心中仍很郁闷。他此时年届四十，仍未得以升迁，他便模仿东方朔的问答形式，写了一篇《答宾戏》，抒发了文人的苦闷，又鼓励自己坚定志向。此赋获汉章帝赞赏，将班固提升为玄武司马。

　　作为一名皇家史官，班固参加当时讲论五经的白虎观群儒大会，他记录整理了《白虎通义》,还系统评价了"两司马"(司马相如、司马迁)的文学成就,班固的四句排列文学样式,成为四六句的雏形。

至建初七年,50岁的班固完成了《汉书》。此书历时二十余年,从汉高祖起,至王莽被杀,十二帝王,共230年。《汉书》成书后,引起轰动,各方学者争相阅读,班固也成了人所皆知的著名学者。但他获取荣誉的同时,仍自觉官卑职小,这也成为了他的心病。他57岁时,10岁的汉和帝即位,由三十未到的窦太后临朝,具体掌控大权归侍中窦宪。

由于班、窦两家历史渊源很深,班超与窦宪皆为西汉骁将。窦宪领军欲灭匈奴,58岁的班固求进心切,主动投到窦宪麾下,任护军。窦宪击败匈奴,班固作《封燕然山铭》歌颂。后又入窦宪幕府,主持笔墨之事。撰写《窦将军北征颂》,成为窦宪身旁的红人。

窦宪因平定匈奴威名大盛,朝臣进退,皆由他一人决定,刺史、守令出其门下,尚书仆射郑寿、乐恢等大臣被迫自尽。

永元四年,窦宪私欲膨胀,欲密谋不轨,事泄被革职,被逼自尽。班固并不知窦宪密谋之事,但因与窦宪关系密切,受株连而免职。洛阳县令种兢与班固有宿怨,班固因教育家奴不严,洛阳县令种兢的车骑出行,与班固的家奴发生冲突。官吏训责,家奴大骂,种兢大怒而因班固是窦宪之红人而不敢发作。这次窦宪事发,累及班固,种兢乘机借窦宪案对班固罗织罪名。班固被捕入狱,不久死于狱中,卒年61岁。汉和帝后为其平反,将害死班固的狱吏处以死罪。一件小事,竟害了大史学家班固一条性命,惜哉!

班固开创了纪传体断代史的体例,《汉书》亦为官方修史第一部。其书行文严谨规范,正史中的"地理志"系《汉书》首创,书内还保存中国最早的一部图书目录。并记载了西域50多个国家或民族的历史,成为珍贵历史资料。

天文学家张衡的后裔张辅认为班固所记有失,一是记事应简约,司马迁叙3000年历史,只用50万字,班固叙200年事却用80万字。对于中等微小之事司马迁不记,班固却详述;二是良史记事,应对善行鼓励、对恶行监诫。《史记》记载历史接近真实,班固因奉旨撰史,很难对史实作出公正评价。

但班固修史苦心,仍为后人佩服,论其所失,盖因班固热衷于官位。他完成《汉书》后已声名卓著,因不甘寂寞,依附窦宪而遭致横祸,此乃其所失也。

卖官皇帝刘宏

> 汉灵帝刘宏

东汉永康元年冬,汉桓帝刘志驾崩,因其无子,皇后窦妙之父窦武想找个年幼的皇帝便于控制。几经选择,挑中了汉章帝刘炟玄孙刘宏。

12岁的刘宏(157—189)成为东汉第十二位皇帝,由大将军窦武与太傅陈蕃辅政。当时外戚大臣与宦官争权十分激烈,陈蕃起用被贬的士人,并与窦武密谋铲除宦官。不料消息泄露,太监王甫、曹节抢先下手,窦武、陈蕃被杀,窦太后被打入冷宫。

这场政治风波之后,刘宏完全信赖和依靠中常侍王甫、曹节,后又让太监张让、赵忠管理天下,他口称"张常侍乃我父,赵常侍乃我母"。刘宏在位21年,是汉朝宦官人数最多、权势最大的时期。刘宏也成为中国历史上第一个尊太监为父母的皇帝。

刘宏虽是皇族,但从小未居深宅大院,对民间集市买卖大有兴趣。他把治理朝政大权交付太监,自己在宫内开辟了"宫中市",建了好多商业街,街上有各式店家、商铺、酒楼、摊贩,让宫女、太监扮成商人与购物的游客,另有卖唱的、耍猴的、打拳的……刘宏混迹其中,不亦乐乎。刘宏除了热衷于做买卖,还在皇宫西园修建了上千间"裸泳馆",让后宫美艳女子陪其裸游,供他随时淫乐。如此荒淫奢侈的生活,需要大量黄金白银,刘宏从买卖交易中联想到自己掌控天下百官的任命之权,何不做卖官交易?

刘宏想,历朝有卖官鬻爵记载,秦始皇遇蝗灾,向富户征粮:"捐粮换爵位",汉景帝发布"犯罪者捐粮赎罪"。他觉得目前实行"举孝廉,集民望"推举制,给大臣与地方官员从中赚差价、捞好处,不如由他亲自来明码标价,制定官员升迁价格。地方官比朝官价格高一倍,各地县官根据其所处位置不同而标价不一。卖官价格居然是官吏年收入的上千倍。虽标价很高,但买官的人仍然络绎不绝,有些热门的官职,还需托关系,走门路,才能买到,这就促使做官者必须向下扣克捞钱。各级官吏升迁,也按价纳钱。

汉灵帝刘宏是中国历史上第一个卖官鬻爵,将卖官公开化、制度化的皇帝。"三公"(司徒、太尉与御史大夫)也不例外。当时功劳卓著、声望很高的张温、段类登上三公之位,先向汉灵帝交足了买官的钱,才得以升迁。《资治通鉴》记载:"张温等虽有功勤名誉,然皆行输贷财,乃登公位。"在刘宏看来,一个人要做官,无论你有多大能力与声望,交钱才是首位。凡晋升、调迁的新官都必须先支付三分之一或四分之一的官位标价。而这笔钱相当于做官者25年以上的合法收入。如此卖官制度,岂能使官员不贪虐盘剥百姓?

在卖官中发生多则荒谬笑话。北方名门望族崔烈想当司徒,花了五百万钱买官,在宫廷举行仪式时,刘宏驾临,见崔烈春风得意的样子,便对一旁的太监嘟哝:"这个官卖亏了,应该标价一千万。"太监谄媚曰:"崔公是冀州名士,他都认可陛下的卖官行为,正好给朝廷做个宣传,以后皇上卖官就名正言顺了。"刘宏这才转恼为喜。崔烈回家问儿子崔钧:"吾居三公,于议者如何?"崔钧直言相告:"论者嫌其铜臭。"这便是"铜臭"二字的出典。为了捞取更多钱财,刘宏还搞过类似拍卖的卖官闹剧,对一些热门的官职进行竞价叫卖,出高价的人才能中标上任,这让热衷做买卖的刘宏感到相当过瘾。由于汉灵帝不亦乐乎地连年卖官,谁出得起钱,不管你人品、学识如何,都可以做官。上行下效,致使贪官酷吏丛生。他们盘剥百姓,榨取买官的钱财,导致整个社会恶性循环,忍无可忍的百姓在各地奋起反抗,农民起义先后发生数十起,最终导致"黄巾起义"大爆发。

卖官皇帝刘宏于中平六年卒,终年33岁。

王献之只因太英俊

> 王献之

王献之（344—386），字子敬，小名官奴。祖籍琅玡临沂（今山东临沂市），生于会稽，是"书圣"王羲之的第七个儿子。

他自幼聪颖好学，才华过人，随其父王羲之练习书法。7岁时他正在写字，王羲之悄悄至其身后，突然去抽儿子手中的笔，竟没抽掉，王羲之夸道："此儿后当复有大名！"

王献之10岁那年，他的书法小有声誉，便有点骄傲，其父却不赞他，对儿子说："你的字要站得稳，有骨架，须把这几缸水写完。"

王献之又苦练了5年，自以为字写得很不错了。他写了一个"大"字，让父亲王羲之点评，王羲之便在"大"字下点了一点。王献之不明其义，便把"太"字让母亲评点，其母仔细端详后说："唯有这一点似你父亲。"王献之大为自惭，从此日夜苦练，并认真学习各种书道艺术，兼收并蓄。王献之终于成为当时著名的书法家，与其父合称"二王"。

王献之相貌堂堂且举止儒雅，21岁娶了表姐郗道茂。郗道茂系东晋太尉郗鉴之孙女，王、郗两家早就指腹为媒，且两人从小青梅竹马，亲密无间，婚后十分恩爱。美丽贤淑的郗道茂是有名的才女，为王献之生一女儿，名玉润，可惜玉润幼年夭折，郗氏并未再孕。王献之对此倒不介意，与妻子吟诗唱和，绘画写字，游山玩水，夫妇感情如胶似漆，日子过得不亦乐乎！

王献之长相清秀俊逸，举止潇洒自如，又极富才情，被当时誉为"风流为一时之冠"，这样的美男子便引出了平地风波。

简文帝司马昱的第三个女儿新安公主司马道福，早就倾慕王献之，她因有婚约，只好嫁给大将军桓温之子桓济。后来，桓济欲篡兵权被贬，新安公主

> 王献之的父亲王羲之在兰亭喝酒吟诗　　> 王献之书法

乘机离婚，并央求父亲将自己许配给王献之。简文帝感到很为难，王献之有家室，皇帝女儿又不能作小妾。但女儿一再坚持，非王献之不嫁。

简文帝在女儿司马道福作天作地、软磨硬泡之下，没办法，便找王献之，说自己女儿十分爱慕他，自己也想招他为婿。王献之闻之蹙眉，回到家中想了很久，决定选择自残，用艾草烧伤了自己一只脚，以跛足为由来推辞这门婚事。不料司马道福从小娇纵惯了，她的人生从没被拒绝过，于是铁定了心，当即表态：哪怕王献之两条腿都瘸了，自己也非嫁他不可。

在权力的强压下，王献之只得与十分恩爱的妻子分手，并不得已迎娶了金枝玉叶、如花似玉的新安公主。这位刁蛮任性的公主相貌也很娇丽，婚后一直很喜欢王献之，但王献之心中却放不下郗道茂，他知道她离婚后一直未嫁，不由在《思恋帖》上写道："思恋，无往不至。省告，对之悲塞！未知何日复得奉见，何以喻此心！惟愿尽珍重理。迟此信反，复知动静。"在另一《奉对帖》亦表达了此意。总之，王献之一直旧情未忘。

郁郁寡欢的郗道茂五年后死了，王献之心中十分失落，但他又无可奈何。

王献之招为驸马后，官运亨通，官至中书令，新安公主为他生下一个女儿，名王神爱。王神爱13岁时嫁给"口不能言"的弱智皇帝司马德宗，这也是王献之一生之遗憾。

据《世说新语》载，王献之病重将死时留下一言："不觉有余事，惟忆与郗家离婚。"可见王献之本想与心爱的妻子郗道茂相濡以沫一辈子，过平静而幸福的生活，哪料想新安公主硬插一脚，此为其一生之痛也。

宋之问卖友求荣

> 宋之问

在初唐诗坛,陈子昂与"初唐四杰"排在前列,其后便是沈佺期、杜审言、宋之问。宋之问年轻时崭露头角,"尤善五言诗,其时无能出其右者"。最有名的是"近乡情更怯,不敢问来人",他促使五言律诗的体制完善,并创建了七言律诗新体,是中国律诗的奠基人之一。但考察其人其行,他的人品令时人所不齿。

宋之问(656—712),名少连,字延清,汾州(今山西汾阳)人。其父宋令文"富文辞,且工书,有力绝人"。宋令文不仅文章写得好,擅长书法,还力大过人。他被唐高宗封为左骁卫郎将,还当上东台详正学士,负责图书旧籍校理。宋之问受其父影响,亦工文词,他长得身材高昂,仪表堂堂。上元二年考中进士,以才名与杨炯被召分直内文学馆。

元授元年,武则天称帝,她雅爱诗赋文章,宋之问自言"攀君王之桂树",写了不少歌功颂德、献媚于武氏的诗文,由此从九品升为五品学士。并出入侍从,礼遇尤宠,相当于武则天的文学顾问。

武则天因好文学,喜欢上朝时出题命群臣赋诗。左史东方虬诗先成,武则天赐其锦袍,待宋之问把诗献上,武则天对其"绮错媚婉"之文风更为欣赏,于是夺东方虬袍转赐宋之问。这件事今日看来是内阁文人争宠,可当时却是统治者对靡丽浮华文风之奖赏,宋之问自感"志事仅得,形骸两忘",得意得很呢!

>上官婉儿

武则天有媚臣(男宠)张易之、张昌宗两兄弟，正直的朝臣皆不屑与其二人为伍。宋之问却倾心媚附"二张"，不仅与一些帮闲文人大写献媚之词，而且居然为张易之捧溺壶，不以为耻反以为荣。"二张"兄弟亦"雅爱其才"，将宋之问升任司礼主簿。

宋之问性格浮躁浅露，凡是可以扬名的场合，总少不了宋之问出头露面，表演一番。他擅长写粉饰太平、浮华空泛的宫廷文章，他认为媚事武氏及张氏兄弟，是升官的捷径与保障。这与无行文人的标准是很相符合了。

神龙元年，宰相张柬之与太子典膳郎王同皎等人逼武则天退位，并诛杀"二张"，迎唐中宗复位，宋之问的好运从此告结。他被贬泷州（今广东罗定县）参军，他在途中写下了"近乡情更怯，不敢问来人"，一个炙手可热的四品朝官，不仅丢了京官，而且还多了一顶"附逆二张"的帽子，他想回乡一次，越走近老家却越害怕见到熟人。这两句诗的感情色彩很浓，也很真实地反映了他离乡回家时的复杂心情。当时的宋之问确如"惊弓之鸟"。

但宋之问不甘寂寞，很会钻营，翌年武三思取代张柬之，他见机会来了，便赴洛阳见老朋友张仲之，对他们又吹又拍。张盛情款待宋之问，席间谈及欲谋诛宰相武三思，宋之问假意附合。离席后即派人去朝廷密告，张仲之获罪。宋之问以出卖朋友之行擢任鸿胪主簿，"由是深为义士所讥"。

宋之问不久又上书歌颂武三思父子功德，请造唐中宗神武颂碑，这次拍马让他又获赏识，迁考功员外郎，并入选修馆直学士。其间，宋之问因媚事安乐公主，为太平公主所忌，被贬越州。不久，宫廷又一次政变，李隆基联手太平公主杀韦后与安乐公主，宋之问被赐死，卒年56岁。

有人惜宋之问之才，对他因谄媚武则天而被赐死为其惋惜，其实大错。据《辞海》载，宋之问外甥刘希夷也系上元进士，擅长诗歌，诗风委婉华丽，有"年年岁岁花相似，岁岁年年人不同"之句。宋之问欲将其诗占为己有，希夷不允，宋之问竟暗中派家奴用土囊将其压死，刘希夷死时不到30岁。娘舅因妒才而嫉杀外甥，无耻文人竟充当杀人凶手，实属罕见。宋被赐死，实是罪有应得。

唐中宗为宰相做大媒

> 窦怀贞

　　窦怀贞出身于官宦世家，祖父窦彦官居隋朝西平太守，父亲窦德玄任唐朝左相，声名卓著。但这个"官二代"从小无浮夸张扬之风，好刻苦攻读，中进士后授清河县令，因其政绩显著，又升任为越州都督、扬州大都督府长吏。年少气盛的窦怀贞给同僚一个很不错的印象，他衣饰朴素而不好玩乐，不少人都看好其前程无量。

　　神龙二年，窦怀贞被提升为御史大夫，兼检校雍州长吏。当时执政的是刚复位的唐中宗李显，在李显被其母武则天幽禁之际，遭遇了艰难忧郁的生活，李显几次想自尽，幸得妻子韦莲儿对丈夫柔顺体贴，鼓起李显生活的勇气。因此李显复位后，登上皇后之位的韦莲儿更得宠幸。李显则处处让妻子韦皇后三分，一让再让，韦皇后强势性格便处处显示出来，她开始模仿武则天行事风格，干预朝政，与唐中宗并称"二圣"。李显表面上不介意，但心中隐隐不快。

　　窦怀贞原来对唐中宗十分恭敬，后见韦皇后大权独揽，朝内一些正直之臣，被贬被杀，于是他转换门庭，投到韦皇后门下。他以避韦皇后父亲韦玄贞之名讳，将自己名字改为从一，以示其对韦皇后"从一而终"，这一招果然奏效，窦怀贞很快升迁为御史中丞。这让唐中宗李显心中非常恼怒。

那年除夕之夜，唐中宗李显准备了一个特别节目，想戏弄一下这位"变脸"的副宰相。在君臣守岁迎新之际，李显对窦怀贞说："听闻卿久无妻室，朕为之操心，今替爱卿做主，让卿续娶一位新夫人。"由皇帝赐婚，窦怀贞顿时受宠若惊，连连拜谢。

不一会，众宫女引出一位身穿嫁衣、头戴红巾、手执宫扇的女子。唐中宗笑曰："爱卿欲观新娘面容，需吟诗一首。"窦怀贞当即赋《却扇诗》一首，众臣皆以为这是一位绝色佳人，待扇面移开，却是韦皇后的乳母王氏。众人皆大吃一惊，因其乳母年过半百（一说已近花甲），她是蛮婢出身，面容已衰，身躯肥硕。但人到中年的窦怀贞面对"老娇娘"却哈哈大笑，脸露满意之色。李显当场诏封王氏为莒国夫人，由于古代乳母的丈夫称为"阿㸇"，窦怀贞在哄笑中竟以"国㸇"自称，更引起哄堂大笑。

李显将韦皇后乳母王氏赐婚给窦怀贞，是一种类似恶作剧的玩笑，韦皇后为其乳母王氏嫁给副宰相，则从中考察窦怀贞对其是否忠诚。因此，唐中宗与韦皇后都达到了目的。

窦怀贞以为攀上韦皇后这条线后，仕途会一路高升，可好景不长。景云元年，唐中宗之弟相王李旦之子李隆基发动政变，诛杀韦皇后、安乐公主。窦怀贞深感吃惊与慌乱，他闻声立即回府将王氏杀了，并向李旦献上妻子首级，以此赎罪。改"从一"为"怀贞"，恢复原名。李隆基之父李旦当上唐睿宗，他将窦怀贞贬为濠州司马。后一年，又将窦怀贞召回朝廷，任殿中监。几月后又升任为侍中，依旧行宰相之职。窦怀贞能屈能伸，逃过一劫。

擅长揣摩形势的窦怀贞，发现当上皇帝的唐睿宗李旦，十分信任太平公主，他开始不断向太平公主献殷勤，每次退朝后必到太平公主府上汇报请安。

过了半年，窦怀贞拍马奏效，再次拜相，兼太子詹事。当年八月又升迁，进爵魏国公。其时，李旦退位，李隆基登基为唐玄宗。太平公主不服，她羽毛已丰，七位宰相中有五人是其亲信，决定密谋自立，窦怀贞起兵响应。不料，事泄，李隆基平叛，压错宝的窦怀贞逃入沟中，最后自缢身亡。唐玄宗李隆基知其反复无常，命人取其首级，并改其姓为"毒"。曾在政坛上红得发紫的窦怀贞，最后黑了。

褒贬不一的李绅

> 李绅

　　若论唐代诗人的艺术成就，李绅实在挨不上一、二流名诗人之列，但他写的"谁知盘中餐，料料皆辛苦"却家喻户晓。这位参与"新乐府运动"的"悯农诗人"，到底是何等人物呢？

　　李绅（772—846），字公垂，亳州谯县人。大历七年，生于浙江湖州，因其短小精悍，便有个"短李"的外号。李绅曾祖父李敬玄在武则天时任中书令，其父李晤为县令。惜其5岁丧父，由其母卢氏教他经义，15岁赴无锡惠山寺读书。李绅少时生活窘迫，刻苦攻读，两次赴京赶考，均落第，但他由此结识了中唐才子韩愈、元稹、白居易等诗友。元和元年，34岁的李绅考中进士，补国子助教，后任校书郎。

　　那年李绅返老家亳州观稼台，正遇同榜进士浙东节度使李逢吉，两人吟诗作对。李绅写了两首《悯农》诗，诗中有"四海无闲田，农夫犹饿死""谁知盘中餐，粒粒皆辛苦"。李逢吉表面上击掌叫好，心中自忖此诗抹黑朝廷，他笑着向李绅要了诗稿，返京后便上奏告发。不料唐武宗李炎读了李绅的诗，不仅不怒，反而将李绅升迁为尚书右仆射。

　　关心民生疾苦的李绅诗名远扬，他积极参加元稹、白居易提倡的新乐府运动。他写了"乐府新题"二十首,其长篇叙事诗《莺莺歌》与元稹的传奇小说《莺莺传》名动文坛,《四库全书总目》称:元稹、李绅、李德裕为"三俊"。

或许年轻时吃了太多的苦,李绅地位上升后,"渐次豪奢",其府内花天酒地,侍女如云。他喜欢吃鸡舌,几乎每餐必吃,为了满足其口腹之欲,每天府上伙夫都要杀上百只鸡,一席鸡舌宴耗费几百乃至上千贯。据唐人孟棨《本事诗》载,李绅设宴招待刘禹锡,让家妓歌舞,那种奢侈糜烂的排场,让刘禹锡席间忍不住吟道:"高髻云鬟宫样妆,春风一曲杜韦娘。司空见惯浑闲事,断尽苏州刺史肠。""司空见惯"成语出典于此。李绅飞黄腾达后,对他曾有提携之恩的韩愈互有口角,文友贾岛、李贺也与李绅各行其是。

当时,牛(牛曾孺)、李(李德裕)竞争激烈,李绅依附李党(李德裕)成头马,日益骄恣傲慢。据《云溪友议》载,他在未发迹时称同族的李元将为叔,发迹后李元将为了见他,只得自降辈份,称李绅为叔,李绅却不理睬,李元将只得自称"孙子",李绅这才"相容"。

由于中唐时"牛李党争"势不两立,各派只重用自己派系人物,依附李德裕的李绅先后任御史中丞、户部侍郎。但李党失势时,李绅外任江州刺史、滁州刺史、寿州刺史。李绅在治理地方时,措施严厉酷暴,滥使淫威,下属有一次大着胆子向李绅汇报:"本地百姓逃走了不少。"李绅笑道:"你用手捧麦子时,饱满的颗粒总在上面,那些秕糠随风而去,今后不必来报。"他视百姓为"秕糠",当年的"悯农"之心荡然无存。

据《北梦琐言》载,李绅得知当地美女阿颜受扬州江都县尉吴湘的聘礼。李绅即查吴湘贪污行为,将其逮捕入狱,上奏朝廷判以死刑。据《册府元龟》载,李绅因吴湘叔父吴武陵与李德裕之父李吉甫有仇,李绅置吴湘于死地,乃向李德裕表功。最后吴湘被处死。

开成五年,李绅官至宰相,卒时75岁,谥文肃。唐宣宗即位后,吴湘其兄吴汝纳为弟鸣冤,吴湘终于平反。按唐朝规定,酷吏死后要被剥夺爵位,子孙不得为官。唐宣宗大中元年"削绅三官,子孙不得仕"。这可是李绅生前没想到的。

如果说写出"悯农"诗,参与"元白新乐府运动"是李绅一生之长;他步入"牛李党争"后奢侈挥霍、挟机报复与为官酷虐,是其一生之短也。

北宋"圣相"李沆

> 李沆

　　宋朝(南北宋)约有137位宰相,被誉为"圣相"的,仅宋真宗时宰相李沆一人而已。

　　李沆(947—1004),字太初,河北邯郸人。他年轻时好学勤勉,气量又很大。其父李炳喜曰:"这个孩子他日一定会官至公辅。"李沆在兴国五年登进士第,召直史馆,后迁礼部侍郎兼太子宾客,辅导太子赵恒。宋太宗赞赏其文字与为人:"端庄稳重,真贵人也。"赵恒于至道三年即位,为宋真宗。李沆为户部侍郎、参知政事(副宰相)。

　　咸平二年,李沆呈重修《太祖实录》五十卷,当时编撰人员皆加官受赏,只有李沆恳切推辞。咸平五年,李沆升任尚书右仆射,与宰相吕蒙正共同主持朝政。

　　在李沆为相时,获"光明正大"之佳誉。李沆性直率、讲诚信,但他接待朝臣时沉默寡言。大臣马亮称其"没口的瓢葫芦(即无口匏)",其实李沆是不好乱议论他人。与李沆同为知制诰的胡旦,被贬后,许久未被召用。他拜访李沆时,一开口就数落五个同僚的欠缺,以此赞扬李沆。李沆听了很不高兴,他觉得一个大臣如果以指责他人来吹捧自己,很不合适。他为相期间,胡旦一直未被任用。

　　宋真宗一次问李沆用人之道,李沆直言:"不用浮薄新进喜事之人,此最为先。"他对于一些通过吹捧自己、与己套近乎的好事之徒,坚决不提拔。

　　另一位副宰相寇准因与丁谓交好,多次在李沆面前推荐丁谓,但李沆始终不用，寇准以此询问，李沆反问："视丁谓之为人处世，可以让他位居别人之上吗？"寇准再荐，李沆笑道："今后你会后悔的。"后来，寇准被上位的丁谓排挤诬陷，这才信服李沆之眼力不凡。

李沆不仅对朝臣秉公而断，对皇帝的诏命也敢于直言。宋真宗因宠爱妃子刘娥，想让李沆以宰相之口，提议刘娥为贵妃。他派使者拿了手诏去见李沆，李沆看完，当着使者的面，用烛火把诏书烧了，说："你告圣上，李沆认为不行。"宋真宗因李沆是自己的老师，只得作罢。驸马都尉石保吉是宋太祖女婿，想谋求兼相之职，宋真宗征求李沆意见，李沆回答："奖励制度适用于本人亲干实事，石保吉凭借皇亲关系，我若授以官职，必为时人非议。"

李沆任相多年，从未向宋真宗写过私人密奏，宋真宗问："他人都有密奏，您为何没有？"李沆沉着回答："臣蒙皇恩授以宰相之职，公事公开，何必再写密奏？臣以为写私人密奏者，不是说他人的坏话便是谄媚之辈，臣对这种小人很看不起，怎能明知其错还去照做呢？"

李沆为人清廉，其住宅大厅较小，有人劝他扩建修缮一下，李沆说："此宅要留给子孙的，作为宰相官署的大厅确实是太小了，但作为一般人的大厅，已够宽了。"李沆妻子见外墙壁坏了很久，屋前栅栏也坏了，便告诚仆人不要修理，以此试探李沆反应。但过了一个月，李沆始终不说，其妻这才告李沆，李沆说："不能因家中小事，改变我一贯的做事风格。"李沆一生好读《论语》，有人问他多读何益，李沆说："我是宰相，要学《论语》中所言：'节用而爱人，使民以时。'圣人之言，终身有益。"李沆为相七年，一直注意吏治。他每日上朝都要将全国百姓民生之苦与水旱盗贼之事，向宋真宗一一汇报，由于这些坏消息，让宋真宗每次听完都愁眉紧锁，黯然不语。李沆的副手参知政事王旦见他"报忧不报喜"就劝道：细小的事不值得烦劳让圣上知道。李沆却说："皇上年少，应让他知道管理天下的艰难与复杂，再说皇上年轻，血气方刚，容易迷恋声色犬马之事。给他知道些忧患，是好事。我已老了，你今后要注意这些。"王旦日后才知此话语重心长，李沆确有先见之明，赞叹李沆真圣人也。

景德元年，李沆因病而逝，享年58岁。宋真宗当时非常悲伤，在灵前痛哭："沆为大臣，忠良纯厚，始终如一，岂意不享遐寿！"追赠太师，谥号"文靖"。

宋代有不少贤相，但被誉为"圣相"仅李沆一人。叶梦得赞他"专以方严重厚镇服浮躁，尤不乐人论说短长附己"，概括了李沆"圣相"之德。王夫之称李沆为"宋一代柱石之臣"，对其在朝之重要，作了充分肯定。

欧阳修的第二张脸

北宋文坛,人才辈出。文坛盟主,欧阳修也。

欧阳修(1007—1072),字永叔,号醉翁,晚号六一居士。他祖籍江西吉安,生于四川绵阳,与唐代大诗人李白同乡。欧阳修4岁丧父,由母亲郑氏教他识字,因买不起纸,郑氏教他用芦杆当笔,在沙地上读书写字,此乃"画荻教子"的典故。欧阳修10岁时借得《易黎先生文集》六卷,专心苦读,打下扎实的基础。他两次落榜,于22岁参加国子监与乡试考试,两次均名列第一:监元与解元;23岁在省试中又为第一:省元。进士及第。

欧阳修的诗词在北宋文坛风靡一时,散文数一数二。他善弹琴,好金石,能奕棋,还是"文人书法"开创者。他主修《新唐书》与《新五代史》,是名重一时的史学家。在政坛上,他曾官居副宰相,治理地方政绩堪与白居易媲美。他还举荐了众多人才,如包拯、王安石、司马光、苏洵、苏轼、苏辙、曾巩……有政坛伯乐之美誉。

他赏识苏轼,留下一段佳话。欧阳修当主考官时,读一考生文章,惊呼此人了得,欲录头名。一考官劝欧阳修,一旦让此考生出人头地,三十年后就无人知晓欧阳修了。欧阳修胸襟开阔,没有埋没人才。他见此文立意高远,文笔老辣,文采洋溢,似为自己门生曾巩所作,若录为头名,岂非为学生开后门。思前顾后,列为第二名。但开卷之后,才知此考生乃是蜀中才子苏东坡。

> 欧阳修

> 苏东坡

欧阳修对此深感内疚，苏东坡后拜见恩师，长苏轼30岁的欧阳修主动说了此事，并向苏轼致歉，苏轼为此感动。

宋仁宗赵祯曾请欧阳修推荐接班人，欧阳修提了王安石、吕公著、司马光。赵桢深感惊诧，此三人，与欧阳修私交并不好。王安石虽是欧阳修的学生，但骄傲不可一世，自比孟子，说老师是韩愈；吕公著因反对范仲淹，迁怒欧阳修；司马光是耿直之人，对欧阳修有非议之词。但欧阳修却不因个人私怨而埋没人才，其人格非常了不起。

欧阳修的仕途，由于他正直而敢于直言，屡经挫折，但他在文坛的地位，却是北宋才俊一致公认的领袖。他后来贬官至滁州，迁亳州，住颍州，与民同乐，政绩可书。

但名重一时的欧阳修有个致命缺陷：天生长得丑，身材矮小，脸色苍白，高度近视，龅牙，唇不包齿，少白头。总之，这张脸在文人中太丢人了。赵桢很欣赏欧阳修的文章诗词，曹皇后也十分赞誉，但偶尔一见其容，大为吃惊。以致当时风流宰相晏殊初见他，皱起眉头说道："原来是个目眊瘦弱之少年。"说完，扬长而去。

欧阳修颜值不高，但他娶的三房夫人皆如花似玉，且是高官千金。第一房夫人的父亲是胥偃，翰林学士兼汉阳知州。胥小姐命薄，嫁给欧阳修后18岁去世。欧阳修继娶杨氏，亦高官之女，两人也很恩爱，可惜杨氏嫁后一年也去世了。他鳏居两年又娶薛氏，薛氏也是丽人，其父官职更大，位居户部侍郎，相当于今天的财政部副部长。

长相难看的欧阳修何以屡得丈人美女青睐，我想原因是：文章是文人的第二张脸。

欧阳修诗词文章俊美，精于书法，推广古文，在弹琴、品画、饮酒、喝茶、奕棋之间显示了极高的雅致。他写的《秋声赋》《醉翁亭记》《朋党论》《六一诗话》……哪一篇不是美文？他写的诗俊逸又意味深长，其小令文字疏隽，意象空灵，四处传唱，如"门掩黄昏，无计留春住。泪眼问花花不语，乱红飞过秋千去"，成为当时歌伎最喜欢的曲儿。

欧阳修在颍州，度过65岁生日，苏轼、苏辙、曾巩、张方平群贤赶来祝贺，王安石、司马光也寄来贺诗贺信。酒宴上，有洛阳美女伴在欧阳修身边，向他请教："您写的'人生自是有情痴，此情不关风与月'，那情痴不关风月，与何有关？"

欧阳修答非所问："我笑起来难看吗？"

洛阳女子答道："您不难看，因为您慈祥。"

欧阳修笑了，他是个内秀的文人，活了66岁。

文理兼通达人沈括之悲

在北宋政治舞台上，沈括是个文理兼通的达人。他写了一本《梦溪笔谈》。这本古代科学论著，内容相当丰富，涉及天文、地理、物理、化学、历法、医学、数学、文史、考古各种知识。"石油"一词的发明者，即是沈括。

但如果说到人品，沈括就不那么光彩夺目了。让苏东坡身陷"乌台诗案"那桩公案，其始作俑者便是沈括。

沈括（1031—1095），浙江钱塘人。其父为官清正，其母知书达理，沈括在父母指导下，勤奋攻读，博览群书，又好动脑筋，注重实地考察。其父卒后，沈括以父荫入仕，出任沐阳县主簿。嘉祐年间沈括考取进士，当时的崇文院由史馆、昭文馆、集贤院三馆组成，汇聚了北宋的文才佼佼者。沈括大苏轼6岁，虽然考取进士比苏轼晚了6年，但他却比苏轼早一年进入崇文院。过了一年，苏轼才调进史馆，与沈括为同事。

沈括以好学著称，处世较低调，但内心很骄傲，好出人头地。由于苏轼以才名显露于世，沈括表面上对其很尊重，但心中滋生嫉妒之念。王安石在宋神宗支持下实行"变法"，沈括虽不属主要干将，但暗中附会，屁股坐到"新法"的凳子上。苏轼则是温和的改革派，他主张改革吏治，尤其他出外考察民情后，两次上书批评"新法"欲速则不达。王安石是有名的"拗相公"，自持己见，听不得一点反对意见，他的手下开始诬告苏轼。

宋神宗原先十分赏识苏轼，其母曹太后也是苏轼的"粉丝"。但他依赖的王安石容不得苏轼，他只得让苏轼去当地方官，但又不能选太偏僻的地方，思来想去，将苏轼派到山灵水秀的杭州当通判。

不久，沈括以"中央督察"身份赴杭州视察水利，宋神宗特地对沈括叮嘱："卿其善遇之"，要沈括关心苏轼，沈括当即一口允应。沈括到杭州，苏轼热情款待，视沈括为老同事、好朋友。沈括表面上与苏轼谈笑风生，在席间问起苏轼新

> 沈括

> 王安石

作，苏轼心无城府，马上把新诗请沈括评判。沈括在喝彩之际，乘机把苏轼新作抄录一份。他回到皇城，立即把他认为"反对改革""诽谤皇帝"的诗句一一发现出来，用附笺方式并加"注释"，上报宋神宗。

由于沈括的"发现"，苏轼的"根到九泉无曲处，世间唯有蛰龙知"——皇帝如飞龙在天，苏轼却要向九泉之下寻龙，岂非讽刺皇上？于是，王安石手下的何正臣、李定、舒亶、李宜便将苏轼逮捕入狱，苏轼的罪名是"愚弄朝廷"，其30多位亲友也受牵连。由于御史台又名"乌台"，"乌台诗案"也成了北宋第一桩文字狱。

苏轼身陷囹圄前，曾与儿子苏迈约定，送饭只送蔬菜与肉食，若听到坏消息则送鱼。但那天苏迈有事，托朋友去送饭，没把约定告诉朋友，朋友便送了熏鱼去监狱。苏轼见鱼大惊失色，便写诗给苏辙："与君世世为兄弟，再结来生未了因。"狱吏同情苏轼，想方设法，终于呈报宋神宗。宋神宗为之动容，问王安石何故？王安石表示："盛世岂可杀名士。"于是在狱中饱受污辱的苏轼终于死里逃生。苏轼出狱后长叹："平生文字为吾累，此去声名不厌低。"

沈括父亲的墓志铭为王安石所写，两家是世交。沈括入崇文院，王安石对他有知遇之恩，但王安石一下野，沈括居然与几位大臣联手起草了一份"万言书"，向新任宰相吴充呈上奏疏，历数王安石变法之种种弊端。吴充对此嗤之以鼻，宋神宗获悉后也对沈括大生恶感，王安石后又复出，痛斥沈括为"壬人"，即趋炎附势的奸佞之徒。

沈括这么一个文理兼通的达人，死后却没有人给他建碑，也无人肯为他写墓志铭。作为一个人文学者与科学家，他是相当成功的，但其为人却相当失败。《宋史》对沈括的评价是："首鼠乖剌，阴害司农法"，说他见风使舵，还爱玩阴的。

据《萍洲可谈》载，沈括第二任妻子张氏骄蛮凶悍，驱逐原配之子，还经常责骂丈夫，对沈括拳脚相加，曾一怒将沈括的胡须及皮肉扯将下来，沈括晚年痛苦不堪，其子女为之抱头痛哭。张氏卒后，旁人向沈括道贺，沈括却终日失魂落魄，一度投水自尽，救起后精神恍惚，于次年去世，终年64岁。

纪纲凶桀恶贯满盈

> 锦衣卫纪纲

锦衣卫,原名亲兵卫。朱元璋与陈友谅激战于鄱阳湖时,朱因亲兵卫保护,大获全胜,于洪武十五年设立锦衣卫。朱元璋担心自己死后,下一个皇帝驾驭不了文武大臣,便令当时亲兵卫(即锦衣卫)秘密侦查,对辅助其打天下的功臣罗织罪名。明初开国元勋李善长、徐达、刘伯温、胡惟庸、傅友德等34人皆被害于冤狱,仅汤和4人幸免。

洪武二十年,朱元璋下令焚毁锦衣卫刑具,将囚犯归三法司(刑部、大理寺、都察院)审理,锦衣卫完成历史使命。但其子朱棣得天下后,锦衣卫又得以恢复。锦衣卫无须经司法机构审查便可擅自抓人,只向皇帝一人负责。锦衣卫第一个最为出名的大头目即纪纲。

纪纲,生年不详,山东临邑人,自幼好习武,骑射超群。其性格阴鸷冷酷,行事刚猛果断。当时慓悍的燕王朱棣起兵造反,途经临邑,纪纲率众投,朱棣起初不为所动,纪纲突然冒死用手扣住朱棣坐骑,朱棣赞赏其武艺与胆略,收为帐下亲兵。

朱棣杀败建文帝后,改年号永乐。封纪纲为锦衣卫指挥使,命其对建文帝旧臣逐个密查,诬陷罗织罪名。纪纲整人手法十分凶残,几乎把当时的满朝旧臣杀绝,株连者达万人。纪纲还阉割良家幼童数百人,当其奴仆。

纪纲生性狡黠,诡计多端,又善于迎合朱棣旨意,深受恩宠,升为都指挥佥事,成为当时权焰熏天的权臣。他杀人无数,有两件恶行特别令人发指。

"明初三大才子"之一的解缙因主持编纂《永乐大典》，深得朱棣青睐："朕与尔义则君臣，恩犹父子。"永乐二年为内阁首辅。后解缙因支持仁厚的太子朱高炽，惹朱棣次子朱高煦憎恨，不断进谗，解缙被贬往交趾（今越南）督饷。解缙后因私会太子，被囚禁死牢，朱高煦买通纪纲，纪纲用白酒将解缙灌醉，拖至雪地活活冻死，可怜一代才子年仅47岁。

　　浙江按察使周新为官清廉，铁面无私，善断疑案，为许多蒙冤的百姓昭雪。当时纪纲派一名千户去浙江办案，那个千户在浙江境内作威作福，百姓苦不堪言，告到周新公堂，周新不畏权势，将其法办。不料那个千户行贿监狱小吏，逃至京城恶人先告状。

　　纪纲获悉后进谗诬陷周新。朱棣轻信，纪纲命锦衣卫将周新抓捕，周新在沿途受尽种种酷刑折磨，进京时已体无完肤。朱棣亲审，周新大声抗辩："陛下诏按察司行事，与都察院同。臣奉诏擒奸恶，奈何罪臣？"话中直指锦衣卫擅权超越三司执法范围，令朱棣暴怒，当即处决周新。周新至死疾呼："生有直臣，死当作直鬼！"

　　对于纪纲的为所欲为，满朝文武因他是朱棣眼中的一等红人，皆敢怒不敢言，这让纪纲更加颐指气使，有恃无恐。永乐五年，徐皇后卒，朱棣下诏全国选美。好色的纪纲将各地送来的美女，自己看中的绝色佳人留下。奉命查抄吴王冠服，又私下收藏，在府中暗修地下隧道，命人制造了刀枪、盔甲、弓箭。平时花天酒地，左右亲随皆高呼其万岁，纪纲越发得意忘形。

　　永乐十四年（1416）端午节，朱棣主持射柳比赛，利令智昏的纪纲欲仿效赵高指鹿为马，他对属下庞英说："我故意射不准，你把柳枝折下来，说我射中了。我要看看哪一个文武官员敢出来纠正？"庞英照此行事，居然无人敢出来直言。这让纪纲更加妄自尊大。

　　但强悍精明且行事诡秘的朱棣，早已觉察纪纲的权利超出其范围，正好有一太监举报纪纲，朱棣立即将纪纲逮捕，审讯不到一天，就处以"谋大逆"罪，凌迟处死。纪纲死于1416年，其家族及其爪牙或流放，或斩首。过了好长一段时间，都察院才公布纪纲谋反罪状。

　　察纪纲一生，凶桀残暴之极，虽得逞于一时，终于恶贯满盈，死有余辜。

李东阳忍耐成大事

> 李东阳

李东阳(1447—1516),字宾之,号西涯,祖籍湖广茶陵。他父亲李淳是位私塾先生,李东阳自幼好学,3岁能写大字,被誉为"神童",6岁入宫为明景帝朱祁钰讲读《尚义》,8岁在顺天府读书。他是明朝天顺八年的进士,被选为庶吉士。后官至华盖殿大学士、吏部尚书。李又是明代"茶陵诗派"的首领,他的字画当时很值钱,迷恋他字画的粉丝也不少。由于李东阳"天资英迈,读书一目数十行下,辄成诵不忘。少入翰林,即负文学重名",但李东阳一生为人低调,"恒持谦冲,未尝以才智先人"。李东阳更难能可贵的是,他的忍耐,是绝大多数文人做不到的,值得一写。

李东阳运气很好,他碰到了明朝年间可以称得上唯一的好皇帝朱祐樘。朱祐樘的父亲朱见深从小有恋母情结,专宠大他17岁、骄横凶残的万贵妃,把朝政搞得一团糟,留下一副烂摊子。朱祐樘即位后不仅自己拼命工作,而且让刘健、李东阳、谢迁入阁,组成三驾马车。刘健处事果断,李东阳长于谋略,谢迁口才了得,在君臣齐心努力下,明朝弘治年间,国力强盛,天下太平。

可惜明孝宗朱祐樘励精图治、朝夕工作了18年,就积劳成疾死了。接替他的儿子朱厚照顽劣而生猛,刘健、李东阳、谢迁的规劝,他压根儿不听,偏偏相信一个他儿时的玩伴太监刘瑾。刘瑾是明朝三大恶内侍之一,此人凶残而阴险,以刘健为首的朝臣与他斗争了几个回合,刘瑾仗着有主子朱厚照的支持,大获全胜。刘健、李东阳、谢迁提出辞仕,刘瑾假传圣旨,让刘、谢回家,留下李东阳。

从此,刘瑾专权为所欲为,他对于敢于直谏的大臣一律严办,不是革职,就是关入大狱。还颁布了"奸党榜",将二十多位正直的大臣列入"奸党"。不怕死的南京监察御史蒋钦上书怒斥刘瑾弄权,请皇上诛刘瑾以谢天下,结果被刘瑾用廷杖毒打致死。由于朱厚照整天在内宫寻欢作乐,刘瑾便权倾天下,为天下人恶之。唯有李东阳能与刘瑾周旋,故为朝野所不满。

李东阳有次上朝,见到其门生罗玘,主动上去打招呼,罗玘视而不见,扭头就走。当晚李东阳收到罗玘一封信:"我今后再也不是你的学生,满朝正直的大臣都走了,你留下来还在这里丢人。对你这种人,我实在没空搭理你。"李东阳看完,气得差点吐血。

李东阳依附刘瑾,但刘瑾并没放过李东阳,他听说李东阳编了本《通鉴纂要》,便让人挑毛病,想玩"文字狱"。此书写得甚严密,但仍给刘瑾手下挑出了几个字,正欲罪之,其亲信焦芳赶来求情,原来李东阳暗中行贿了焦芳,这事才不了了之。

李东阳在苟且偷生的日子里,做了两件事,一是千方百计营救了不少刘瑾欲杀之大臣,如刘健、谢迁,再如张伟、方奎;二是暗中结交与团结了反刘瑾的重要人物杨一清与杨廷和。最后杨一清与张永联手,将刘瑾凌迟处死。

刘瑾死后,李东阳的好朋友杨一清出任吏部尚书,刘瑾的爪牙焦芳等人被赶出内阁。忍受了诸多委屈的李东阳终于解脱了。他比怒而奋起的刘健、谢迁付出了更多,而所有指责他的人也开始理解他当时内心积聚的种种痛苦与所受污辱的不堪。

正德七年,李东阳申请退休,由杨廷和接替首辅。四年后,李东阳在家乡去世,享年70岁。

忍辱负重有时比冲冠一怒更需要勇气与忍耐力。因为在苟且偷生的日子里,还要忍受朋友的白眼与恶言,所受的委屈是一般文人难以忍受的,但李东阳做到了。

明朝的历史又开始延续下去,在与刘瑾虚以委蛇的日子里,李东阳忍辱是有功的。

杨文孺一身是胆

> 杨文孺

　　东林党是明末以江南士大夫为主的文人集团。他们要求廉政奉公,广开言路,主张革除积弊,获得众多知识分子拥护。东林人才辈出,谏臣杨涟便是其中佼佼者。

　　杨涟(1572—1625),字文孺,湖北广水人。他少年时聪颖敏慧,书过目成诵。他35岁考中进士,出任常熟知县。为下察民情,杨涟青衫布履、微服私访,深入田间民舍,了解民众疾苦,努力为之解困,颇受百姓爱戴。朝廷选举廉吏,杨涟被评为第一。随即升户科给事中,不久又改为兵科右给事中。

　　当时,明神宗万历皇帝朱翊钧因迷恋道教,多年不见朝臣,郑贵妃则离间神宗与太子朱常洛的关系。杨涟虽为一小官(正七品),但胆子极大,他获悉明神宗病危,太子竟不得与其相见,便联络东官伴读王安,请他为之周旋,又力促大学士方从哲率百官面见神宗。方从哲惧怕郑贵妃势力,百般推诿,杨涟再三力陈,方从哲不得已为之。

　　神宗驾崩,当了四十年之久的太子朱常洛登基,为明光宗。郑贵妃当即送八名姿色出众的美女进宫伴驾,让其沉湎于美艳女色之中。朱常洛登基第四日即一病不起,内侍崔文升献红药丸,朱常洛服后,病势加重。杨涟为之担忧,他与朝臣多方联络,并上一疏,欲将郑贵妃移官,并严办内侍崔文升。此疏语言犀利,众臣皆为之捏了一把汗。

三日后，明光宗朱常洛传话召见大臣，并特宣杨涟与锦衣卫一起召见。方从哲大恐，劝杨涟："你赶紧上疏请罪，否则恐遭'廷杖'之刑。"杨涟不惧，曰："死即死耳，涟何罪？"

次日，朱常洛召见群臣，给予鼓励，又把目光盯着杨涟，许久未言，众臣皆为之担心。明光宗半晌才指着杨涟对众臣说："此真忠君。"下旨驱逐崔文升，收回进封郑贵妃为太后之圣旨，还破格让正七品的杨涟当上顾命大臣。

光宗驾崩，其宠妃李选侍，欲效郑贵妃，将太子朱由校藏匿。杨涟联络左光斗等人铤而走险，闯入内宫，救出太子，并在群臣支持下，朱由校在乾清宫即位，为明熹宗。从朱常洛驾崩到朱由校登基，杨涟连日奔波忙碌，夜夜不寝，"须发尽白"。

杨涟先后升任太常少卿、左佥都御史。朱由校从小迷恋乳母客印月，又性喜木匠之活，把朝政大权交其内侍魏忠贤。魏忠贤乃一奸佞之恶徒，结成阉党，大肆打击东林党人。

杨涟不畏阉党势大滔天，列举魏忠贤二十四条罪状，请明熹宗将魏"以正国法"。

魏忠贤惊恐万状，知明熹宗识字不多，便歪曲内容，挑拨离间。明熹宗心思皆在木工制作上，在乳母客印月的柔情蜜语中，安抚魏忠贤，"严旨切责"杨涟。魏忠贤当即将杨涟等东林党人革职为民。

未几，魏忠贤被晋封为一人之下，万人之上的"上公"，他在朝中结党营私，手下有"五虎"（文臣）、"五彪"（武将）、"十狗"、"十孩儿"。因其一手遮天，首辅顾秉谦已80余岁，带了儿子来拜见魏忠贤，让其子称魏"爷爷"，甘以魏的儿子自居。不少官员为一己私利，纷纷投靠阉党。不久，魏忠贤借"汪文言之狱"诬陷杨涟等六君子，杨涟被押送北京，沿途民众为之鸣不平，"悉焚香建醮，祈佑涟生还"。

魏忠贤指派酷吏"活阎王"许显纯审问杨涟，用五种刑具，裸体的杨涟被折磨得如同一个"血人"。杨涟在狱中写下绝笔，痛斥魏忠贤紊乱朝纲。魏忠贤秘令许显纯杀之，许显纯"以土囊压身，铁钉贯耳"之法摧残杨涟，以一大钉钉入杨涟头部，涟当场惨死，仅54岁。

杨文孺虽一文人，却一身是胆，行事光明磊落，敢于直言斥奸。朱由校因沉湎声色犬马之中，23岁驾崩，遗诏以其弟朱由检嗣皇帝位，改国号崇祯。崇祯二年，魏忠贤被法办，杨涟冤案始得平反，追赠为太子太保、兵部尚书，谥号"忠烈"。

叁

寻踪

侦探

【书香迷离】

寻踪侦探小说家

对侦探有兴趣，始于童年。母亲时常给我讲有点悬念的故事，如程小青的"霍桑探案"。少年时在老城隍庙地摊上淘到一本《四签名》，如获至宝，大为惊叹那个土著小矮人，竟是神秘的凶犯。由此，对福尔摩斯入迷。

20世纪60年代中期，我有幸担任卢湾区图书馆书评组组长，得以进入书库，阅读20世纪二三十年代的《大侦探》《蓝皮书》《侦探世界》，知道了陆澹安、孙了红、赵苕狂的大名。

到了20世纪80年代，世界各国的侦探小说大量涌入，柯南道尔的《福尔摩斯侦探全集》，爱伦·坡、艾勒里·奎恩、莫里斯·勒勃朗、阿加莎·克里斯蒂、乔治·西默农的侦探小说和大量日本推理小说出现在书店，我见一本买一本，至90年代中期，已拥有三百多本世界各国的侦探推理小说。于是，我突发奇想，编一本《世界侦探小说大观》。

经过一年时间的撰写，这本收入15个国家、128位作家、67万字的《世界侦探小说大观》由上海辞书出版社出版。笔者在书的前言中介绍了世界各国侦探小说的发展、起源和各种流派，以及侦探小说的风格与各国主要作家。

> 作者出版的《世界侦探小说史略》上海译文出版社

在浏览和研究这些侦探小说家及其作品的第三年，我终于完成了29万字的《世界侦探小说史略》(上海译文出版社)，阐述了侦探小说的雏形与由来，介绍了欧美侦探小说、日本推理小说、苏联反特小说与中国侦探故事的特点，还对侦探小说独特的艺术作了探索。

开始读侦探小说，因其扑朔迷离，觉得好玩，后来花了好几年时间研究侦探小说，才发现柯南道尔、阿加莎·克里斯蒂与松本清张、森村诚一的作品有很高的艺术质量,过去一些文学评论家未将侦探小说列入文学研究范畴,其实是一种偏见。我在读书之余,又走上寻踪侦探小说家之旅。

> 作者在阿加莎·克里斯蒂入住的老瀑布饭店的房间留影

2002年初夏,我搭乘从开罗至卢克索的东方快车,在车厢里兴奋地环视四周,这列东方快车虽比大侦探波洛乘的东方快车简陋许多,但毕竟让我过了一把瘾。而后我搭乘尼罗河游轮,至阿斯旺,三天的游程让我饱赏了尼罗河两岸的旖旎风光。船至阿斯旺,我叫了辆出租车,直奔老瀑布饭店。由公关经理萨迪克陪同参观了阿加莎·克里斯蒂住过的房间,"侦探女王"在这间80平方米的豪华套房中写下了《尼罗河上的惨案》《东方快车谋杀案》等十几部轰动世界的侦探小说。我坐在她用过的写字台前踌躇满志,萨迪克为我拍摄照片。他说,老瀑布饭店接待过很多名人,名人入住的房间,不再供游客住宿,现已成为观光者浏览的景点。包括英国首相丘吉尔、王子查尔斯和其夫人戴安娜王妃,还有俄国末代沙皇尼古拉二世、埃及末代国王弗阿德等。但来访参观的游客,最热衷探访"侦探女王"住过的房间。

2004年笔者随一个大学访问团赴英国考察,除了访伦敦的牛津大学、剑桥大学,还要去苏格兰的爱丁堡大学。我想到了柯南道尔笔下的福尔摩斯,这位大侦探不是住在伦敦贝克街221B号吗?但这次行程安排得十分紧凑,晚上到旅馆已经8点,我和导游谈了自己想去贝克街的想法,导游说:"旅馆离贝克街很远,现在也已关门了。"我很无奈。翌日行程中,导游指了指远方的街说:"过两条街便是贝克街,但今日行程很挤,恐怕你只能远眺一下了。"

后来在网上查到1990年在贝克街上建了一座福尔摩斯博物馆,这个博物馆一楼是福尔摩斯与其助手华生医生合用的书房,书房内陈列着福尔摩斯的道具,如猎鹿帽、放大镜、烟斗、煤气灯、圆茶几、安乐椅、壁炉、书架,屋角还有一个"化学实验室"。二楼则是华生医生的卧室。这个博物馆陈列着福尔摩斯、华生与房东韩德森太太的蜡像,造型大小与真人酷肖。可惜我未能亲访其境,是至为遗憾的一件事。

寻踪侦探之旅后来走向日本。在三重县纪伊半岛的一条小巷里,我寻访到江户川乱步文学馆,这位"日本推理小说之父"的文学馆是一位侦探爱好者私人创办的。那间简陋的小屋中午时已关门,我们根据门上留下的电话号码找到了主人,过了十分钟来了一位叫三宅大吉的志愿者,他说馆长和他们几位志愿者都是江户川乱步作品的爱好者。我随他走进馆中,首先见到的是江户川乱步头像的木牌人形,还有一只黑猫造型。这只神秘的黑猫瞪着一对诡异的黄色眼睛,给半暗半明的小屋平添了一种恐怖的气氛。屋内有江户川乱步大量照片与文字介绍,以及他出版的77部侦探小说目录,还有他创作的大量随笔、评论。三宅大吉说:"江户川乱步前辈写的侦探小说有90部左右。"经过一条长长的过道,见到了江户川乱步与其夫人的立体塑像,光头、戴着眼镜的江户川乱步捧着书,仿佛对其夫人说:"我又出了一本新书!"江户川乱步是日本推理小说之父,他笔下的明智小五郎也成了日本民众心目中的英雄。依他的文学成就与这个简陋的文学馆相比,实在很不相称。

访埼玉县的熊谷市立图书馆,我在图书馆的一角找到了森村诚一文学馆。这里陈列着他幼年、少年、青年、中年至老年不同时期的照片和代表作,这位当时年已86岁的老人是《人证》的作者,图书馆业务馆长大井教宽热情地为我作了介绍。谈到森村诚一的创作生涯,他说,森村诚一在日本推理小说作

> 作者在熊谷市与森村诚一文学馆馆长大
  井教宽合影

> 作者在西村京太郎文学馆留影

家中，英语水平最高，并说他现居住在东京的一所公寓里。我告诉他，我已收藏他近30部中译本推理小说。

　　位于神奈川的汤河原町是个富有诗情画意的小镇，有一座远近闻名的纪念馆。馆主是87岁的西村京太郎。这个纪念馆是一座白色的三层小楼，外墙是方格纸的装饰，简洁而相当有气派。我们付了800日元（相当于50元人民币）就进入大厅，一楼是日本"铁路悬案小说家"（又称旅情推理小说家）西村京太郎的创作照片与文字介绍，最有趣的是一台机器人，它会向参观者提出有关西村京太郎推理小说的各种问题，比如西村京太郎有哪些推理小说拍成了影视作品？与十津川警部齐名的私家侦探是谁？……如果你答对了，它会向你表示祝贺。二楼的一个大玻璃柜内陈列着铁路与火车模型，向参观者展示了西村京太郎利用错综复杂的列车时刻表，巧妙设计罪犯作案的惊险故事，四壁的书柜里陈列着西村京太郎创作的近百部推理小说，还有西村京太郎乘火车的照片。据女讲解员杉木小姐介绍，西村京太郎一直坚持写作到80岁。他原来居住在京都，退休后选择在神奈川定居，他每周还会由夫人陪同到纪念馆与读者、观光者见面。可惜我去的那天是星期一，杉木小姐说，昨天先生还来过呢。

　　在福冈北九州市的小仓城内，我找到了松本清张纪念馆。这位写下700部推理小说的侦探小说大家的纪念馆分三层，占地约1.3万平方米，建筑面积3400平方米，这里原是松本清张故居，他死后改建成纪念馆。这座纪念馆全方位介绍他的创作轨迹与代表作。首先让我浏览到一张长达22米的巨型年表，由大量的图表和新闻照片与文字还原了松本清张当年在文坛走过的艰辛之路。二楼放置着松本清张的全部作品，包括名声大震的《隔墙有耳》《零的焦点》《日本的黑雾》《女人的代价》等，还有《砂器》等17部被改编成影视剧的剧照。他的书房也原汁原味被移至陈列馆，写字台上有他用过的钢笔、笔记本、放大镜、眼镜与烟具。为了方便参观者，陈列室还新设了读者阅览室、影视厅、茶馆及纪念品销售处。由于纪念馆气势宏伟、内容丰富、布置精美，自1998年对外开放之后，现已成为当地的一个旅游观光景点。

　　岁月不饶人，实地寻访侦探，如今只能在梦里。每晚听几回侦探小说，已成为我晚年舒心的陪伴。

形形色色的世界名侦探

　　打开世界侦探小说史，无数独具风格的名侦探形象，在读者眼前一亮。他们以不同面目与侦探故事各有巧妙不同，让人大开眼界。

　　奥基斯特·杜宾是世界上第一部侦探小说《莫格街谋杀案》中的主人公，美国作家爱伦·坡塑造的这位侦探是法国名门之后，好幻想，有独到的分析能力。杜宾经常根据报纸上报道的一桩桩杀人案，来解开神秘的杀人迷案。杜宾还在《玛丽·罗杰疑案》与《被盗窃的信》等五部小说中崭露头角。

　　第二位亮相的是威尔基·柯林斯创作的《月亮宝石》中的克夫探长，他机智老练，不断拨开疑云，让神秘莫测的案件逐步显露真相，揭示作案手段犹若抽丝剥茧。据作者自述，他以英国警察厅刑事部一位警探为模型。

　　第三位侦探是法国小说家埃米尔·伽波里奥创作的《勒考尔侦探》，他笔下的勒考尔侦探很有心计，他抓住嫌疑人梅耶，对方以绝食而拒不招供，勒考尔心生一计，放梅耶出狱，暗中跟踪，终于查明真相，揭开谜底。

　　第四位大侦探即大名鼎鼎的歇洛克·福尔摩斯，他是英国小说家柯南道尔笔下的神探，擅长棍术、剑术与拳击，精通解剖学，爱吸烟斗，会拉小提琴，特别精于观察与细节推理。他住在伦敦贝克街221号B，先后在《血字的研究》《巴斯克维尔的猎犬》与《四签名》等几十部短篇小说中大显身手。

　　福尔摩斯之后，欧美侦探舞台上出现了形形色色的各种神探角色，如法国作家莫里斯·勒布朗笔下有位神出鬼没的怪盗绅士亚森·罗宾，他擅长化装，使自己变成一个连自己也不认识的人，读者尊称他为侠盗，专偷为富不仁的银行家与言行不一的政治家家中的名画与宝石之类，并热心帮助穷人。莫里斯·勒布朗由于塑造亚森·罗宾这一形象，受到法国政府嘉奖，代表作是《空心岩柱》《虎牙》《神秘住宅》《三十口棺材岛》《水晶瓶塞》等。

　　美国小说家艾勒里·奎恩塑造了最佳父子搭档侦探，由于父亲是纽约警

>胖侦探梅里维尔

>法国侠盗侦探亚森·罗宾

>英国名侦探布朗神父

>盲人侦探卡拉多斯

>梅格雷探长

察,儿子则是推理小说家,他们面对案件,常常意见不一。但父子两人却一个靠经验,一个靠推理,终于圆满破案。艾勒里·奎恩还写了一个聋子侦探德鲁里·雷恩,他在《X的悲剧》《Y的悲剧》中有精彩表演。

意大利作家乔治·西默农在侦探小说中塑造了一个烟斗不离口的警察探长梅格雷,他身高1.8米,健壮威武,亦是一位破案高手,在其威猛气势下,罪犯不得不如实招供。

英国作家奥斯汀·弗里曼笔下的桑代克博士,因精于病理学与法医学,常以科学侦探破案。他出现在《上帝的指纹》《塔布勒的秘密》《歌唱的白骨》等侦探名篇中。

美国侦探小说家杰克·福翠尔塑造了被喻为思考机器的教授侦探凡杜森,他出身贵族,拥有二十多个学术头衔。身材略高而气质清高,他出现在一系列"思想机器"侦探小说中,如《废屋奇案》《幽灵汽车》《红玫瑰命案》。英国作家切斯特顿笔下的名侦探布朗神父;厄内斯特·布拉默笔下的盲人侦探马克斯·卡拉多斯;凯特·克劳恩笔下的流浪汉侦探,这个侦探就是作家本人;米凯·斯皮兰笔下的暴力侦探麦克·哈默;克赖·罗逊笔下的魔术师侦探A·玛丽尼,以及美国作家雷蒙特·钱德勒笔下的正统硬汉侦探菲利普·马洛都非常有名。美国古典推理小说家范·达因笔下的侦探菲罗·万斯则是一位美术品收藏家,他擅长鉴赏古埃及美术作品与日本版画,《格林老宅谋杀案》是其代表作。卡特·布拉恩与菲克林格两人都擅长以美女侦探为其作品主角,前一位是迷人风骚的女侦探德尔维丝·谢德里茨,后一位是姿色出众的女侦探哈妮·维丝特。

在这些侦探中,最为出名的是"侦探女皇"阿加莎·克里斯蒂精心塑造的小个子大侦探波洛。这个比利时警察在第一次世界大战中来到伦敦,以私人侦探为业,他有鸡蛋形的秃顶,猫一般的眼睛,固定的八字胡,穿戴考究,神气十足。他不像福尔摩斯那样擅长格斗,却用大脑中的灰色细胞分析案子,代表作是《东方快车谋杀案》《尼罗河上的惨案》。"侦探女皇"笔下另一位女侦探毫无姿色,叫马普尔小姐,年纪不小,以温文尔雅、好扯闲话著称。

欧美的侦探小说传至日本,称为推理小说,一方面更强调逻辑推理;另一方面整部小说(或系列小说)中没有固定的侦探,任何人都可以当破案人。推理的内容也不限于犯罪。日本江户时代也曾出现了四五位有名的侦探,剧作家冈本绮堂于大正六年(1917年)创作了《半七暗探故事》(共68篇),半七暗探是日本第一位侦探,他没有推理能力,破案依靠扎实的调查。日本推理小说之父江户川乱步在小说中塑造了一个流浪汉出身的明智小五郎,这个二十四五岁的青年,高个子,乱头发,不修边幅,他运用心理学破案。代表作是《心理试验》《恐怖的三角公馆》《地狱的滑稽大师》《黄金面具》《怪人二十面相》等。与江户川乱步同时代的横沟正史也是日本最早的推理小说家,他塑造了美男子侦探人形佐七,他体形健美、风度翩翩,有两个徒弟辰五郎与豆六。他还塑造了另一位名侦探金田一耕助。在日本名侦探中,野村胡堂笔下的钱形平次破获了无数难破的案件,他擅长用四文钱铜币作武器,几乎百发百中。他酒量不大,烟瘾不小,是平民百姓尊敬的一位侦探。日本推理小说进入巅峰时代,也有几位侦探夺人眼目,比如高木杉光笔下的雾岛三郎是位检查官,他在《零的蜜月》《鬼面谋杀案》《都市之狼》中出手破案,维护了法律的公正。他笔下另一位名侦探神津恭介则是学医的,精通六国语言,被喻为"推理机器"。西村京太郎写了许多与火车相关的案件,其名侦探是一对最佳警察搭档十津川与龟井,他们先后在《蓝色特快上的谋杀案》《恐怖的星期五》《天使之谜》中大显身手。日本侦探小说人气王东野圭吾笔下也有几位侦探让人大吃一惊,如擅长从细节中找到蛛丝马迹的"物理天才"汤川学、性格沉稳而会讲温情故事的警察侦探加贺恭一郎。当然,更多日本小说家笔下的侦探则是普通人。

在侦探小说的文学长廊中,正因为涌现了形形色色、各具特点与面目不同的名侦探,他们的故事才让世界侦探文学史精彩迭起、好戏连台,令人眼花缭乱而目不暇接。

>半七

>日本侦探人形佐七

>钱形平次

>西京村太郎笔下的
　十津川侦探

>东野圭吾笔下的
　神探汤川学

从侦探小说雏形到爱伦·坡出现

> 爱伦·坡

　　侦探小说是以揭开谜底为其故事结构。这种叙事方式，早在《圣经》中就隐隐约约地作了尝试：两个妇人都咬定自己是婴儿的母亲，告到所罗门那里。所罗门王判道：将婴儿一剖为二。其中一个妇人便主动要求将婴儿判给对方，所罗门王认定她才是婴儿的母亲。这便是运用了逻辑推理的方法。

　　运用法律去解决犯罪现象的文学作品，是在国家机器逐步完善其功能之后的产物。19世纪中叶，欧美一些大都市如伦敦、巴黎、纽约先后成立了警察厅与侦探机构，除了官方的侦探、警察，民间则诞生了私家侦探。私家侦探的产生，是人们寻求保护隐私的反映。由于社会两极分化的加大，一些贵族与资产阶级新贵们，他们或因财产引起暴徒的眼红，或因隐私受到罪犯的敲诈，由于顾忌其身份，他们不愿求助于国家警察厅，转而去寻求能够为他们私生活保密的私家侦探。

　　这种有趣的现象，也与中国明末清初富人们求助于当时诞生的镖局为他们千里运送财物，而不是去寻求官府保护的现象相同。因为西方的侦探与东方的保镖，不仅可以为他们保守秘密，而且有出众的武艺和过人的智慧。由于东西方社会现象的差别，侦探与保镖各具特点，但他们都成为人们希望中的神奇人物。

　　在侦探小说产生之前，犯罪现象已经在一些小说中投下了影子。在古希腊戏剧家索福克勒斯的著名悲剧《俄狄浦斯王》、意大利人文主义代表作家卜伽丘的《十日谈》、英国大戏剧家莎士比亚的《哈姆莱特》中，都写到了谋杀。

而在英国作家威廉·葛德文和查尔斯·狄更斯的作品中有更生动的描述。

威廉·葛德文(1756—836),是英国18世纪末叶民主运动最杰出的代表之一,也是当时著名的哲学家与小说家。他生于牧师家庭,少年时受《天路历程》的影响,长大后成为牧师。但法国哲学家霍尔巴赫的思想影响了他的人生观,他说:"读了《自然体系》,便改变了我的见解,使我成为自然神论者。"1783年,威廉·葛德文辞去牧师之职,投身文学事业,1794年他发表了《事实如此》(又名《卡列布·威廉斯的传奇》),形象地图解了他的理论著作《政治正义论》。

《事实如此》描写了政治压迫和司法专断。书中的地主泰瑞尔表面上是个英国绅士,其实是个专断而粗鄙不堪的暴君;另一主人公福克兰则受过欧洲高等教育,是个人道主义的哲学家。在一次贵族集会上,两个人发生冲突,福克兰在众人的支持之下,把地主泰瑞尔赶出去。泰瑞尔怀恨在心,找机会毒打福克兰,而后福克兰暗中谋杀了泰瑞尔。因为泰瑞尔与他的佃户霍金斯有仇,法官就怀疑凶手是霍金斯与他的儿子。福克兰内心的秘密被其仆人卡列布发现了,福克兰为了摆脱这个证人,就诬告卡列布有盗窃行为,卡列布的辩白与检举几经努力,还是失败了,但最后还是把福克兰送上审判席。福克兰在临终之时,才坦白了自己的罪行。结局是卡列布与福克兰达成了和解。

这部小说在情节描述上采用倒叙形式,卡列布发现自己的主人福克兰谋杀了泰瑞尔,又嫁祸于佃户霍金斯父子,让他们蒙受不白之冤,将处以极刑。作者威廉·葛德文为了写出监狱的真相,专门研究了霍华德写的英国监狱著作,并引用了新门监狱的档案。书中穿插了谋杀、侦察、追捕等情节,读来扣人心弦。英国文艺评论家曾将《事实如此》列为英国文学的"第一部犯罪小说"。

其实,威廉·葛德文的本意是通过描述一起犯罪案,对英国社会制度给予抨击,他指出福克兰与泰瑞尔的道德败坏与堕落乃是因他们在社会上寄生的剥削者地位而产生的。因此《事实如此》不仅仅是一部犯罪小说,还是一部控诉和揭露资产阶级社会不平等、不道德的小说。俄国著名文艺评论家车尔尼雪夫斯基称《事实如此》是一部"卓越的作品"。

1840年,英国实施了教育改革,下层民众有了接受教育的机会,小说也开始拥有广大的读者。这就使英国文学的读者面从贵族开始走向了平民,英国不少小说家也自觉地让自己的作品更贴近平民的趣味,通俗文学开始得以繁荣。1841年，著名小说家查尔斯·狄更斯发表了《巴纳比·鲁德奇》，这部小说以现实主义手法描写了历史上的一次民众运动，书的主角是一个名叫巴凯特的探长，机智勇敢，极富同情心，他熟悉三教九流，对盗匪的内幕也了如指掌。他是狄更斯心目中的一个好警官，也具有侦探的某些特点。《巴纳比·鲁德奇》是第一部塑造探长的文学作品，并把探长的形象描绘得较为完美。小说发表后，赢得热烈欢迎。狄更斯的这一尝试大获成功。在晚年他又写了一部《杜鲁德疑案》，这部小说于1870年在杂志上连载了6期，遗憾的是作者还没完成这部作品就搁笔长逝了。

对《杜鲁德疑案》，狄更斯最早的构思是写一对男女青年，在订婚多年之后逐渐疏远，最后导致分手。但小说中出现了谋杀情节与侦探格鲁吉斯，而神秘的戴吉利则是格鲁吉斯的助手，这些情节当然不能就此断定《杜鲁德疑案》是一部侦探小说。但笔者认为这部小说具有侦探小说的某些特征与痕迹，至少狄更斯在写作中开始意识到如何通过设置悬念，更加吸引读者，从而提高小说的可读性。

这种"疑案"的出现，并不限于《杜鲁德疑案》。狄更斯在他的其他作品中也设置了悬念与疑案，如《荒凉山庄》就包含了"疑案"成分，也出现了侦探，在《远大前程》和《我们共同的朋友》中，也体现了这种风格与创作手法。狄更斯始终认为，一部缺少悬念的作品，是不能引人入胜的。文学作品负有崇高的道德使命，但如果情节不精彩迭起，很难完成这种使命。狄更斯死后，遗稿由福斯特处理，《杜鲁德疑案》于1874年由英国企鹅出版社按作者原稿整理后出版。

威廉·葛德文的《事实如此》与查尔斯·狄更斯的《巴纳比·鲁德奇》《杜鲁德疑案》都不是侦探小说，但这三部小说至少包含了侦探小说的某些特征，正是他们第一次把"犯罪现象"引入了文学领域，才为以后的侦探小说的兴盛与繁荣起到了推动作用。

一般说，侦探小说的构成离不开三大要素，它们是：(一)细致地描述犯罪现象和深入地探索犯罪动机。(二)描写警察与罪犯的斗智斗勇。(三)交代谋杀现场的氛围和依据发生的事实(或某些细节)，进行演绎推理。而英国著名女侦探小说家洛西赛耶斯则强调：侦探小说是由逻辑推理和犯罪心理学两个基本因素构成的。这两种说法都阐述了同一个意思。

如果我们把这三大要素来对照威廉·葛德文与查尔斯·狄更斯的作品，发现在这方面做得还是很不够的。这三部小说都缺少谋杀现场与谋杀过程的氛围描写，因此，笔者并未把这三部小说列为侦探小说，只能把它们视为侦探小说的雏形。

一直到美国作家埃德加·爱伦·坡（1809—1849）写出《莫格街谋杀案》《玛丽·罗杰特神秘案件》《金甲虫》《你就是杀人凶手》《被盗窃的信》，侦探小说才真正问世。爱伦·坡是第一个有意识创作侦探小说的作家，他把侦探与推理构成小说主题，把凶杀作为小说的主要线索。塑造了世界文坛第一个侦探的形象——奥基斯特·杜宾，他好幻想、喜欢静静地思考，对发生的疑案有浓厚的兴趣，他具备一个侦探应有的分析能力。爱伦·坡在五部小说中讲了五种不同的犯罪模式，凶杀气氛营造得令人如临其境。他把犯罪与人的贪欲联系在一起，从而在小说中提出了"作案动机"这样一个至关重要的命题，因此，爱伦·坡被誉为"侦探小说的鼻祖"。

爱伦·坡本人是个传奇人物，他不仅是小说家，除了写侦探小说，还写过多篇幽默、冒险、科幻、恐怖、讽刺小说，他还是美国有名的诗人与文学评论

＞第一位名侦探杜宾

家。他生于波士顿,父母皆为演员,他年幼时父母双亡,被约翰·拜伦收养,才改名为埃德加·爱伦·坡。他少年时代遭遇种种不幸,聪明伶俐的他十分喜欢文学,写双行体讽刺诗,还匿名出版了译集《帖木儿及其他诗》。灰色眼睛、棕色头发、白皙皮肤的爱伦·坡考入大学,后又加入美国西点军校,29岁出版了《阿瑟·戈登·皮姆的故事》,引起读者广泛关注。30岁成了《伯顿绅士杂志》的助理编辑。他在担任编辑期间不断地发表随笔、小说与评论,《怪异故事集》出版后,颇有影响。他36岁发表诗歌《乌鸦》,声誉鹊起。

但由于旺盛的创作生活与过多的精力付出,同时他也染上了酗酒与寻欢作乐,使37岁的爱伦·坡感受到精神压抑与贫病交加的双重压力,他只能把家搬到纽约郊外的乡村小屋居住,比他小14岁的太太维吉尼亚当时已身患重病,于1847年去世。爱伦·坡亦缠绵于病榻,无心创作。后经过克莱姆太太(他的姨妈,也是他妻子维吉尼亚的母亲)与休太太的精心照料下,爱伦·坡身体开始康复,他想办《铁笔》杂志,做了许多努力,但无果而终。他在洛厄尔市作演讲时认识并爱上了有夫之妇安妮女士,没有成功。接连的打击让他感到创作精力枯竭,当他完成散文诗《我发现了》以后,就给姨妈克莱姆太太说:"我不想再活下去了,我已经创作不出新的作品。"1849年10月3日一位《太阳报》工人见到了衣着破旧、人事不省的爱伦·坡,他身旁有一手杖,在送到华盛顿大学医院后,爱伦·坡开始说胡话,一晚上一直喊着"雷诺兹",直到翌日凌晨才安静下来。爱伦·坡临终前说了声:"上帝保佑我",便离开了人世,年仅40岁。他的死因有19种推论,如狂犬病、脑溢血,还有人认定被人谋杀,至今是个谜。

爱伦·坡之后,英国作家威尔基·柯林斯创作了《月亮宝石》,这部小说的意义,把侦探小说从短篇引向长篇,并塑造了一个职业侦探探长克夫。法国作家埃米尔·伽波里奥写出了《血案》《勒考尔侦探》等侦探小说。据柯南道尔回忆,他写出福尔摩斯大侦探,是受了爱伦·坡和埃米尔·伽波里奥侦探小说的影响。

侦探小说之父柯南道尔与福尔摩斯

> 柯南道尔

  侦探小说在世界文学史上占有一个重要的位置,这不能不归功于柯南道尔的努力。在他之前,无论是爱伦·坡,还是查尔斯·狄更斯、威尔基·柯林斯、埃米尔·伽波里奥,他们写的侦探小说或者是其文学创作中的副产品,或者还没有形成独特的艺术风格。但柯南道尔不同,侦探小说是他文学创作的重头戏。他一生写的中短篇侦探小说共70余篇,他精心塑造的文学形象福尔摩斯已成为全世界妇孺皆知的人物。《福尔摩斯探案全集》影响了几代人的阅读兴趣,是柯南道尔首先使侦探小说步入世界文学殿堂。

  柯南道尔(1859—1930),生于苏格兰爱丁堡附近的皮卡地普拉斯。其父是政府建工部的一名公务员,是当地有名的酒鬼,但少年时在绘画上已小有名气。柯南道尔的几个叔叔也是插图画家与封面设计家,绘画艺术对幼年的柯南道尔影响很大。柯南道尔在教会学校毕业后,考入爱丁堡大学攻读医学,1885年获医学博士学位。柯南道尔大学毕业后,在索思西开设私人诊所行医。1902年,他因在英国的南非战争中有功而被封为爵士。

  19世纪的英国,医生的待遇并不高,私人诊所一天来不了几个病人,收入仅能维持生活。大量空闲的时间,却满足了柯南道尔真正的第一爱好——读书。他阅读了大量的文学作品,爱伦·坡、威尔基·柯林斯和埃米尔·伽波里奥的侦探小说,引起了他的兴趣。作为一个外科医生,观察人是一门基础学问。他的老师爱丁堡大学的外科医生约瑟夫·贝尔便是他心目中的偶像。贝

> 福尔摩斯大侦探　　　　　> 凶杀现场　　　　　> 《血字的研究》

尔在讲课时,经常鼓励学生对病人进行精确的观察和逻辑推理,从而对病人的痛苦作出正确的判断。贝尔医生从病人的外貌与穿着中可以判断出对方的职业、习惯与嗜好,这一些都对柯南道尔留下了深刻的印象。柯南道尔就根据贝尔医生的一些特点,塑造出了歇洛克·福尔摩斯大侦探,柯南道尔开始为《康希尔》杂志撰稿。他在29岁那年写出了第一个中篇《血字的研究》。福尔摩斯首次在文学舞台上亮相,他的陪衬人物是一名叫华生的医生。

《血字的研究》展示了柯南道尔最早显露的才华。他笔下的福尔摩斯是个瘦削的高个男人,鹰钩鼻子上有一对锐利的眼睛,他精通解剖学、医药学、化学、痕迹学,对事物极具观察能力,还拉得一手优美的小提琴。他侦破谋杀案,充分注重细节与痕迹,进行逻辑推理。

但这部小说命运不佳,《康希尔》杂志退回了稿子,编辑的理由是:"作为短篇故事太长,作为一本书则太短"。柯南道尔又把稿子投给好几家出版社,对方看都没看,原封退回。后来,总算沃德·洛克出版公司同意出版,但说要过一年后才能列入出版计划。

1887年,《血字的研究》出版了,稿酬仅25英镑。但有家《利平科特》杂志的编辑读了这篇小说,主动向柯南道尔约稿,请他再写一篇侦探故事,这给柯南道尔带来了勇气。三年后,柯南道尔创作的《四签名》问世了,小说以英国对外的殖民掠夺为背景,写舒尔托少校在海外服役时得到了一笔巨大的财产,当他正要透露秘密时,被窗外的一个怪脸人吓死了。美丽的摩斯坦小姐请福尔摩斯破案,于是遭遇一连串怪事,他们历经种种艰辛,终于把凶手抓住,但财宝已沉入大河。整个故事的情调甚为恐怖,福尔摩斯料事如神的本事使跌宕起伏的故事很吸引人。这部小说的出版,大获成功,也奠定了柯南道尔在英国文坛的地位。

1891年,32岁的柯南道尔成了众多出版社和杂志社约稿的对象。他决定弃医从文,专门从事侦探小说创作。他写的短篇侦探小说《波希米亚丑闻》《红发会》《身份案》《博斯科姆比溪谷的秘案》《五个橘核》《歪唇男人》在《海滨》杂志上相继发表,引起读者的广泛兴趣。《海滨》杂志从此销路看好,编辑便请柯南道尔以福尔摩斯为主角,继续写侦探小说。柯南道尔当时反应并不积极,他先是要求每个短篇付50英镑,当第二批故事再次引起轰动后,柯南道尔又要求提高稿酬,提出12个故事要付1000英镑稿酬。《海滨》杂志求稿心切,欣然应允。从中篇《血字的研究》仅得25英镑,到12个短篇高达1000英镑,短短5年,柯南道尔的稿酬是原来的40倍。然而,收获更大的是《海滨》杂志,印数大增,出尽了风头。

柯南道尔也因此名声大振,他不再为生计发愁,便决定停止写这类侦探故事,在《最后一案》中,柯南道尔让福尔摩斯在一次搏斗中坠入激流中淹死,让华生医生来结束这个探案。不料福尔摩斯之死,立即引起英国众多读者的强烈不满,有人甚至表示愤怒,继而对作者柯南道尔进行威胁与漫骂。广大公众不希望自己心目中的英雄就此死去,这简直成了当时文学史上的一个奇迹。

柯南道尔为此既震惊又兴奋,他欣喜地意识到文学艺术原来有如此强大的震撼力,侦探小说已经真正为广大读者所接受、所喜爱。这样,柯南道尔在1901年根据一位朋友讲的达特摩尔的传奇,又构思了一个神奇的故事,取名为《巴斯克维尔的猎犬》。小说出版后则唤起了广大读者和出版商对福尔摩斯复生的希望。在出版商的热情鼓励下,柯南道尔在《空屋》一篇中让福尔摩斯死里逃生,从此开始了另一组侦探故事。1905年他出版了《归来记》与《恐怖谷》,1917年出版了《最后致意》,1927年又出版了《新鞋案》。

1928年至1929年,柯南道尔将旧作整理,把有关福尔摩斯的故事分短篇与长篇两卷在英国出版,全书总题为《福尔摩斯探案全集》。他的小说在英国受读者欢迎的程度完全可以和狄更斯、莎士比亚的作品媲美。

世界各国相继出版《福尔摩斯探案全集》,仅以中国而言,从20世纪80

年代至今,已有30余家出版社出版了这套小说,总印数达2000万册以上。福尔摩斯还从书中走向影视舞台,有关福尔摩斯的神奇故事影响了一代又一代人,至今依旧脍炙人口。

在侦探小说史上,柯南道尔开创了侦探小说的第一个黄金时代,他的文学构思、人物形象与推理手法,影响了后来无数的侦探小说家。美国人约翰·迪克森·卡尔还专门写了一部《阿瑟·柯南道尔爵士》的书,生动记录了柯南道尔从事文学创作的情况。此书出版后在世界各国发行,大大提高了通俗小说家的知名度。

首先,柯南道尔的《福尔摩斯探案全集》引起广泛的欢迎。这就不单单因为故事情节吸引人,笔者认为,他通过侦探小说揭示了社会的现实问题,并在艺术上开创了侦探小说的流派。柯南道尔创作的侦探小说从多侧面反映了英国社会存在的问题,把社会犯罪与政治制度、道德观念结合起来。其他如巧取豪夺、通奸情杀、背信弃义、贪欲逞凶、专横跋扈、尔虞我诈……这些犯罪现象,无一不与政治制度的黑暗与道德观念的败坏有关。柯南道尔还揭示了法律存在的种种漏洞与不合理,以及警察厅的无能、愚蠢与昏庸。由于这类作品宣扬了人道主义、善恶报应和"天网恢恢,疏而不漏"的理想主义观点,无疑受到了读者的广泛欢迎,也充分显示了柯南道尔进步的人生观与其作品的社会意义。

其次,柯南道尔的作品成功地表现"文学是人学"的观点。他笔下的福尔摩斯,是一个有血有肉的文学典型,他的对手,则千奇百怪,有伪善的君子,有凶狠的罪犯,有古怪的变态者,有诡计多端的阴谋家,其犯罪的伎俩,绝不雷同。其中最危险的对手是莫里亚蒂教授,他运用智慧犯罪,背后又有一个庞大的黑社会组织作靠山,但福尔摩斯毫不惧怕,宁可与对方同归于尽,也绝不放过罪犯。在柯南道尔的笔下,还出现了猴子作案,猎犬行凶、美洲豹发怒等情节,更增添了作品的惊险色彩与趣味性,并将操纵这些动物作案的幕后者作了深刻的批判。至于书中的其他人物,那些善良的无辜者,也给读者留下了深刻的印象,他们的命运牵动了无数读者的心弦,一直读到最后化险为夷,罪犯被擒,才能让读者心中的石头落地。可见其笔下的人物写得何等栩栩如生。

第三,柯南道尔创造了侦探小说的严谨结构。侦探小说最易犯的败笔是案情看来神奇,但缺乏逻辑推理,结果让读者在回味中感到案情的不可信。而柯南道尔的70部侦探小说都建立在逻辑推理上,他善于在构思和布局上埋下伏笔,使整个故事更加曲折离奇、引人入胜。有些不可思议的情节,一旦真相大白后,再按照逻辑推理来演绎,会发现作者在布局谋篇上既出人意外又入情入理。在写法上并非单线发展,而是几条线、几个嫌疑人相互交织,在悬念迭起中进入高潮,又在高潮中揭开谜底,因此很有说服力。柯南道尔的侦探小说不仅在文学上独具魅力,而且把科学运用于文学领域,并为文学的主题和构思服务,扩大了侦探小说的内容,客观上也为读者拓宽了知识面。

第四,柯南道尔在叙事语言和情节巧妙安排上,形成了侦探小说独特的模式。读柯南道尔的小说,最初吸引读者的是离奇与神秘,几乎每一件案子的发生都是不可思议的,在案件的发展中,又有许多突如其来的变化,令人目不暇接。《四签名》《巴斯维尔的猎犬》中有些情节,读来让人紧张得透不过气来,凶手隐隐约约地出现,令读者为福尔摩斯捏了一把汗,这种表现手法达到了石破天惊的艺术效果,我们不能不为柯南道尔驾驭故事的能力而叹服。在语言方面,柯南道尔的文笔简洁而流畅,文笔细腻而不拖沓冗长。书中的对话紧紧扣住中心,把一些破绽与疑踪巧妙地放在读者面前,又用扑朔迷离的情节把读者的思维引入歧途。这种文学手法,可以说成功地创建了侦探小说的基本模式,也形成了柯南道尔侦探小说艺术的独特风格。

正因如此,柯南道尔成为世界侦探小说的一代宗师。由于读者对其作品的青睐,柯南道尔的作品的稿酬,达到了当时的文学稿酬的最高水平,大大高于同时代的纯文学小说家的稿酬。美国一家出版社愿以5000美元买下10万字的《巴斯克维尔的猎犬》,每千字达50美元稿酬,在当时是一个天价。而英国一家杂志社则以每千字100英镑来收买柯南道尔的版权,这在当时的英国出版界来说简直是一个奇迹。由此可见,当时柯南道尔侦探小说已风靡到了何等狂热的地步。

"侦探女王"阿加莎·克里斯蒂的传奇

> 侦探女王阿加莎·克里斯蒂　　> 年轻时的阿加莎·克里斯蒂

就在柯南道尔写出《四签名》并大获成功的那一年,英国诞生了一个女婴,她就是日后在世界侦探小说史上再创辉煌的"侦探女王"阿加莎·克里斯蒂。

阿加莎·克里斯蒂(1890—1976),原姓米勒,生于德文郡托尔奎市,她父亲是个英籍美国人,母亲是英国人。她11岁那年,父亲因病去世,她获得的文学素养完全来自母亲的教育。她母亲是个思想开放的女性,很喜欢文学,她把女儿留在身边,常常给她讲世界文学名著,帮助女儿汲取文学营养。据阿加莎·克里斯蒂后来回忆:"我最初读的是狄更斯的小说,是狄更斯哺育我长大的,狄更斯对我喜爱上写作起到了很大的作用。《艰难时世》是我少年时代最喜欢的书,我还喜欢奥斯汀的作品。"在当时的英国,女孩子很少有机会上学,阿加莎·克里斯蒂文学素养的提高得益于读书。

阿加莎·克里斯蒂年轻时曾在巴黎学过音乐,但对文学的爱好使她最终放弃了走歌唱家的道路。她24岁那年,与阿奇博尔德·克里斯蒂上校结婚。第一次世界大战期间,她参加了红十字志愿队,从事救护工作,从前线回来后,她开始写作。在少年时,她曾受母亲的鼓励,写过一篇短篇小说,虽没有发表,但激起了她的创作欲。她曾和她的姐姐打过赌,她"长大后一定会成为一个优秀的小说家"。克里斯蒂最早的创作是诗歌,也写过剧本,后来又写了一部长篇。她最初写的东西,情节比较沉闷,自己也不愿再读第二遍。这样摸索了好几年，她一边读书一边写作，慢慢地喜爱上写侦探小说。是柯南道尔的侦探小说打开了她的思路与视野，福尔摩斯成了她心中的英雄，她模仿柯南道尔的写法，在她30岁那年，写出了第一部侦探小说《斯泰尔斯庄园奇案》。

《斯泰尔斯庄园奇案》塑造了一个外形与性格截然不同于福尔摩斯的艺术典型——波洛。波洛是个比利时人，矮个子，有翘起的八字须，其貌不扬，有特殊的洁癖，头脑里面有许多个"灰色细胞"——所谓推理因子。据克里斯蒂自述，波洛是以她家乡的一个比利时流浪汉为模特的。福尔摩斯擅长格斗，波洛却不会武功，他破案靠的是用脑子。福尔摩斯身旁有个华生医生作助手，衬托波洛的则是一个高个子的哈斯丁船长。哈斯丁的思维方式总是比波洛慢半拍，从而显出波洛敏锐的判断能力，两人合作相当合拍，这对搭档很富有戏剧色彩。

《斯泰尔斯庄园奇案》的命运如同《血字的研究》，出版商对这部小说毫无兴趣，先后被6家出版社退稿。有一家出版社把稿子放在抽屉里搁了整整9个月，令克里斯蒂愁上眉梢。此书最终在1920年由约翰·莱恩出版社出版，印了2000册，所得稿酬与《血字的研究》相同，仅25英镑。但这部小说的出版，给克里斯蒂打了一针兴奋剂。她又写出了五六部侦探小说，其中两部仍以波洛为主角，出版后未引起轰动。1926年，克里斯蒂写出了《罗杰疑案》，这才一举成名。这部小说写一个有钱的绅士，被人割断喉咙死在书房内，报案人请波洛来侦破案子。克里斯蒂在小说中采用一种新的叙述方式，用第一人称来叙述曲折迷离的故事，结果那个叙述者竟是谋杀犯。这种形式让阿加莎·克里斯蒂一夜之间成为家喻户晓的走红作家。

在她作品走红的日子里，发生了两起有关她个人生活的不幸事。首先是她母亲去世，接着是她丈夫阿奇博尔德·克里斯蒂上校有了一个名叫蒂莎·尼尔的情人，并决定与她离婚。这两件事给她很大打击，她突然失踪了，英国警方为此出动了500名警探，带上警犬，动用飞机，在灌木丛林中进行大规模的搜索。电台也报道了英国走红女作家克里斯蒂神秘失踪的消息，此事还引起了柯

＞大侦探波洛

南道尔的关注。柯南道尔也参与了调查,并预言:"克里斯蒂绝不可能自杀,我相信她在一个月内会出现在广大读者面前。"

果然,在她失踪后的第12天,警方终于在著名旅游胜地哈罗门酒店找到了她。克里斯蒂当时用的化名是"蒂莎·尼尔"(是她丈夫情人的名字)。阿加莎·克里斯蒂后来解释,因为她当时患有失忆症。经过半年的疗养,她才恢复了健康。

1928年,阿加莎·克里斯蒂与丈夫正式离婚,结束了她14年的婚姻生活,但她写作时仍以克里斯蒂为笔名。两年后,她在考古活动时结识了比她年轻的麦克思·马洛文教授,两人一见钟情,很快坠入情网,不久便喜结良缘。他俩婚后常常去中东考察古迹,这桩婚姻安定了克里斯蒂的心境:而浪漫的旅行,也为女作家写出异国情调的侦探小说提供了大量的素材。如《偷宝石的猫》就以此为背景。

据阿加莎·克里斯蒂自述:"第二次婚姻是相当美满的,不仅让我鼓起了生活的信心,也使我把整个身心投入到写作之中。"不久,她就写出了轰动世界文坛的《牧师住宅凶杀案》《东方快车谋杀案》《尼罗河上的惨案》《十个小黑人》《捕鼠器》《诉讼的证人》等作品。每部作品都引起了读者狂热的欢迎,书中的侦探波洛,继福尔摩斯之后成为第二个世界级的大侦探。

克里斯蒂的写作速度十分惊人,虽然她不擅长用打字机打字(只会用三个手指打字),但她写一部20万字的小说,只需要两个月。她喜欢躺在浴缸里边吃苹果边构思小说,一旦构思成熟,落笔飞快。她说:"我写书的第一步工作

> 阿加莎·克里斯蒂自传

是先构思故事的框架,这事一直令人担心,直到把它写出来我才能安下心来。"她一生中写了近70部中长篇侦探小说,还有14部剧本与20部短篇,以及6部爱情长篇小说,5部诗集,2本儿童读物,还有一部自传。可以说是一个多产优质的作家。她在英国的文学地位,大大超过了柯南道尔。她在66岁那年,荣获"不列颠帝国勋章"和埃克塞特大学名誉文学博士学位。法国总统戴高乐自称是"克里斯蒂迷",英国女王玛丽也把读阿加莎·克里斯

蒂的小说作为她生活中一种最好的享受。

在玛丽女王80岁生日时，英国BBC电台为女王祝寿，记者问女王喜爱什么节目，玛丽女王指定要播出阿加莎·克里斯蒂的作品。来自上流社会的嘉奖和鼓励大大提高了阿加莎·克里斯蒂的知名度，她的侦探名剧《捕鼠器》在英国舞台连演30年至今不衰，创造了戏剧史上长演不衰的纪录。她的作品被译成103国文字，在157个国家出版。据不完全统计，总印数已逾20亿册，成为世界上最畅销图书，与《圣经》《莎士比亚戏剧集》同列世界畅销书前三位。

1975年，阿加莎·克里斯蒂写下她最后的一部小说《帷幕》，让大侦探波洛在书中自然死亡，这使众多读者大为惊叹。翌年1月12日，阿加莎·克里斯蒂在英国沃林福特平静地与世长辞，她活了86岁。她的第二任丈夫马洛文教授因其学术成就被封为爵士，为此克里斯蒂也成了爵士夫人。她因创作侦探小说的成就，被吸收为英国皇家文学会的会员，后被英国女王授予"侦探女王"的桂冠。这些殊荣超过了柯南道尔所获得的荣誉，名声之大实在不亚于英国同时代任何一位纯文学小说家。她在晚年回忆自己的写作生涯，动笔写了一部自传。《阿加莎·克里斯蒂传》是一本文笔相当优美的传记文学，并成为侦探小说史的重要文献。她的生平事迹，被拍成传记片《阿加莎》。她成为英国乃至世界文坛的侦探小说大师。

如果说柯南道尔开创了侦探小说的第一个黄金时代，那么，克里斯蒂则是世界侦探小说史上的第二个黄金时代的代表人物。分析她的侦探小说艺术，可以让我们了解这位被誉为"文学魔术师"创作的新风格。

阿加莎·克里斯蒂首先是文学魔术师。她的作品在布局与情节上很有特点。作品一开卷就疑云密布，奇事迭出，让读者产生了迷惑与好奇心。她的处女作《斯泰尔斯庄园奇案》写年过七十的富有寡妇埃米莉太太突然爱上了庄园女管家华德的表兄阿弗雷德，并与这位比她小20岁的男人结婚，为此引起埃米莉太太的儿子与亲戚的不满与敌意。随即是埃米莉太太突然猝死，死因是服了毒药，于是一起谋杀案就呈现在读者面前。侦探小说《命案目睹记》写麦克吉利克蒂太太在火车上观光，偶然发现另一列火车上，有一个背对自己的高大男子活活扼死了一个女人。《银行家的神秘失踪》写著名金融家戴温汉在周末午后出外散步，结果神秘地失踪了，有人窃走了他保险箱里的巨额股票。《神秘的别墅》写年轻美丽的格温达·里德小姐婚后买下了一幢维多利亚小别墅，在装修房子时发现了一连串不可思议的怪事，别墅内的布置和装饰几乎与她原来设想的一模一样。这些开局的描写，令人感到异峰突起，引起了读者浓厚的阅读兴趣，于是就陷入克里斯蒂设下的一个又一个陷阱之中。接着，克里斯蒂又使出新的一招，在情节跌宕起伏的故事中，人人疑是凶手，处处仿佛迷宫，当你刚刚朦胧地意识到某人是凶手时，克里斯蒂笔锋一转，又使你对自己的判断产生了怀疑，你的结论一次又一次被否定，而那个站在雾里的凶手始终让你摸不着看不清。《尼罗河上的惨案》写万贯家财的林内特·里奇韦小姐和她女友杰奎琳的恋人赛蒙·多尔结婚了，当他们乘豪华的旅游船在尼罗河上开始旅行时，林内特突然被害。凶手可能是船上同行的8个旅客，他们都有作案的可能与犯罪的动机，凶杀案一次又一次发生，但一个又一个嫌疑人被否定了。读者初读这部小说时，简直被克里斯蒂神奇的构思牵住了鼻子，结局是大出意外，没有作案时间的赛蒙·多尔与杰奎琳小姐才是真正的凶手。《畸形屋》写85岁的富商里奥奈兹中毒身亡，这件谋杀案涉及到他的儿子、孙女、第一个妻子的妹妹，还有他的遗孀……这些扑朔迷离的情节给谋杀案蒙上了神奇的面纱。《高尔夫球场的疑云》写大富翁保罗·雷诺被人谋杀，死者生前与好几个女子有暧昧关系，他的夫人周围则有一个神秘的男人，情节错综复杂。总之，读克里斯蒂的作品，高潮迭起，令读者欲罢不能，紧紧盯着她时，也猜不出克里斯蒂的葫芦里卖的是什么药。当读者稍一疏忽，她就会让你大吃一惊。聪明的克里斯蒂把谋杀作为一场智力猜谜游戏，令读者陷入迷宫而不辨东西，在真相大白之后不得不佩服她丝丝入扣的分析，感叹自己思维能力的欠缺。

其次，阿加莎·克里斯蒂是一位心理学家。她的每部侦探小说都是心理学在文学上的巧妙运用。她笔下的波洛，头脑里有无数"灰色细胞"，"灰色细胞"就是这位矮个子侦探对每个人的心理活动作科学推理的因子。波洛擅长从对方的服饰、举止、爱好、经历和人生观诸方面作综合分析，然后进行逻辑推理。波洛几乎没有与任何凶犯搏斗过，他总是慢吞吞很悠闲，像一只经验丰富的老猫观察一群嬉闹的小老鼠，从中找到作案的是哪一只"老鼠"，然后把它绳之以法。克里斯蒂笔下另一位女侦探马普尔小姐，表面上是一位爱扯

闹的老姑娘,外号叫"老猫"。其实,马普尔小姐是利用闲扯来进行识别与推理,她总是把无关紧要的闲话与有意的谋杀联系在一起,透过罪犯的某些细节与不寻常的举止来窥视其内心的秘密。她和波洛一样,都是心理学家。在《东方快车谋杀案》中,波洛对12个旅客的心理活动作了推测,并了解了每个人的历史,从中得出了杀死雷切特的正是12个人共同作的案,原来他们是要为无辜的孩子复仇。马普尔小姐则在《牧师住宅凶杀案》和《书房的死尸》两案中,有惊人的表现,以她的智慧与心理学知识,让迷雾中的真凶从幕后走到了幕前。充分显示心理推理在侦探小说中的魅力。

第三,阿加莎·克里斯蒂是一个优秀的文学家。尽管她没有进过正规的学校,但她的文字精巧优美,语言流畅自然,明显受到狄更斯小说的影响。她的小说在结构上超过了柯南道尔。柯南道尔擅长写短篇,而克里斯蒂则擅长驾驭众多人物与复杂情节,致力构思长篇侦探小说。她小说中的伏笔与线索也比柯南道尔丰富得多,克里斯蒂擅长用多侧面的表现手法来反映社会现实,并在每一桩凶杀案的背后插入时代背景与风俗人情的描写。如在《尼罗河上的惨案》中,用优美的文笔描绘水上风情和名胜古迹;而在《偷宝石的猫》一书中,则对中东的地理环境与当地风俗的描写富有浓厚的生活气息。这些描写和叙述,加强了侦探小说的文学性。克里斯蒂还是写对话的高手,她笔下人物的对话,都有巧妙的暗示,给读者一种艺术享受,也是一种巧妙的伏笔。尤其难得的是,阿加莎·克里斯蒂不单单是为了写谋杀而炮制侦探小说,而是借侦探小说这种题材来展示她的文学才华,把侦探小说的艺术性提高到一个新的高度,从而具有积极的社会现实意义。

日本推理小说之父江户川乱步

> 江户川乱步

　　日本侦探小说起步，先后经历了翻译、模仿、改写欧美侦探小说的过程。思想家神田孝平在明治十年，翻译荷兰刑事案件小说《荷兰美政录》中的《杨牙儿奇谈》刊于《花月新志》。同治十二年，日本翻译家黑岩泪香(1862—1920)将欧美侦探小说移花接木，把原小说的背景、事件与人物改成发生在日本，引起读者兴趣，其译笔与方法类似中国的林琴南，他还创作了日本第一部侦探小说《无惨》。而丸亭素人、原抱一庵、水田南阳外史也纷纷将欧美侦探小说改头换面推出"日本版"。大正年间，谷崎润一郎出版了《杨柳浴事件》，芥川龙之介推出《开花的杀人》，佐藤春推出《指纹》。纯文学小说家首先在社会题材小说中引入侦探情节的悬念，以此加强作品的可读性。

　　经过一段时间的摸索，终于让欧美侦探小说在日本文坛开花结果。首先让日本侦探小说登上文坛的是江户川乱步，他被誉为是"日本推理小说之父"，也是"本格派"侦探小说的创始人。

　　江户川乱步(1894—1965)，本名平井太郎。其父平井繁男曾受过大学教育，毕业后在官厅供职，后来经商，创办了平井商社，家庭生活尚好。江户川乱步自幼体弱多病，常患感冒，每逢生病，其母就为他讲述黑岩泪香译的欧美侦探小说，在他幼小的心灵中培养了对侦探小说的兴趣。童年时代的江户川乱步性格文静内向，有怪癖，从不肯脱下袜子光脚下地，喜欢读书，一读就是半天。

他17岁那年，他父亲经营的平井商社倒闭了，家庭陷于困境，他投考高中的愿望也随之破灭。其父带了江户川乱步去垦荒，江户川乱步体力不支，又不甘心务农。其父为他好学精神感动，终于背债让他上学。江户川乱步经过努力，考入早稻田大学预科班，开始半工半读。江户川乱步在课余时间，去印刷厂当徒工，为人补习英语，到图书馆当管理员。由于兼职太多，他大学毕业时并没取得学位。但这段经历让他接触了社会，也读了不少书。

20岁出头的江户川乱步经历两次恋爱：初恋开花不结果。第二个恋爱对象是村山隆子，两人在商定结婚之际，江户川乱步却想离开隆子，原因是他一贫如洗，无法养家活口。而村山隆子一往情深，因思念他而忧郁成疾。江户川乱步深受感动，正式向隆子求婚，隆子获悉后不治而愈。两人终结良缘。

江户川乱步婚后生活艰难，曾把棉被卖掉度日。隆子兄长见他落魄，介绍他去东京都政府社会局工作。但江户川乱步的性格不适合当文员，干了半年就辞职了，后来又换了几处工作，都未如意，弄得家境日益困苦，他只能带了妻子、儿女回乡下父亲的老家。尽管生活入不敷出，江户川乱步仍是一个读书迷。他是一个除了读书写作对其他工作都不感兴趣的人，其间受川崎的鼓励，写了一篇《石头的秘密》，投寄给报社，结果石沉大海，杳无音讯。

在乡间闲居，江户川乱步索性埋头写作。他想起幼年时母亲给他讲的侦探小说故事，就把旧箱子翻过来当桌子，终于写出了两篇侦探小说：《两钱铜币》与《一张车票》。这次用的笔名是江户川乱步，日文读音是"艾特加华伦坡"，意思是作者崇拜爱伦·坡。

> 作者在江户川乱步文学馆留影

> 江户川乱步与妻子的塑像

> 江户川乱步文学馆中的黑猫

　　他曾把两篇小说投寄给《新青年》主编森下雨村。森下雨村主持的《新青年》杂志专门刊登欧美侦探小说译作,见到本国作者的作品,十分赏识。他当晚便去访问作者。不久,这两篇小说相继在杂志上刊出,并受到文坛注目。此时江户川乱步正好29岁。

　　在恩师森下雨村的鼓励下,江户川乱步在大正十四年(1925)先后写出了一组侦探小说:《D坡杀人事件》《心理试验》《人间椅子》《屋脊里的散步者》《赤色部屋》。森下雨村为了培养这个文学新人,在发表小说的同时,还配写文学评论,使江户川乱步在一年之后成为一个小有名气的侦探小说家。

　　1926年,江户川乱步的创作从短篇侦探向长篇过渡,他为《朝日新闻》写了两部连载小说《奇幻岛》与《矮人》,小说充满悬念,但文字还很相糙,发表后引起两种截然不同的反响,有人赞誉,有人批评。这场争论使名不经传的江户川乱步成了文坛的争议人物。

　　从1929年至1931年,江户川乱步先后写出了《阴兽》《男人的旅程》《妖虫》《黄金面具》《地狱中的魔术师》等侦探名篇。他笔下的侦探明智小五郎最先在《D坡杀人事件》亮相,后来成了日本家喻户晓的人物。明智小五郎以研究人的犯罪心理而引起读者兴趣。这位高个子的大侦探不修边幅,擅长推理,动作敏捷,思路奇特。

　　江户川乱步虽然在写作上取得了成功,但他的心理承受能力极差。每见报上有文章批评他的作品,他就想“封笔”不写。与江户川乱步知交的横沟正史(日本“变格派“创始人)当时正中风住院,他在病床上给江户川乱步写了一封语重心长的公开信,指出江户川乱步要摆脱自卑的心理,要对写作有信心。对于好友的规劝，江户川乱步进一步反省，从此他又以旺盛的热情投入到写作之中。

江户川乱步相继写出了《怪人二十面相》《少年侦探团》等新作，再次获得好评。在日本走上侵略战争的道路后，江户川乱步以沉默来对抗军国主义文学，第三次"封笔"。第二次世界大战结束后，江户川乱步才又活跃于文坛，并创办了专门刊登侦探小说的杂志《宝石》。1947年日本成立侦探作家协会，时年53岁的江户川乱步出任首届会长。

1949年是美国作家爱伦·坡逝世100周年，日本文学界大搞纪念活动。江户川乱步回顾自己的创作经历，出版了《侦探小说三十年》，客观评述了自己创作的优点与缺点。为了鼓励新人辈出，江户川乱步用自己的稿酬设立了100万日元的"江户川乱步小说奖"，以此来推动日本侦探小说的发展。鉴于江户川乱步对日本侦探小说的贡献，1961年颁发给他紫绶褒章。1963年日本成立推理小说作家协会，江户川乱步被推选为理事长。他只出任了7个月，终因精力不支而辞职。1965年江户川乱步因脑溢血病逝，享年71岁。

综观江户川乱步一生的创作活动，可知他是一个情绪极易波动的作家。他在贫困的生活中寻求自己的理想，他一生写了七八十篇侦探小说，为开拓日本侦探小说这一领域作出了重大贡献。他在晚年声誉蒸蒸日上，这是当时日本人喜爱侦探小说的一个重要反映。

"本格派"与"横格派"侦探小说虽未脱尽欧美侦探小说的范畴，但为以后日本社会派推理小说的出现，并形成自己独特的风格，起到了很大的促进作用。大侦探明智小五郎也成了20世纪四五十年代日本国民崇拜的一个英雄。

日本推理小说大师松本清张

> 松本清张

在日语中所谓"推理"与"侦探"一词本为一个意思。把"侦探小说"改称为"推理小说",是日本小说家木木高太郎首先提出来的,当时文坛对此反应冷淡,后来日本实行文字改革,"侦"字被废止,文艺界这才用推理小说替代侦探小说。正是在这定义的推动下,开一代风气之先的松本清张亮相于日本文坛。

松本清张(1909—1992),生于福冈县的一个贫苦家庭,他有两个姐姐,因家贫而夭折,他成了家中唯一的孩子。他读到小学毕业,就到一家电器公司当徒工,后来又去印刷厂当石版绘图的学徒。28岁那年进入《朝日新闻》福冈分社当记件工,后在广告部搞设计。第二次世界大战期间,他被征召入伍,派到朝鲜去打仗,战后回到九州的《朝日新闻》社工作。此时他正好40岁,还未发表过一篇作品。只受过小学教育的松本清张十分好学,他在做工谋生期间,读了大量文学作品,激发了创作欲。

1950年,《朝日周刊》举办了"百万人小说"征文比赛,第一名可获30万日元的奖金。这笔可观的奖金对养活七口之家(他与妻子阿谷生有三子一女,还有一个失明的老祖母)的松本清张是一种诱惑。他当时连墨水与纸也买不起,就用铅笔在一本纸质很差的本子上写小说。这篇处女作题名为《西乡钞票》,意外获得三等奖,获得了10万日元奖金。据评委事后透露,该小说原可获一等奖,因为作者是报社职工,才改为三等奖。尽管如此,这对初入文坛的松本清张来说,已是一个大喜讯。小说写一个人力车夫和一个官员的小老婆私通,那个官员在官场为非作歹,利用通货膨胀以饱私囊。这篇小说以言情为经,以黑幕为纬,反映了日本社会的畸形发展,显示了松本清张现实主义的文风。《西乡钞票》的获奖,给松本清张带来极大的鼓励与振奋。他虽然已经不年轻了,但心情之激动仿佛少年人。他从此专心写作,尽管环境很差,他与父母、妻子及4个孩子一家7口住在一间小屋内。到了夏天,蚊子猖獗,妻子与4个孩子睡一个蚊帐,老祖母睡一个蚊帐,松本清张白天上班,晚上不顾辛劳,伏在昏暗的灯下一边写文章,一边用扇子赶蚊子,这种艰苦的环境锻炼了他的毅力与自强不息的信心。1952年,松本清张又写出一篇《"小仓日记"的故事》,投寄给《三田文学》杂志,因得到著名作家木木高太郎赏识,获得第28届"芥川奖"。"芥川奖"是日本文坛的文学新人奖,43岁的松本清张以文学新人崭露头角。

木木高太郎年长松本清张12岁,当时已是"本格派"的代表作家之一。他读了松本清张的几篇小说后,就认定松本清张是个可造之材。在木木高太郎的鼓励下,松本清张以写作为生,在《文艺春秋》上发表了《战国权谋》《菊花枕》等多篇小说。推理小说《点与线》深获好评。这是他创作的第一篇推理小说,也是日本推理小说史上的一个突破,后被评为世界十大侦探推理小说佳作之一。

＞写作中的松本清张

＞松本清张写作的书房

从1956年起，松本清张专注创作推理小说，如《场》《杀意》《共犯》《颜》等作品。《颜》曾在《旅》杂志上连载一年，深受读者欢迎，并获得日本侦探作家俱乐部颁发的大奖。

松本清张经过刻苦的努力，终于写出了《隔墙有眼》，引起出版界的注目。《点与线》与《隔墙有眼》的发表，是日本文坛推理小说划时代的开始，从此诞生了日本的社会派推理小说。

松本清张是一个只读过小学而大器晚成的多产作家。他40岁前，过着压抑的贫困生活，他写过一本自传《半生记》，将自己40年贫穷辛酸的生活描写得淋漓尽致，让人读了流泪；40岁以后，松本清张的文学才华得到了挖掘和开发，他又先后写出了《波塔》《默兽的路》《深层海流》《雾之旗》《黄色风土》《女人的代价》《私奔》《死亡的流行色》《纽》《潜在的杀意》《龟子旅馆的凶宅》《谋杀情人的画家》《额与齿》等，作品多达200余篇。除了写推理小说，他还是一位历史研究爱好者，他先后写了报告文学《日本的黑雾》《昭和史发掘》，并从事古代疑案资料的研究，著有《古代疑史》《游史疑考》等学术专著。此外，松本清张还是一位美术鉴赏家，尽管他只读到小学毕业，但依靠自学外语，能讲一口流利的英语，在文学艺术领域中显示了他的多种才艺。

根据他的小说改编的电影《砂器》曾轰动日本，也风靡世界影坛。1963年，松本清张接替江户川乱步担任日本推理小说作家协会理事长。他在晚年总结了自己的写作经验，他说："作家不是特别的存在，而是普通的市民，若有特权思想，岂不自寻末路？"正因为他亲身经历了40年艰苦的磨练，在他的作品中特别同情小人物。他力求自己作品接近庶民，即为普通老百姓而写。与江户川乱步、横沟正史相比，松本清张的文风更加平易近人，通俗流畅，从而为各个阶层的读者所喜爱。松本清张的作品拥有广大的读者，被世界文坛公认为继柯南道尔、阿加莎·克里斯蒂之后的第三位侦探小说大师。

松本清张是社会现实派的推理小说大师。他的作品全方位地描述了日本社会的矛盾冲突，把批判的锋芒直接指向高层的统治集团。《波浪上的塔》揭露政府官员与财界巨头相互勾结，贪赃枉法；《雾之旗》揭开了日本法律界貌似公正无私的面具，对日本法律作了无情的鞭挞；《黄色风土》抨击了日本军界的狼狈为奸，欺压贫民；《萧瑟树海》暴露了日本教育界的尔虞我诈，黑幕重重；

《深层海流》则把矛头直接指向政府内阁的假公济私、荒淫无耻。在反映社会面的广度上，松本清张的作品也有了新的视角。他的《点与线》第一次把侦探场景无限扩大，南到九州，北到北海道。松本清张用寻找犯罪的线索对日本统治集团与黑社会集团联合勾结犯罪作了深层次的剖析。松本清张还公开宣称"文学即暴露"，他以自己的作品证明了自己不仅是一个有强烈社会责任感的作家，而且是一个敢于说真话的作家。读他的作品让人们认识人生百态和日本社会的本质，社会派推理小说也成为一本精彩迭起的日本国情教科书。

在松本清张的小说中，没有一个固定的大侦探，没有福尔摩斯、波洛，也没有明智小五郎、金日耕一助。他把侦探写成普通的刑警，把犯罪案件与日常生活琐事联系在一起。在《确证》一篇中，商行小职员大庭章二性格忧郁，妻子多惠子热情开朗。丈夫怀疑妻子有私情，几次故意突然返家侦察，但一无所获。后来他为了取证，居然自己去红灯区嫖妓，得了性病，然后传染给多惠子，又无故怀疑自己的同事片仓。但事实并非如此，而是多惠子知道丈夫章二喜欢吃肉，为此被肉店老板诱骗而失身，这个善良的女人因染上性病而被肉店老板所杀。这个故事情节非常简单，但意外的结局却启示人们：性格是造成悲剧的主要原因。《盗卖赛马情报的女人》写日本商会社长米村重一郎发觉自己的赛马情报被人窃听了，他怀疑是自己的女秘书星野花江，他派雇员八田英吉去调查。八田英吉为了完成任务，去追求这个貌不出众的老姑娘星野花江，这次意外的爱情使性格古怪的星野花江变得温柔起来。但这样的爱情是没有基础的，当八田英吉想要离开星野花江时，星野花江便要索还借给他的钱。八田英吉贪财生邪心，动了杀机，但最终落入法网。这个故事中的凶手与被害者均是小人物，揭示了为金钱的爱情是人生的一个悲剧。《龟子旅馆的凶宅》写山井善太郎是个收藏狂，他热衷于收藏大宾馆中的小摆件，如烟缸、匙子、酒杯等，这种恋物癖使他意外见到了一起杀人案。一个头发花白、颇有身份的男人在狂奔中死于心脏病。山井善大郎因偷了一个小球状的植物根被警方逮捕。警方发现那种植物是一种慢性毒药。凶手正是那个年轻漂亮的女人英子，她与厨师合谋杀死了丈夫，夺取了财产，最后终于受到法律制裁。这三篇小说都以小人物的生活琐事为主要内容，案件的发生就仿佛在我们的身边。

松本清张创造了朴实无华、平易近人的文风。他写人状物，有根有据，读来真实可信。他以城市、乡村、名山、温泉、海滩、悬崖为背景,故事情节一一交代清楚。看他的推理小说,如读游记,有详尽细腻的风土人情、气候环境以及名胜古迹的描述,连交通情况、行车时间都很精确。在《点与线》一书中,火车、飞机的时刻表都达到完全真实的地步,并成为破案的关键线索。松本清张的文字并不花哨,因为他为普通读者而写作,力求文字的晓畅通俗,如《女人阶梯》《女人的代价》不仅叙述平实,写人物的心理活动,也入木三分。松本清张40年来勤勤恳恳写作,追求一种为平民百姓所能接受的文风。从故事内容到文字风格,都显示了雅俗共赏的艺术特点。

松本清张的推理小说有较高的艺术趣味。他的作品不渲染暴力,没有血腥味,他不以恐怖的故事和离奇的情节来吸引读者,而以深刻的社会背景与尖锐的矛盾冲突来组织故事结构,这也是他的创新之处。他写了很多畸形的男女关系,但没有色情的描述,交代两性关系既细腻又点到为止。他把推理小说写得诗意盎然,以优美的文笔来描写人物的心理活动,挖掘他们困惑的原因,即便是凶手,也着重揭示他们的犯罪动机与其内心痛苦的挣扎,从而加深了主题的深刻性与社会意义。

＞作者在松本清张纪念馆留影

擅长刻画"人性"的森村诚一

> 森村诚一在写作中

从20世纪60年代至80年代，日本推理小说家人才辈出，但称得上一流的作家屈指可数。能和一代宗师松本清张比肩的仅森村诚一一人。

森村诚一于1933年生于埼玉县熊谷市，父亲是个商人。他从小没有受过生活的重压，从中学到大学，一帆风顺。1958年毕业于青山学院，他是英语科班出身，在大学期间读了不少欧美小说，他最崇拜的作家是罗曼·罗兰，《约翰·克里斯朵夫》是引导他走上文学道路的"圣经"。

森村诚一大学毕业后，先在新大阪饭店工作，后转入新大谷饭店任职，从服务员升任为柜台主任。饭店的生活机械而刻板，但森村诚一却从大饭店中接触了各种各样的人，看到了光怪陆离的社会现象，黑暗与光明、卑鄙与正直、无聊与振奋……面对现实，激发了森村诚一的创作欲。他想通过写自己熟悉的饭店生活来反映现实，倾诉自己的感受和显示自己的才华。1967年他毅然辞职，到商业学校做讲师，并开始他的创作生涯。

在他35岁之前，写出了《大城市》《分水岭》等社会小说，其作品文笔洗练，深刻反映了日本的社会问题，但小说完稿后找不到出版单位。一个默默无闻的小职员想独自在文坛上闯出一条路来谈何容易。一直到森村诚一后来功成名就，这两部作品才陆续出版。森村诚一在处女作碰壁之后，决定

> 森村诚一作品陈列馆

另寻出路。当时，松本清张的社会推理小说正火热，森村诚一读了之后，豁然开朗：反映社会问题的题材，完全可以用推理小说的形式来表现。他于1969年写出了《摩天大厦的死角》，这部书稿以他工作的大饭店为背景，以饭店经理被谋杀于密室为线索，从而引出一连串的凶杀案。由于作者熟悉这段生活，写来真实可信，推理也十分严密，于是作品很快得以发表，并获第15届"江户川乱步奖"，由此正式登上日本推理小说的文坛。

从此，森村诚一致力于创作社会派推理小说，于20世纪70年代起先后写出了《虚幻的坟墓》(1970年)、《新干线杀人事件》(1970年)、《东京机场杀人案》(1971年)、《密闭山脉》(1971年)、《超高层饭店杀人案》(1971年)、《腐蚀》(1971年)、《日本阿尔卑斯杀人案》(1972年)、《铁筋畜舍》(1972年)、《异型白昼》(1972年)、《正午的诱拐》(1972年)、《星的故乡》(1972年)、《恶梦的设计者》(1973年)、《恐怖的骨骼》(1973年)、《通缉令》(1974年)、《黑魔术之女》(1974年)、《锁住的棺材》(1974年)。他每一年平均推出2—4部长篇推理小说，还写了大量的短篇推理小说，其作品多达100多部，主要作品还有《太阳黑点》《恋情的报复》《荒诞世界》《催眠术杀人案》《正义的谋杀》《虚幻的旅行》《"蔷薇蕾"的凋谢》。在1975年至1977年的三年中，他先后写出的系列推理小说《人性的证明》《青春的证明》《野性的证明》轰动文坛；另一组三部曲《黑十字架》《白十字架》《火十字架》,也获好评。

在20世纪70年代,涉足推理小说领域的日本作家多达百人,但森村诚一的作品以其独特的构思、严密的推理和细腻的心理描写独占鳌头。他的《腐蚀》一书荣获第25届日本推理作家协会奖,而给他带来殊荣和声誉的则是他的"证明"三部曲。《人性的证明》在10个月内再版30多次,半年中销量达300万册,这在日本出版界是一个奇迹。该作品荣获"第三届角川小说奖",被列入世界侦探小说的十大精品之一,改编成电影风靡世界各国。

综观森村诚一的创作道路,他一次又一次突破自我。笔者曾读过许多形形式式的侦探小说,但森村诚一的作品无疑是最吸引笔者的。无论是洋洋30万字的长篇巨作,还是千余字的短篇小品,都别具一格,有很强的艺术感染力。

首先是森村诚一作品题材广泛与寓意深刻。他从寻常的普通生活出发,抓住典型事件来表现重大的社会题材。《荒诞世界》写留美大学生弘间康夫在美国为了金钱,不惜充当男妓,可以和年龄上当他母亲的外国女人上床,过着极其糜烂的生活。他回国途中,在飞机上搭识了名门之女后町那美,便去杀害帮助他去美国留学的恋人三泽佐枝子。这起谋杀案不仅揭示人性的丑恶,而且写出了日本商界的激烈竞争,社会道德的堕落,以及复杂的社会问题。《太阳黑点》则揭开了日本政界的黑幕重重,尾声以作案者师冈因脑血栓变成废人而掩盖了政府内阁官员的卑鄙无耻的真相,令读者扼腕长叹。《恶梦的设计者》写日本商界巨头川总一郎家族为了争夺财产,一

>《人证》

>八杉恭子

方面不惜杀人，制造凶案；另一方面则冒名顶替，耍尽阴谋，赤裸裸暴露了日本社会金钱对人性的腐蚀。《"蔷薇蕾"的凋谢》则揭示了国会议员与黑社会势力的相互勾结和相互利用，并联手制造凶杀案件。这些小说写的都是日本国民的日常生活，但矛头却直指上层统治集团，无情地揭露了上至内阁大官，小到无赖市民，他们都是金钱的奴隶，为了利益可以六亲不认，反目成仇。他们表面上温文尔雅，衣冠楚楚，背地里却巧设陷阱，暗下毒手。甚至以妻子作钓饵，把人生尊严作为赌注。森村诚一的作品对日本社会问题，作了深层次的剖析和批判，做到了"寓虚构于真实之中"，并充分显示了社会派推理小说的严肃主题和现实主义批判精神。

其次，森村诚一塑造了多姿多彩的艺术典型。他的作品波澜起伏，情节曲折，有很强的可读性，但最见功力的还是因为他塑造了许多令人难忘的文学典型。就以他笔下的女性罪犯来说，八杉恭子（《人性的证明》）、菅川则子（《身份不明的被害者》）、野泽虹子（《虚幻的旅行》）、佐智子（《疑案追踪》）、佐和子（《蜜月床会社兴衰》）、多津子（《恶梦的设计者》）面目各异，作案方法也大不相同。她们或为金钱地位所惑，不惜杀人；或因恋爱失败，欲复仇置他人于死地；或贪图享乐，追求肉欲而堕落为凶手；或生性狡猾，为人刻薄而走上犯罪道路。这些反面女性角色，有的外貌美艳，有的风度典雅，有的个性古怪，有的内心孤独，有的处世冷漠，有的举止轻浮。森村诚一通过她们的这些犯罪经历，一步步挖掘出她们的思想演变过程，以及金钱社会对人性的腐蚀。如八杉恭子年轻时赴东京，被一群流氓纠缠，幸亏黑人威尔逊出手相救。两人相恋后生下儿子乔尼，乔尼随父亲去了美国。24年后，威尔逊临死时把一切告诉了乔尼。乔尼到东京寻找母亲，这时八杉恭子已经成为著名时装设计师，成了名流。她为了保住自己的名声与地位，给了乔尼一大笔钱，但乔尼只要母亲不要金钱。八杉恭子在走投无路之际，动了杀机，在东京皇家饭店亲手杀死了黑人儿子。八杉恭子这一形象，表面上给人一种文雅高贵的气质，过着名人生活，实际上她内心放浪，过着玩世不恭的生活，那个看来幸福的家庭并不幸福。丈夫郡阳平十分自私，儿子恭平则是个纨绔子弟。森村诚一细腻地刻画了八杉恭子从惊喜到担心，从担心到动杀机，这一思想过程的转变，反映了第二次世界大战给人类造成的悲剧，以及日本金钱社会的势利与冷酷。这些人物典型既有共性又有个性，几乎每个罪犯的作案，都有一个思想蜕变的经历。由于人物形象栩栩如生，读来既有可信性与真实性，又显示了艺术概括的技巧。

第三，森村诚一奇崛新颖的构思。他的推理作品不少于百部，但读他的每一篇小说，很少有"似曾相识"之感。这是因为作者写犯罪手法和犯罪案件的发生，注重了它的特殊性与个性，作者奇崛新颖的构思，令读者有耳目一新之感。《罪犯的名片》写赌徒相乐爱上了富家小姐奈美，他为了借钱结婚，去拜访放高利贷老太阿松，想趁机劫财。哪知他深夜赶到阿松家，高利贷者阿松已经死去。相乐匆忙中翻出一包钱悄悄离去。他原以为此事无人知晓，谁料不久他发生了皮肤过敏，刑警找上门来。凶手到底是谁？刑警以两张名片为线索，找到了真凶，原来正是相乐的女友奈美。这个结局其实早有伏笔，可见作者构思之精巧。又如《虚幻的坟墓》，写美马庆一郎与名城健作为了寻找当年致使他们父亲惨死的凶手，各自进入对方的公司打工，企图复仇。他们经过苦心努力，报复了一个又一个仇人，最后的结局是大出意外，真正导致那起惨案的凶手正是他们的父亲。另一篇《派阀抗争杀人案件》的构思也颇有新意。静子在一个深夜被一个陌生男子用钥匙打开门后遭强奸。静子忍辱调查，最后才明白引狼入室的人竟是自己的丈夫。为了金钱，两个男人商量好互换自己的妻子。读者读完推理小说之后才发觉凶手早就出现在自己面前，而自己却茫然不知。森村诚一正是巧妙地把线索隐藏在情节之中，把读者引入歧途，然后揭示真相，使读者不得不佩服作品的构思既出人意外又合情合理，并为作者的巧妙的设计而拍案叫绝。

森村诚一的社会派推理小说一改传统侦探小说叙事冗长拖沓的毛病与故弄玄虚的套路，又不同于那种血腥渲染和一笔带过的松散结构，他以贴近生活的现代化语言适应了当代读者的需求。尤其他对人性的刻画与挖掘，令读者既有思想的空间，又有哲理的启迪。"文学是人学"，使森村诚一的推理小说一直脍炙人口而令人赞誉不绝。

高木彬光、佐野洋与西村京太郎

　　从江户川乱步起步，到松本清张亮相，至森村诚一崛起，直至东野圭吾称王。日本推理文坛出现了不少独具风格的小说家，高木彬光、佐野洋和西村京太郎分别是法庭推理、情爱悬念与旅情谋杀案的代表人物。

　　高木彬光1920年生于青森县青森市，少年时代在东京第一高等学校读书，后考入京都帝国大学(现京都大学)药学专业，毕业于工学系冶金专业。曾在中岛飞机制造公司任技师。第二次世界大战爆发后，高木彬光离职回家，专门从事文学创作。他的处女作是《纹身杀人案》，获江户川乱步赏识，《能面杀人案》《妖妇之家》《我在一高时代的犯罪》《螳螂的热情》《魔咒之家》，曾引起过反响。高木彬光真正成熟的作品是《成吉思汗的秘密》《白昼的死角》《破戒裁判》《诱拐》《零的蜜月》《检察官雾岛三郎》，皆致力于日本法律题材的创作。

> 作者在日本图书馆读高木彬光著作

　　《破戒裁判》以法庭为背景，写村田和彦被审讯，理由是他被指控杀死了情妇东条康子与其丈夫东条宪司。法庭调查，和彦只承认参与将东条宪司的尸体丢弃于铁路上，是东条康子指使他做的。但证人的证词揭示和彦曾侵吞过30万元剧团公款，其妻离他而去，他与剧团同事东条康子勾搭成奸。这个物欲与肉欲都极强的女人得知其丈夫东条宪司与井诏镜子小姐有染，便让和彦来捉奸。和彦对她言听计从，将东条宪司的尸体背到铁路上,但能为他作证的东条康子却突然死了。检察官雾岛三郎通过深入调查,终于推翻了法庭原先的推断,查明真凶是东条康子的另一个情人津川广基。

检察官雾岛三郎由此亮相,他在《检察官雾岛三郎》中有了对象,她是龙田律师的女儿恭子。龙田律师有个情人叫春江。春江被害,在她寓所中找到了毒品,涉及到龙田律师。龙田律师失踪了。雾岛三郎因深爱恭子,决定辞职。但总检察官很器重雾岛三郎,劝他大义灭亲,并委任他担任专职检察官。雾岛三郎考虑再三,终于领命。他接下此案后,差点被暗算他的汽车撞死,又遭到抢劫,这使他意识到此案的复杂性。龙田的另一个学生寺崎是私人侦探,也愿为恭子效力。雾岛三郎通过调查,从慎一郎怀孕妻子总子口中获悉,龙田曾参与贩毒勾当。由于雾岛三郎无法与恭子联系,恭子自从被寺崎救后,只信任寺崎一人。雾岛三郎对此很痛苦。

恭子之兄慎一郎突然被害,解剖尸体时,有了意外的发现,慎一郎患有精子缺乏症,他不可能让妻子总子怀孕,总子肚里的孩子的父亲是谁呢?雾岛三郎抓住这一线索,终于查出真凶是寺崎,他早与总子勾搭成奸,为了夺取龙田家贩毒获得的大笔财产,杀了春江与龙田,然后又伪装成好人帮助恭子,暗杀了慎一郎。雾岛三郎不惧危险,终于将寺崎逮捕。恭子历经磨难,也回到了雾岛三郎身边。

这两部推理小说触及的题材很尖锐,成功地塑造了富有正义感的检察官。雾岛三郎在法庭已有定论的前提下,上受政府大臣的压力,下有社会恶势力的威吓,但他无所畏惧,终将事情真相披露于法庭之上。高木彬光运用侦破犯罪题材,深刻地揭示了日本上层社会的黑暗面,塑造了检察官、律师、法医、警官、记者等一系列富有正义感的鲜明艺术典型。

佐野洋是日本推理文坛五虎将之一。他于1973年至1979年任日本推理作家协会第四任理事长。佐野洋1928年生于东京,1953年毕业于东京大学心理学专业。他大学毕业后进入读卖新闻社工作,先后在札幌、东京分社任记者。在采访之余,开始涉足推理小说创作。他以现代情爱婚姻生活为题材,擅长描写人类隐秘心理,揭示人性之善恶。其中《华丽的丑闻》于1965年获第18届"日本推理作家协会大奖"。

《不祥的旅馆》是佐野洋情爱推理风格的代表作。小说中男主角西村在"愚人节"那天接到热海的警方电话，说他妻子佳由子自杀了。西村表面上痛苦不堪，心中却暗暗高兴。他压抑住内心的喜悦和激动，告知房子。原来他早在一年前与妻子的表妹房子勾搭成奸，佳由子似有察觉，但一旦离婚，西村会身败名裂，于是他动了恶念，想置佳由子于死地。房子也想害死自己的表姐佳由子，两人各怀鬼胎，互不告知。西村与佳由子赶赴现场，西村以为妻子之死是吃了他投毒的巧克力，房子则认为表姐之死是用了自己注入毒药的牙膏。但不料佳由子是因与他人私通而怀孕，她与那个男人殉情而亡。这个结果大出意外，更令人意外的是故事结局：西村用了房子的牙膏而中毒身亡，房子则吃了西村的巧克力而暴死。这个结局除了说明害人必然害己之外，还深刻揭示了日本社会家庭婚姻关系的脆弱与肮脏。

佐野洋的推理小说又称为悬念小说，《离婚争战》中男主角春彦因公司副董事长介绍，娶了很有地位的名门闺秀夏子，很快升为科长。夏子是个正经女子，在性爱上不够主动，春彦便迷上了风情万种的真弓小姐，他想与夏子离婚，但又舍不得财产，怕失去科长位置。这天他与夏子在咖啡馆分手后，巧遇大学老同学是安。是安原是检察官，后因离婚当了律师，两人谈得热络，春彦便视其为知己，把心中的烦恼和盘托出，请是安帮忙出主意。是安果然想出了主意，让他与情人真弓拍张裸体照，然后在电脑上移花接木成夏子与另一男人幽会，把那张照片寄给夏子，恐吓夏子，逼夏子自杀。春彦照此行事，与真弓在旅馆里拍了淫荡的裸照，交给是安。这天春彦回家，夏子说有位朋友收到裸照的恐吓，问春彦怎么办？春彦回答似是而非。那晚，夏子主动投怀送抱示爱，春彦却拒绝。夏子取来一瓶安眠药，全部吞下，春彦见死不救。夏子又取出一瓶，继续服下，春彦依然不为所动。翌日，春彦以为妻子夏子肯定死了，打开她的被子，才知影踪全无。此时，是安来敲门，他接受一位夫人的嘱托来与春彦打官司，要春彦拿出200万元分手费。并说夏子已有春彦与情妇的裸照，还有两次见死不救的证据。原来是安拿了春彦的裸照给夏子，夏子不信，还说要原谅丈夫。当她主动示爱不成，又两次服安眠药（其实是保健品），亲眼见丈夫见死不救，才决心委身于是安。而更离奇的是春彦一心追求的好女人真弓，却是一个乱搞男女关系的风流妓女。这种悬念的设置大大增加了作品的可读性与震撼力。

由此可见佐野洋的艺术风格。在他的笔下,故事一开卷总是平平常常,如同我们生活中遇到的琐事,但读下去却发现了可疑的踪迹,形成了一连串的悬念,读者便顺着作者精心设计的思路,进入之后大吃一惊,令读者在目瞪口呆之中背后发凉。

佐野洋的"情爱悬念"推理小说,一是他指出人行为的动机是事物发展的必然结果,他的推理小说既有出人意外的情节,又完全合乎于逻辑性;二是通过婚姻家庭,生动反映了日本社会在高度经济发展的同时,人为名利美色所诱惑,引起道德的败坏,揭示了人际关系的虚伪性。佐野洋推理小说还拒绝"名侦探"模式,他小说中揭示真相的只是普通人。

西村京太郎1930年生于枥木县,毕业于都立电机工业学校。他从事过多种工作,如卡车司机、保安员、私人侦探、保险公司职员。早年落魄的生活经历,丰富了他的社会经验,后来他在人事部工作中,有机会观察了各种人的心态,为他的日后创作提供了素材。

他于1961年发表处女作《黑色记忆》,1963年他创作的《歪斜的早晨》获《大众读物》推理小说新人奖。1965年以《天使的伤痕》获第11届"江户川乱步奖",作品有《恐怖的星期五》《危险的拨号盘》《杀人双曲线》《约会中的阴谋》《致命阴影》等。

西村京太郎的作品,被称为"旅情推理小说"。他的作品主要围绕铁路、列车特定的场合,如《列车23点25分到札幌》《六号车厢》《蓝色列车上的谋杀》《终点站杀人案》《樱花号列车奇案》等凶杀案都发生在一列火车上,或

> 西村京太郎与他妻子和女儿

> 西京村太郎在写作中

与铁路有关的场合，而凶手就是列车上的某位神秘旅客，这就把查获凶手的范围缩小到最小程度，这自然引起了读者的浓厚兴趣。西村京太郎编织故事悬念迭起，第一次凶杀不是故事的结束，而是故事的开头，接着又是第二次凶杀、第三次凶杀……西村京太郎很好地把握了文学价值与大众阅读趣味之间的关系。

《恐怖的星期五》写东京出现了一连串女性被害事件，每次都是星期五，被残杀的女性皮肤是黝黑的。警方成立以十津川刑警为首的调查组。十津川通过多方调查，发现美发师佐伯有作案嫌疑。他曾有强奸女人的记载。十津川派人监视佐伯，佐伯几个星期五均在家中度过，但无人作证。佐伯被拘留后，警方认为大功告成，但十津川觉得另有凶手，果然，"星期五的男人"再次作案。十津川经过推理，发现憎恨肤色黝黑的女人，莫非他工作在一个不见阳光的环境？是不是一个在胶片冲印所工作的男人？于是一名女警员拍了比基尼照片故意送去冲印，罪犯果然上钩。在海滩上，冒充警员的佐藤弘持枪袭击女警员，被暗中埋伏的十津川逮捕。据佐藤弘招供，他因妻子曾背着他在海滨与一男人勾搭成奸，生下一个男孩。他把心中的愤恨转向所有穿泳装的女人，他认为这些肤色黝黑的女人都是淫荡不贞的女人。这种变态心理导致了他犯罪。

> 西京村太郎文学馆中陈列的作品

《危险的拨号盘》写喜欢冒险的秋叶京介开了个事务所，专门接手充满危险而警方无法解决的案件。这天，他接到一个奇怪电话，对方委托他去杀一个年轻女子，代价是1000万日元酬金，并预付50万。秋叶为好奇心驱使，决心调查对方要杀的那个女人。那个女人叫佐久理惠，独身住一套公寓，该公寓是她所在公司副经理三田村忠雄的。据佐久理惠说，她正和三田村忠雄谈恋爱。秋叶与佐久理惠见面之后，就接到那个男人威

> 西村京太郎《敦厚的诈骗犯》

胁的电话,要他在5天内把女人杀掉,不然,他与那个女人将被一起干掉。果然,秋叶几次遇险,差点被人暗算。秋叶决定打破谜底,约三田村忠雄见面,但三田村忠雄却在外地。秋叶开始怀疑三田村忠雄暗中指使他人杀人,以造成不在现场的证明。秋叶后来发现三田村忠雄不像是凶手,莫非另有一个作案者。他终于从一场股票事件中发现是该公司营业部主任高见泽在暗中捣鬼。高曾使前任经理丧身于一次飞机坠机事件中,这次又想置三田村忠雄于死地。那个打电话给他的男人,是佐久理惠的弟弟,他们姐弟俩为了挽救公司被吞并,请秋叶帮助他们破案。50万日元是他们给秋叶的酬劳。

西村京太郎在小说开卷时故作惊人之笔,通过发生第二次谋杀使读者原来的思路发生混乱,对原被推断为凶犯的人产生疑惑。从而在错综复杂的事件面前再拨开迷雾,让读者有"柳暗花明"之感。这种"连环谋杀"的模式,使作品充满惊险色彩,颇具可读性。

日本推理小说人气王东野圭吾

> 东野圭吾

随着法制观念在日本社会深入人心，促使日本推理小说家人才辈出而层出不穷。生于1958年的东野圭吾无疑是当今日本推理小说人气王，他先后斩获日本推理小说各项大奖，成为日本第一位"三冠王"。其作品在几个网站投票中都高居第一，继松本清张、森村诚一之后，成为日本文坛最受欢迎的一位推理小说大家。

东野圭吾出生于大阪，父亲经营一个小杂货店。他考入大阪府立大学电气工程专业，是个标准的"理工男"，后成为日本电器公司的工程师。工作之余，23岁的东野圭吾喜欢写小说，在征文两次落选后，27岁的东野圭吾凭校园青春推理小说《放学后》摘得第31届江户川乱步奖。东野圭吾毅然辞职，赴东京专门从事推理小说创作。

但此后十年中，东野圭吾创作的小说，一直备受冷落。12年后，他写的《名侦探的守则》以颠覆本格推理模式才得以出版，受人关注。两年后，东野圭吾的《秘密》《白夜行》《单恋》入围直木奖。《秘密》摘取第52届日本推理小说协会奖。他的小说被拍成日剧与电影，相当火热。2005年，47岁的东野圭吾以《嫌疑人X的献身》荣获第134届直木奖，第6届本格推理小说大奖。

此后，东野圭吾每年都推出2—4部精彩的推理小说，《解忧杂货店》获第7届中央公论文艺奖，2006年他在三大推理小说排行榜都位列第一。《第十年的情人节》获亚马逊中国纸质图书作家榜。2011年东野圭吾以480万年度税后收入，登上"外国作家富豪榜"第五位。东野圭吾截至2022年已出版推理小说超过100部，是当今人气最旺的日本推理小说家。

纵观东野圭吾的推理小说，他前期作品以本格推理为主，偏重设谜解谜和逻辑推理，尝试以弗里曼经典模式：提出问题——展开数据——了解真相——验证结局的单线结构，如《放学后》《毕业前杀人游戏》《以眨眼干杯》。东野圭吾在1990年创作了《宿命》，这部作品触及"犯罪动机"与社会问题，并运用较为复杂的叙事结构方式，对滥用权力与批判上层社会为深刻内容，具有"新社会派"特点。如《回廊亭杀人事件》《过去我死去的家》和《平行世界的爱情故事》。1996年之后，东野圭吾创作了一大批畅销书《恶意》《秘密》《神探伽利略》《白夜行》《透明的螺旋》……小说以东京与大阪两座城市为背景，将社会生活真实存在的案件经过艺术处理融入小说内容，从科学犯罪案、信息犯罪案到高科技犯罪案，将"犯罪动机"作为唯一的悬念，将"人性"中的恨意形象地展示在读者面前，由于震撼力强，让人读了不寒而栗。同时通过小说情节，批判日本社会家庭及教育的缺陷与扭曲现象。

《白夜行》是东野圭吾创作的一次重大突破。它一出版就引起极大轰动，虽未获奖，被 读者赞赏为"无冕之王"。

这个跨越19年的悬念故事发生在废弃的大楼内。死者是当铺老板桐原洋介，他身上有五处刀伤。刑警笹垣润三怀疑是熟人作案，死者的皮带扣环应扣在第五个孔，却扣在第三孔。但尸检后发现桐原并没有吃许多食物。他为什么要宽松皮带呢？调查桐原妻子弥生子，她说丈夫下午离家，凶杀发生时，她正和儿子桐原亮司（一个身材细长，眼神阴郁的10岁男孩）看电视，当铺伙

> 作者参观川端康成文学馆

计松浦也为之证明。刑警继续调查，发现死者当天下午去银行领取了100万现金，还买了四份水果布丁，笹垣润三在当铺顾客中找到一个叫西本文代的中年妇人，她有一个棕色头发、大眼睛，脸如瓷器的美丽女儿西本雪穗，自有一种高贵的气质。因在她家中发现了布丁的包装纸，西本文代只好承认桐原来过她家，但文代本人不像是凶手，正在追查文代背后的男人，文代却死于煤气中毒。这让桐原之死成了悬案。

时间过去了五年，雪穗在母亲文代死后，被其表姐收养，并进入一家私立学校。她出众的外表与过人的聪明，让她成为学校的风云人物。由于学校内有人散播她的谣言：讲雪穗过去的离奇传闻，但传谣者很快赤身裸体，双手双脚被绑在小巷内而告终。雪穗的美丽让她成为众多男生追求对象，她先嫁给品学兼优的高宫。不久又嫁给富商筱冢一成的堂哥筱冢康晴，一跃为大集团的少奶奶。与此同时，亮司的发展很不顺，他上了一所很差的中学，从高中起为人拉皮条，为中年贵妇人提供性服务，后来非法复制和贩卖盗版软件。利用技术盗刷他人信用卡。他赚了钱，却永远不会满足。他穿黑色运动服，自称是一个走在黑暗中的人。

筱冢一成终于发现雪穗的行踪很可疑，她周围的人都与犯疑有关，便派私家侦探调查雪穗，发现她的两任丈夫并没给雪穗多少钱，但她却有大笔资金创立自己的品牌，她的母亲弥生子靠肉体谋生，不明不白死于非命，与之一起消失的是一笔高达100万元的巨款。

这些现象有一个人一直在暗中调查，他就是十九年前调查桐原的警官笹垣润三。他终于查明亮司的盗版软件来自雪穗的前夫高宫的公司，雪穗的品牌正是两个人名字的首个字母。再往前查，与亮司一起开公司的松浦之死，是亮司下了毒手，而十九年前，雪穗与亮司经常一起在图书馆中读《飘》，他与她关系甚为亲密，只是外人不知。由此找到亮司的母亲弥生子，弥生子终于讲出秘密。桐原是个"蛮童癖"，对雪穗的身体十分迷恋，那天他拿了100万元巨款逼雪穗就范，正好被亮司跟踪看到，在桐原脱下裤子性侵雪穗时，亮司为保护雪穗刺杀了父亲。由于弥生子与松浦有染，他(她)帮亮司做了不在现场的伪证。

亮司在天罗地网下跳楼自杀，雪穗对此面无表情，这个有着天使般面容的美丽女人回头走了。她自幼被母亲出卖，遭中年男人性侵，这段经历让她变得十分狠毒,她要报复所有的男人(包括她开煤气,残忍地杀害了亲生母亲)。亮司是她一生中唯一的一束亮光。她说:"我的天空里没有太阳,总是黑夜,但并不暗,因为有东西代替了太阳,虽不明亮,但对我来说已足够。没有太阳,我也不怕失去。"这便是《白夜行》的主题。

获奖小说《嫌疑人X的献身》是东野圭吾小说艺术特色的代表作。故事发生在日本20世纪90年代,原是陪酒女郎、后在便当屋工作的花冈靖子,经历了两次婚姻,第一次生下女儿美理,第二任丈夫富樫慎二原是上班族,后因挪用公款被开除后性格大变,他与靖子离婚后一直纠缠不清,无赖敲诈。靖子躲避不及,慎二跟踪至家,靖子母女在忍无可忍的情况下,失手将其勒死,母女俩惊慌之际,隔壁邻居数学教师石神哲哉出手相助,主动为她们掩盖凶器(电线),处理尸体,让母女俩去电影院与酒吧,制造不在现场的证据。

富樫慎二尸体被发现后,警察草薙开始调查,慎二的前妻靖子无疑成了嫌疑犯,但由于石神天衣无缝的巧妙设计,靖子母女存有指纹的电影票存根和KTV包房服务员的旁证以及家中深夜拨出的电话,使草薙一筹莫展,案情陷入迷局。故事至此,这篇推理小说完全与传统的推理小说"不到最后,不知谁是凶手"的模式完全背离。

这时石神的对手汤川学出现了,他是一位物理教师,和石神毕业于同一所帝都大学,"物理大神"要与"数学天才"交锋了。书中通过一系列汤川学的实地调查,靖子邻居石神在这个案件中隐隐约约露面了,书中又穿插进一位对靖子怀有好感的工藤(靖子当陪酒女郎时的客人),他狂热地追求靖子,而靖子对工藤也怀有好感,但她不能爱他,因为她知道是石神给了她第二次生命,石神也不允许她与其他异性接近。随着情节层层推进,人性的善与恶也在每个人物身上淋漓尽致地展示出来。靖子的心理活动十分微妙,而石神的"极端设计"和"极端情感"的尽情表现,几乎把每个读者震得五雷轰顶。汤川学最后迫使石神自首,他供认自己杀死慎二的所有事实,从而保护了靖子母女的安全。但最后结局却令人大吃一惊,原来石神在慎二死后,又杀了一个流浪汉,让他的尸体替代慎二,从而掩盖靖子母女杀人的事实。一个貌不出众的中年女子靖子为何成为石神心中的女神,原来石神曾一度失去生活勇气,决定上吊自杀,正在这时,门铃响了,靖子母女的意外出现,让石神自杀的念头烟消云散,石神从此决定充当这对母女的保护神。尾声中,靖子在汤川学挑明事实后,主动去警署自首,石神看到哭成泪人的靖子跪在自己面前,不由失声悲惨地吼叫不已。

这部小说好看之处,是有诸多细节组成,汤川学对石神的怀疑,缘于他们两个人在玻璃门上的影像让石神感叹:"你看起来还这么年轻。"汤川学便一眼断定老同学石神在恋爱了。作者用最巧妙的诡计,最无懈可击的推理,最不动声色的伏笔与最普通却又是最不易猜透的悬念,让整部小说不是谜底解开之后的恍然大悟,而是让人性的刻画细腻与爱的复杂性及内涵拓展对读者心灵的撞击,从而阐述出亲人之爱、友人之爱、恋人之爱与信仰之爱,才是人类的致命死穴。

东野圭吾的推理小说集犯罪小说、言情小说、成长小说、社会小说、推理小说之大成。小说中的侦探未必是正义的化身,凶犯也不一定是罪恶的代表。作者用小说文字与形象故事触及到人性的弱点,在正义法理与道德情感之间游移,而最为复杂的人性之善恶,投下一个个扑朔迷离的网,给读者留下很大的思考空间。

与松本清张生活化的叙述相比,东野圭吾写的更精简、更离奇、更多意外,与森村诚一挖掘人性的题材相比,东野圭吾在写法上更超前,他接过赤川次郎青春推理小说的旗帜,让其作品更符合年轻人阅读的特点。东野圭吾许多篇推理小说以青少年为主角,《放学后》是第一部,而《白夜行》中的男女真凶亮司与雪穗,只有10岁,一个刺杀了其父,一个用煤气毒死了母亲。东野圭吾让未成年人充当书中凶手,并是作案主犯,这是一个大胆的尝试。东野圭吾通过笔下的人物提出人性的拷问:未成年人杀人,该不该罚?这些少年犯罪的现象,毫无疑问与松本清张、森村诚一所面临的时代不一样,与赤川次郎青春校园生活也有了很大的改观。这就是东野圭吾小说持续畅销的原因之一。

因此,从20世纪初至今的日本推理文坛上人才济济,各具艺术风格的作家层出不穷。从江户川乱步、横沟正史、松本清张、高木彬光、仁木悦子、西村京太郎、佐野洋、西村寿行、森村诚一、夏树静子、山村美纱、赤川次郎等作家先后各领风骚。平心而论,松本清张、森村诚一与东野圭吾,是最有影响力而最具独特文字风格的三位。

肆

武侠

漫话

【书香迷离】

迷恋新武侠

> 作者与金庸合影

　　迷恋武侠于我，已六十余载。童年时听《七侠五义》入迷，少年时在老城隍庙地摊上淘到朱贞木的《闯王外传》(1949年版)，欢喜无比。20世纪60年代末去苏州老宅，临走前一天意外借到一部《蜀山剑侠传》，从白天读到翌日东方发白，至今记忆犹新。旧武侠的魅力随着岁月的流逝而渐渐远去，直到金庸出山，还有古龙。

　　知道金庸，是在1984年，当时我在报社当记者，夜晚在家写新闻稿，想起白天采访的资料留在办公室，匆匆赶去。打开门，意外发现一位同事在忘乎所以地读书，我不由问其何不回家读，其曰："此小说绝对精彩，一读放不下，在家读通宵达旦，不妥。"吾愕然问何书？见16开杂志封面上五个大字：射雕英雄传。

　　这是我第一次知道金庸的名字，因为工作忙，金庸小说篇幅长，就不敢读。一直到1987年早春，我因患甲肝住院，返家后又不能上班，便开始读新武侠。挑的是古龙的《名剑风流》。这一读，便放不下来，《陆小凤》《楚留香》《多情剑客无情剑》……读得过瘾，有点意思，做些笔记，便有了拙著《古龙小说艺术谈》。

　　小书由恩师章培恒作序，称之"新中国评论武侠单个作家的第一部"，出版后颇受欢迎，有人提议，送一本给金庸。我便寄至香港《明报》，一周后收到金庸信件与《雪山飞狐》。

我惊喜之余,有点纳闷:一本书从上海至香港来回,居然这么快?这个疑问,后来金庸邀请我赴港讲武侠才由香港作协总干事谭仲夏告知:我寄书与金庸寄书,几乎同步。金庸在香港三联书店偶尔见到拙著,写信于我,并寄签名本。

　　我应香港报纸所约,写《金庸小说人物谱》,选了金庸小说中500多个人物中的108位,故又名《金庸笔下一百零八将》;后来在海宁、北京、上海与金庸先生多次见面,承他在小书扉页上亲笔题字:"研读拙作甚有见地,多有指教。"令吾汗颜。

　　金庸、古龙开创的"新武侠"为何深受广大读者欢迎,又因何经久不衰呢?以笔者拙见,"新武侠"在中国文学史上有三大突破:一是表现内容与艺术技巧的突破。新武侠的人物脱尽了展昭、黄天霸依附清官,以博皇帝宠恩的观念,乔峰、令狐冲、郭靖、胡斐都具有独立的人格。而在艺术结构上,一改"花开两朵,各表一枝"的叙事方式,以回叙、倒叙、补叙与蒙太奇的西方表现手法写人状物,又极重视人物心理活动的刻画;二是"新武侠"打破雅俗文学的界限,为专家学者与普通大众一致看好。据严家炎教授统计,金庸小说版本之多,已冠华语作者之首;三是金庸小说结束了"主题先行"的写作模式,打破了正反面人物形象之界限,并反对"假大空"人物表现手法。

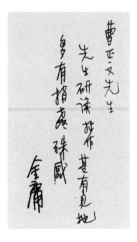

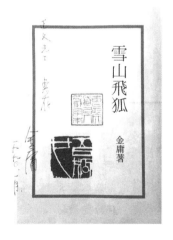

＞作者第一部武侠论专著《武侠世界的怪才》于1990年出版

＞金庸对作者研究武侠作品的题字

＞金庸赠送作者签名本

再后来，金庸将其小说以一元钱拍摄版权卖给央视。央视请张纪中执导，张纪中询问金庸拍哪一部？金庸让他来找我，因我撰写"金庸小说排名录"。张纪中当时打电话到报社，我因几乎不看影视作品，并不知其何等人物，待张纪中讲清原委，我便笑曰："《笑傲江湖》为第一。"并讲了几点理由。张纪中遂决定拍摄《笑傲江湖》，此电视剧邀请章培恒与笔者任文学顾问。

后来，章先生和我认真读了剧本，各写了几十条修改意见。张纪中又邀请我们赴北京商谈，设宴款待，陪同观看了北京的评戏，并应允一定请编剧修改。至电影拍摄完成，居然一条也未被采纳，我们提议由李连杰饰演令狐冲，结果却选了李亚鹏，章培恒先生笑曰："我们只是顾问而已。"

往事如烟，一一浮现在眼前，与金庸、冯其庸谈武说侠，金庸在我主编《大侠与名探》上的题词"大侠当在侠义，名探须主正义"，在北大与金庸先生的会晤……零零星星的记忆，让我有点温馨，有点激动，有点感慨。

金庸的14部经典小说，写的是刀光剑影，细细品味却是正义与邪恶的较量，人性博爱与卑劣算计的搏斗。冯其庸说读《天龙八部》三遍不过瘾，我则听了无数遍，《笑傲江湖》第一个朗读者是电影演员张小玲，她读得有点急，有点快。后来才是李野墨与王松龄等。

畅销书未必是经典，但让许许多多人上瘾入迷的作品必定是好看的名著。在金庸逝世四周年之际，"金庸展"在上海隆重举办，恐怕是无数"金庸武侠迷"的再次相聚吧！

恶能造善
——记江小鱼

歌德在《浮士德》中指出：恶能造善。浮士德的善正是由靡菲斯特的恶造就的。古龙在《绝代双骄》中写江小鱼从小在"恶人谷"中长大，亦是"恶能造善"的生动体现。

古龙笔下"恶人谷"中的"十大恶人"，值得一谈。因为"十大恶人"写得各有特色。

"十大恶人"依次是："血手"杜杀、"笑里藏刀"哈哈儿、"不吃人头"李大嘴、"不男不女"屠娇娇、"半人半鬼"阴九幽、"见人就赌"轩辕三光、"迷死人、不赔命"萧咪咪、"损人不利己"白开心、"狂狮"铁战，再加上欧阳丁、欧阳当两兄弟。不见其人，单听这些绰号，也叫人吓一跳。这"十大恶人"，有的凶狠，有的阴险，有的残忍，有的刁猾。但也不能一棍子打死，除了哈哈儿、屠娇娇、阴九幽、白开心、萧咪咪，其余几个"恶人"都有善良的一面，尤其是铁战和轩辕三光，还有不少可爱之处。

古龙恐怕也受了歌德的影响，他写"十大恶人"，正是为了塑造一个良心未泯的江鱼儿。

江鱼儿不幸在"恶人谷"中长大。他接受的人生第一课，不是如何骗人，便是如何杀人。他能亲近的人，是杜伯伯、笑伯伯、阴叔叔、李叔叔、屠姑姑。一个天真的孩子，要跟每个恶人过一个月。这每一个月，都不好过。杜杀教江鱼儿学武功，江鱼儿练不好就吃板子，屁股常常肿起来。后来，杜杀又把江鱼儿关在笼子里，让他与狼斗，与狗斗，与小老虎斗。才六岁的孩子，身上的伤疤已有了

> 江小鱼

> 绝代双骄

> 作者创作的《三夺芙蓉剑》在《青年一代》杂志连载后出版

> 江湖险恶

二十多处。

笑伯伯哈哈儿从不打人，但要江鱼儿跟他学笑，不笑不行。这一课比与恶兽厮杀更不好受，笑得江鱼儿脸上的肉都哆嗦了。

阴九幽不逼他笑，但此人身上有股寒气，就是六月天，江鱼儿远远站着，心里也发冷。

那个屠娇娇则教他如何骗人。

最叫江鱼儿受不了的是李大嘴，他老是在江鱼儿身上乱嗅，一天不吃人肉就难过得站在你身边乱嗅，这滋味只有一个：使人浑身凉透。

就是这样恶劣的环境，造就了一个有智有勇、不屈不挠的江鱼儿。"恶能造善"这是事物发展的一个方面；另一方面，幸亏这"恶人谷"里还有一个万春流，要不是他，谁知道江鱼儿会不会成为第十一个恶人呢？江鱼儿从"恶人谷"出来，这是恶人的一计，让他去扰乱人世，去做坏事。但事与愿违，江鱼儿居然走上了正道。尽管他以后遇到的风浪和磨难，比在"恶人谷"中还厉害、还艰险，但他毕竟在"恶人谷"中开过眼界，有了一套对付恶人的办法。

当然，江鱼儿不是谦谦君子，近墨者黑，他身上多少带有一些恶习，但这些恶习与他正直磊落的品格相比，是瑕不掩瑜。相反，一个人有了微瑕，才能显出良心未泯的他是一块"好玉"，是一个真实的人。

"恶有恶报"，对"十大恶人"结局的安排，颇具匠心，合情合理。书中写白开心、哈哈儿、李大嘴、屠娇娇、阴九幽之间的互相残杀，实在既令人厌恶又令人高兴。白开心夫妇勾结阴九幽，杀了杜杀，又击倒了李大嘴。白夫人乘机杀了阴九幽，她又被丈夫白开心杀了。白开心装死捅了屠娇娇一刀，但白开心又被哈哈儿偷袭成功，去见阎王。哈哈儿正在哈哈笑，却被未死的屠娇娇杀死了，两人最后同归于尽。可见，恶是由人的私欲造成，倘若一个人毫无廉耻，极端自私自利，下场必定是恶贯满盈，自食其果。

这些恶人中，有的临死还在耍阴谋诡计，有的则醒悟了，那个杜杀临终前凄然一笑说道："早知如此，我不如死在燕南天手里，他毕竟还是个英雄。"由此可见，古龙写"十大恶人"，既写他们的共性，又注意勾勒他们各自的个性。恶人的共性：他们都是小人，小人以利相聚，"见利而争先"，"利尽而交疏"。

"十大恶人"中写得最好的是轩辕三光。他是恶赌鬼，他自称"遇见恶赌鬼，不赌也得赌"。人家不赌，他用刀子逼着人赌，不但赌钱，也赌人，连老婆也可作赌注。那凶神恶煞的样子十分可怕。但轩辕三光也有可爱的一面，他"赌奸赌滑不赌赖"，输了就输了，老实得很。更可爱的是这个赌鬼还总算分得清好人、坏人。他把江鱼儿引以为友，因为他知道江鱼儿不是那种翻脸无情的小人。他为江鱼儿担心，为救江鱼儿可以不顾自己生命危险。这个"恶人"，说到底是一个染有恶习的好人。

铁战与李大嘴的境界比轩辕三光差点，但毕竟还算不上真正的恶人。杜杀临死前已有醒悟，在他心目中的英雄是燕南天，而李大嘴后来竟对江鱼儿的安危动情。因此作者让他们或死得悲壮，或活了下来。作者对人物的安排，与读者的爱憎相吻合。

"恶能造善"，这是一种对比的写法。

江氏父子的狠与忍

　　《绝代双骄》中的反面人物，写得最好的还轮不上"十大恶人"，也轮不上魏无牙与邀月宫主，而是江氏父子——江别鹤（江琴）与江玉郎。

　　江琴出场时，只是天下第一美男子江枫的贴身书童。一个身材瘦小、脸色苍白的少年，看来只是个寻常角色，其实不然。江鱼儿（江枫之子）悲惨的身世与他有关：江枫在潜逃途中被"十二星象"所阻，原来是江琴告的密，这小子为了三千两银子，竟把主人给出卖了。大侠燕南天为了捉拿江琴，才误入"恶人谷"，结果遭人暗算。这个江琴是何等卑鄙狠毒！

　　贪财告密还只是江琴的初露锋芒。他后来改名江别鹤，才显出其小人的真正面目。

　　江琴第二次出场，与第一次露面大不相同。他相貌不俗，眉清目秀，面如冠玉，神采潇洒之极。他的名气已很大，江湖人送他一个"江南大侠"的美称，还被誉为"燕南天第二"。这不仅是赞美他武艺超群，更因其洁身自好，义薄云天。黑白道上的武林高手，谁都敬他三分。

　　但正是这位"江南大侠"，却是天下第一号假仁假义的伪君子。他表面上只住三五间破旧的小屋，陈设简陋，也没有姬妾奴仆，过的是极简朴的生活，连江鱼儿初见他时，也不得不赞他一声："你真是个君子！"

但江别鹤白天是人，晚上是鬼。他密室里藏的是毒药、人皮面具，还有一种奇怪的纸。江鱼儿终于发现，那张令武林高手作生死相搏的"燕南天藏宝图"，居然是江别鹤伪造的。原来他就是扰乱武林、诱使武林人相互残杀的罪魁祸首。江鱼儿算得上是个机智绝顶的人物，但依旧输在老奸巨猾的江别鹤手里。因为机智只是善良人的一种聪明处世方法，它只能保护自己；而阴险狠毒远比正常人的防身机智厉害得多。

江玉郎初次亮相，与其父江琴一样，也猥琐得很。他是一个男仆，也是萧咪咪的玩弄工具。他一会儿可怜巴巴，一会儿满脸杀机。他居然在"迷死人、不赔命"的萧咪咪面前装死，居然躲在粪坑下面挖出了一条求生之路，连见过大风大浪的江鱼儿也不得不赞他一声"天才"！

由此可见，江玉郎此人不仅贪，不仅狠，更厉害的是忍。他有这样一段自白："我只有像狗一样，一面工作（挖洞），一面大便，因为我不能浪费丝毫时间，我要学会在最短时间内脱光衣服，纵然冷得要死，我也得脱光衣服，因为我不能让大便和泥土弄脏衣服……我瘦，因为我一天到晚在挨饿，为了要尽量减少大便，我只有不吃东西。为了要储存食物，我也只有挨饿。"而这样的生活，出身豪富之家的江玉郎竟度过了一年。这种忍耐是十分可怕的。

江玉郎的狡诈与翻脸无情，更叫人毛骨悚然。他笑里藏奸，暗下毒手，绝招是变得快，一会儿温存听话，一会儿狠毒异常；一会儿给人磕头求饶，一会儿又突然伸手出击，六亲不认，反复无常。他交朋友只是利用朋友，利用过了就毫不踌躇地给朋友一刀子。

那个对江玉郎一往情深的铁萍姑娘被赤身裸体吊在树上，他居然置之不理。连"十大恶人"中的屠娇娇对他也佩服得五体投地。哈哈儿认定江玉郎可以做擅说假话的欧阳兄弟的师傅，他说："欧阳兄弟说话，三句中至少还有一句是真的，但他（指江玉郎）一共只说了四句半话，却有四句是假的。"

有其父必有其子。江玉郎的狠、阴、毒、忍，正是他老子江别鹤教导出来的，他老子在这方面已有出色的表演，江玉郎却又"青出于蓝而胜于蓝"，他学不了老子假充斯文的儒雅风度，但在应变的机智上却胜过了老子。他更加符合卑鄙小人的标准。

古龙不是孤立地写反面人物。他写江别鹤与江玉郎，是为了衬托江枫的正直善良、燕南天的豪爽勇武、江鱼儿的机智聪颖，两相对比，奸者更奸、善者更善。难怪《绝代双骄》叫人一读难舍，赞叹倍加。

风流盗帅与冷面杀手

> 楚留香

　　楚留香与陆小凤，属于同一种类型的人物，但我在感情上，更喜欢楚留香。他身边虽然有许多漂亮的女孩子崇拜他，他却绝不是轻浮的男人；他明明可以置对手于死地，却不愿用一点不光明的手法；他也有失策（上过无花的当、不忍心杀水母阴姬），因为他本质上是善良的；他也有男人的弱点（他有一夜风流的记载），因为他是人而不是神。楚留香见义勇为、拔刀相助、扶弱济贫、惩恶锄奸，都是一种"侠"的体现。"武"与"侠"相结合，才能成为读者心目中的大英雄。

　　我最佩服的是楚留香的应变能力。楚留香一生中，其经历错综复杂的风波与遇到的凶狠对手，可谓层出不穷。南宫灵是一个，无花是一个，石观音是一个，水母阴姬又是一个。如果说南宫灵的武艺还在他之下，那么无花的武艺可与他平分秋色。石观音则棋高一筹，连楚留香也承认自己不能接她二十招。至于水母阴姬，武功绝对在楚留香之上。但在生死存亡的一刹那，楚留香总是能死里逃生，成为最后的胜利者。

　　楚留香的胜利一方面来自无畏。只有胸襟坦荡的人，才是无畏的勇者。两军对峙勇者胜！另一方面来自智慧，他的朋友胡铁花这样赞他：楚留香会在临阵决战之际，突然变招，把他人的东西化为己有，他的反应与应变能力比他出手更迅疾、更利索。这种应变能力，岂不是武功中最深奥、最高超的一种？

更令人叫绝的是,楚留香的对手并不是死于他的武功之下。比如无花,他并没有与楚留香交手,就自裁以终。这说明楚留香是以正义之道,让无花感受到只有死才是自己最好的归宿,这便是"正能克邪"。又如石观音,楚留香也没有亲手置她于死地,只说要将她带走,石观音因为害怕光明而在悚栗中自尽了。这揭示了一个有耻辱感的恶人,已经在楚留香正义的行为面前失去了活下去的勇气。

在《楚留香传奇》中,恶人听到"风流盗帅"的名字都头疼,以为他是杀人不眨眼的魔头。其实综观全书,楚留香竟没有杀过一个人。

不杀一个人,却侠名冠天下,楚留香自己这样说过:"武功虽然练到天下第一,又有什么值得骄傲的!"那么值得骄傲的是什么?楚留香已经作出了最好的回答。

冷面杀手一点红的名字,书中没有交代,但他一出场,就令人刮目相看:"屋子里突然蹿出条人影,就像是一支射出来的箭似的,一身紧身黑衣,掌中一口剑,青光莹莹。"楚留香是个一流高手,但他一见来人,居然也吃了一惊:"这人的身手竟似还在'七星夺魂'左又铮之上!"一点红的外形很特别:一张脸竟像死人一般,一双小眼睛却是尖锐明亮,他的目光竟比剑光更可怕、更冷酷。一点红的剑法一是快如闪电,一瞬间可以刺出十三剑;二是狠,所刺的部位无一不是对方的要害。正因如此,江湖上忘记了他的本名,只送他十个字:"搜魂剑无影,中原一点红"。一点红,也成了黑道上的第一杀手。

古龙写一点红,是把他作为楚留香的对手来写的。一点红与楚留香无怨无仇,但他却要与楚留香拼个你死我活,为什么?因为他说得明白:"能与楚留香一决生死,乃是我生平一大快事。"说得何等有气度!

一点红是个六亲不认、冷酷无情的杀手,但他败于楚留香之后,却又为楚留香的仁义所感动,终于与楚留香化敌为友。古龙写活了一点红,也就成功地衬托出了楚留香的人格魅力。

陆小凤是武林中的侦探

> 武林侦探陆小凤

有一次,我曾给十位"古龙武侠迷"分别写了信,问他们最喜欢的武侠小说人物是谁? 结果十封回信中有九封填了同一个人的名字,这个人就是陆小凤。

看来,《陆小凤》给古龙带来很大声誉。陆小凤为何成了书迷们心目中的英雄? 我想原因大概有四个。

第一,陆小凤这个名字取得怪,不看书,还以为是个女人。

第二,陆小凤这个人外貌很怪,他"有四条眉毛",两条生在眼睛上,两条生在鼻子下。

第三,陆小凤经历也怪,他遇到了那么多的怪人怪事。

第四,陆小凤处事的方法也怪。明明与他无关的事,他偏要管一管,见义勇为,拔刀相助,不找到谜底不罢休。遇上这样的怪人,好人高兴,坏人担心。

《陆小凤》有六卷,洋洋洒洒,一百二十万字。这六卷,其实是六个关于陆小凤的故事。由于每一卷都独立成章,相互之间又有联系,因此是一部系列武侠小说。

《陆小凤》中写活了许多跃然纸上的人物,如花满楼、老实和尚、雪儿、上官飞燕、金九龄、西门吹雪、司空摘星、宫九、叶孤城、丁香姨……每个人都是有血有肉,都可圈可点。但中心人物仍然是陆小凤,读者崇拜的也仍然是陆小凤。

有人不以为然,这有什么稀奇? 我却觉得这样的艺术效果很不简单。比如说施耐庵写《水浒传》,歌颂的头号人物是宋江,但许多读者却不喜欢宋江,喜欢的是武松、李逵、鲁智深。罗贯中写《三国演义》,他最突出的正面人物是刘备,但刘备的形象无疑比诸葛亮、关羽、张飞、赵云逊色。但古龙却有这样的本事,他歌颂陆小凤,让读者也喜欢陆小凤。这看来容易,其实很难。

陆小凤之所以形象鲜明,因为小说中用对比映衬之法。陆小凤与上官飞燕斗智,与司空摘星斗巧,与金九龄斗勇,与宫九斗诈。陆小凤的对手形形色色,有专编谎话的雪儿,有老谋深算的霍休,有阴险深沉的金九龄,还有神秘莫测的老实和尚。正是这些不同凡响的高明对手,才衬托出陆小凤的大智大勇与出手不凡。《陆小凤》的成功原因之一:以对比手法写人。

《陆小凤》成功原因之二,即故事的悬念迭起与破案的推理方式。有人称《陆小凤》是一部武侠推理小说,与金庸、梁羽生的新武侠小说相比,古龙更擅长用悬念来推动情节。比如《陆小凤》第一卷写大金鹏王之死,第二卷写"红鞋子"的秘密,第五卷写"老刀把子"的真相,都布满疑云。情节上的跌宕起伏与意外频出,令读者如入迷魂阵中,一读放不下,卷终方休。几乎每一个故事都有一个大出意料之外的结局,但细细想来,又十分合乎情理。如写霍休的真相暴露,只因为陆小凤注意到了每一句对话中的漏洞。这种细节的铺排,可以说是古龙新派武侠小说独特的艺术风格。古龙笔下的陆小凤是武林中的一个"福尔摩斯"。

《陆小凤》之所以脍炙人口,我想还因为这一部系列小说,每一卷都有新的人物出现,互相并不雷同。相比之下,前三卷写得更有吸引力,值得回味的地方也更多。古龙笔下的陆小凤,是人而不是神。纵然他武功卓绝,但与西门吹雪、花满楼、老实和尚相比,恐怕也在伯仲之间。要说有心计,他比不上霍休;要说外貌英俊,他也比不上金九龄;要说编谎话,他更比不上雪儿。但妙的是陆小凤比这些人物多了一分机智,二分沉着,三分应变能力。作者也写陆小凤的失误,写他的弱点与窘迫。这样写,反而使陆小凤在读者心目中的形象更丰满了,更可爱了。

谁是大人物？

>《大人物》

在古龙的武侠小说中，《大人物》是他的后期佳作，全书才三十三万字。书中的主人公杨凡，绝对比不上陆小凤、李寻欢、楚留香有名气。但《大人物》不可不读。

《大人物》的故事情节并不复杂。世袭镇远侯的田白石田二爷的独生女儿田思思，长到少女思春的年代，这位甜丝丝的美人儿想嫁人了。

她想嫁给一个大人物。她心目中的大人物有三个：一个是被砍了324刀未死的勇士秦歌，一个是天下第一智者柳风骨，还有一个是江南大侠岳环山。因为这三个大人物都在江南，田思思就带了贴身丫环田心偷偷离家出走，因为她要逃婚，她不愿意嫁给田二爷给她找的对象——大名府的杨凡杨三爷。

故事就从这里开始。田思思与田心女扮男装，一路上险情迭起，她们遇到许多有名气的人物，什么赵老大、钱一套、王二娘、张好……但这些名气不小的豪士侠客，居然都是骗子。后来，田思思又遇到更可怕的人——那个阴森森、冷冰冰的葛先生。她几次误入圈套，幸亏都有人救了她，而救她的人居然就是杨凡。

杨凡虽然救了田思思，但田思思并不爱他。因为杨凡这个人实在太平凡了，论名气，没名气；论外貌，没外貌。一只大脑袋，像个猪八戒。说起话来直来直去，又不会讨女人喜欢。嫁给这样的男人，田思思宁可去死。

后来，田思思终于由杨凡的指引，见到了她心目中的崇拜者——秦歌。秦歌果然风流倜傥，气度不凡，脖子上系了一根红丝巾。他天生海量，喝起酒来豪气如虹。他出手阔绰，赌起钱来一掷千金，就是输了万把两银子，还是不失大家风范。

这样的人物难道不是英雄？田思思心中真有说不出的高兴和满足。可是，田思思与秦歌的爱情还没开始，她就傻了眼。这个大人物为了五万两银子，居然肯替赌场当保镖，人家问他张子房（张良）是谁，他居然一窍不通。后来，田思思又发现秦歌不是不懂，而是在说假话，一点也不襟怀坦荡。总之，她一下子发现了这个大人物身上有许多毛病，令她很失望。她更做梦也没想到的，那个作恶多端的葛先生居然就是她心目中崇拜的另一个大人物——柳风骨。田思思心目中的偶像倒塌了，粉碎了。

原来那些"大人物"的真面目并没有像他们的名气那么可爱、那么漂亮、那么值得崇敬。田思思终于从困惑和迷惘中醒悟过来，她这才发现真正令她爱慕的男人就在她身边，就是那个"大头鬼、猪八戒"杨凡。

书的尾声，杨凡与田思思一起来到了江南。杨凡告诉她，岳环山大侠也来游湖了，问她要不要去看看。田思思却说："我不想看他了，因为我已找到了一个真正的大人物。在我的心里，天下已没有比他更大的大人物了。"这个大人物当然是指杨凡了。

这可以说是一部武侠小说，这也可以说是一部爱情小说。但我觉得，这还是一部令世人玩味的哲理小说。因为武打与爱情只是小说的情节，它所蕴含的涵义，是给读者留下一种回味、一个启迪、一种面对人生的抉择。田思思与杨凡，是作家写活的两个人物。

田思思的选择是对的，因为这样的男人的爱情才会持久，也只有这样的男人才能使女人感到有安全感。和他生活在一起，女人是柔软的小树，他则是巍然不动的山峦。给女人安全感的男人，女人总舍不得离开他。

《大人物》毕竟保持了古龙作品的幽默风格。它让读者读着读着，忍俊不禁笑出声来。有点不可思议，但又合情合理；它写得俏皮诙谐，却给人深刻的哲理。小说告诉了世人一个最简单的道理：大人物，也是人，不是神。大人物也有许多毛病。如果你只看到一个人辉煌的一面，那么你越了解他，就越失望。生活中真正有魅力的人不一定是大人物。

动人心魄的《名剑风流》

>《名剑风流》

所谓氛围,是一个社会学名词,大致是指一件事情发生时的心理气氛和环境条件。一个优秀的小说家,他在叙述一个事件或描写某个人物出场时,很注重小说环境与故事、人物之间的内在联系。

不妨以古龙的代表作之一《名剑风流》为例,作点剖析。《名剑风流》是我最早读到的古龙武侠小说作品之一。这部书结构宏大,人物众多,线条纵横,但述而不乱,有情有节,其中某些章节我以为可以和《绝代双骄》媲美。其中以"李家栈"一场戏写得最为成功。

李家栈,是一个极寻常、极普通的小镇。但这个小镇却在一夜之间一下子轰动起来,原来是武坛盟主"俞放鹤"与唐无常要在此地弈棋。弈棋本是武林高手比武的一种手段,于是把武林中的各派人物都吸引了过来。

俞佩玉到李家镇,是为了探明真相,他知道那个害死他父亲俞放鹤、又假冒他父亲的恶人会出现在那里,而他又知道那个唐无常也可能是假的。

郭翩仙、银花娘赶到李家栈,是为了夺取一笔财产。他们不约而同地躲进了一间伸手不见五指的小屋。不料那小屋里竟住着一个垂死的病人和一个老气横秋的小女孩。更令人意外的是,这两个人,居然都是江湖上赫赫有名的人物,一个是名冠武林的一流高手凤三先生,一个是销魂宫主朱媚的女儿朱泪儿。

而意外中的意外是：假俞放鹤的险恶用心，是为了夺取销魂宫主当年藏在李家栈小屋中的武功秘笈。于是，李家栈就成了一个凶杀之地。怒真人、胡姥姥、天吃星一个个登场，一个比一个武艺高强，看得人胆战心惊，目不暇接。

这段故事实在是令人毛骨悚然、动人心魄。但我以为古龙笔下的厮杀，之所以比一般的武侠小说更耐读，更可令人咀嚼，是因为他在叙述故事时注意到了氛围的描写，即环境描写与心理描写。

先谈环境描写。李家栈地理条件的寻常与武林高手云集形成强烈的对比，给读者留下悬念。同时，凤三与朱泪儿居住的那个小屋，那张床上的毒虫，都渲染出一种神秘与恐怖的气氛。但这些环境渲染，又并非单纯作为背景，而是通过凤三与朱泪儿的追溯，带出了一个悲惨的爱情故事：销魂宫主朱媚的深情与东方美玉的薄情，凤三的义薄云天与东方大明的阴险无耻。这些可歌可泣的情节，使这个寻常普通的李家栈成了武林高手相搏的典型环境。

再谈心理描写。我认为"李家栈"一场戏的描写，也生动体现了古龙的叙事风格。古龙写人叙事，力戒平铺直叙，他最擅长用大段大段的对话来交代往事，由于穿插得当，读来并不叫人感到乏味与单调。小说中写朱泪儿表面上泼辣与冷酷，并不立刻让读者感受到她内心的可爱。但随着情节的铺排，她的心理活动才层层挖掘出来，渐现这个女孩本质上的善良。同样，写俞佩玉、郭翩仙、银花娘的性格，也完全采取心理描写。俞佩玉得到凤三先生的真力，正是他善良品行所导致的。面对任何一个突发事件，俞佩玉、郭翩仙、银花娘都会采取三种不同的态度。俞佩玉想到的是舍己救人，郭翩仙是暗中弄鬼，银花娘则显示了她的贪婪、凶狠的本性。由于古龙通过对比手法来写不同人物的心理活动，所以不必另加议论，三个人的精神境界跃然纸上。

李家栈只是《名剑风流》中的一场戏，写得如此惊心动魄。所以观全书，还是很有读头的，在古龙系列小说中排名前五。

绝处逢生的令狐冲

> 令狐冲

在金庸小说中,笔者最推崇《笑傲江湖》;在金庸小说的男主角中,我最倾心于令狐冲。

令狐冲没有段誉那样显赫的门第,他连自己的父母是谁都不知道,从小由师父师娘抚养成人。令狐冲不像陈家洛、袁承志那样知书达礼,他自称从不读书。

令狐冲的武艺绝对比不上乔峰,他曾戏谑地称自己的武功在武林中排名第八十九位。

令狐冲自负而口出狂言,但与杨过那种孤傲自大不同。令狐冲的善良诚实也与郭靖的朴实敦厚相异,他是个极有趣好玩的人物,但绝不像韦小宝那样不择手段,好玩恶作剧。

倪匡先生认为令狐冲身上有韦小宝的影子,这是一种曲解。虽然两个人都爱开玩笑,皆口齿伶俐,口没遮拦,但却是形似而非神似。因为令狐冲虽自称万不得已才用点手段,其实他一生中根本没有用过任何卑鄙的手段,他的一生光明磊落。有人说令狐冲毫无心机,我也以为此说不妥。令狐冲杀罗人杰,救仪琳,都显得很有谋划。只不过他的谋划是聪明正直人的正常发挥,绝无半点刁钻阴险的伎俩。

令狐冲看来旷达洒脱,但又多愁善感,当他见到小师妹岳灵珊与林平之稍稍亲热,心中便涌出一股说不出的烦恼。而他救任盈盈时则无所畏惧,以命相搏。可见他也是武侠世界中的"情种"。

但这一些，还不足以道出他的可爱之处。令狐冲最令我倾心的，是他把功名利禄看得极为淡薄，又不为世俗之念所动。他只想做一个普通人。后来，他退出武林，醉心于绿竹巷中，过起神仙般的日子。这种境界，完全超出了武林中大多数人对名与利的追求。

金庸写令狐冲，颇具匠心。他人未出场，已遭人非议与诬陷。他师弟劳德诺说他酒瘾大发，向叫花子讨酒，一口气喝了大半葫芦的酒，明讲他是酒鬼，暗点其个性的放荡不羁；接着是青城派松风观主余沧海诬陷令狐冲杀了青城派弟子罗人杰。在剑拔弩张之际，才由俏丽尼姑仪琳追述令狐冲救人之经过。作者用的是先抑后扬、欲贬实褒之技，并穿插了误会法，把令狐冲仗义救人、光明磊落的性格，通过一连串扑朔迷离的动人情节，有层次、有立体感地逐步展示出来。这两段皆为倒叙，读来荡气回肠，不是大手笔恐怕写不出来。

中国有不少杰出的小说家，他们在塑造正面人物形象上，往往有很多败笔，如施耐庵写《水浒传》，把宋江歌颂得尽善尽美；罗贯中写《三国演义》，对刘备推崇备至。但在广大读者看来，宋江与刘备并不是英雄偶像，甚至对两人的作为产生怀疑与反感，乃至唾弃。原因是作者把宋江与刘备塑造得太完美了，于是产生了适得其反的效果。

金庸写令狐冲，置他于九死一生的困境，让他受苦受难，多病多伤，经受了太多的委屈和艰险，令读者不得不为他提心吊胆，而他绝处逢生又让读者从意外中为他高兴。他的不幸与幸运都是大起大落。令狐冲在金庸笔下实在磨难太重，经历太惨，但反过来却更显出令狐冲百折不挠的精神与乐观豁达的天性。

令狐冲放任性情，口没遮拦，正巧妙地体现出他的胸无杂念；令狐冲的处事随意，任性而为，正好显示出他藐视礼教的可贵。可见，有功利之心的人，难以领略令狐冲处世的妙处；有世俗之念的人，也绝不会像他那样活得洒脱自若。我想，倘若一个人真正进入令狐冲这般境界，他便可以放纵自己内心的情感，即使有些波折，有些烦恼，也算不虚度此生了。因此，笔者从他的身上，找到了精神偶像。

左冷禅与岳不群之比较

> 岳不群

金庸塑造反面人物很讲究层次。《笑傲江湖》中最早露面的反面角色是青城派松风观主余沧海。余沧海杀害林平之一家的手段，既狠毒又残忍，而且带有恐怖色彩；但一到左冷禅上台亮相，余沧海也就无戏可唱了。

左冷禅是个很有能量的反面人物。他一是打着"名门正派"的旗号；二是仗着嵩山派五岳盟主的地位。他为了实现自己独霸武林的野心，大干杀戮勾当。左冷禅惨杀刘正风一家，其实并不是因为刘正风与魔教中人曲洋结为好友，而是为了显示自己的威风，从而巩固他在"名门正派"中的领导地位。后来，他又暗布埋伏，掳杀恒山派弟子，以蒙面强盗去袭击华山派弟子，手段之卑劣，正合任我行对他的评价：鬼鬼祟祟。

与他争霸的岳不群，是左冷禅最大的敌手。这一点他当然不会不知道，因此他早就派劳德诺到华山派去卧底。这一手不能说不高明，但他最终还是输给了岳不群，因为左冷禅在"杀戮"上比岳不群有过之而无不及，但若论玩阴谋，他确实比岳不群差一个档次。他手段狠毒，惨无人道，在杀戮刘正风一家时，连天真的小孩子也不放过，达到丧心病狂的地步。但这种恶人缺少耐性，也缺少一种迷惑人的欺骗性，因此他一出场，就让明眼人看出其恶人的真面目。江湖险恶，武林多变，左冷禅企图凭一味杀戮称霸武林，是很难成大气候的。

魔教头任我行也承认左冷禅武功了得，心机颇深，但终究不是英雄行径。

左冷禅其实也不在乎当什么英雄。他是一个十足的功利主义者,他不像岳不群又想摘桃子,又要装门面。因此他在某种程度上更能激起读者的憎恶与仇视。在两个"小人"之中要选择一个较好的"小人",我只能投岳不群一票。

左冷禅的可怕在于他永远不甘心失败,他在败给岳不群之后,不会像慕容复(《天龙八部》中的反面人物)那样发疯。他惊怒之下,冷静退场,时时想卷土重来。

与左冷禅这类真小人相比,岳不群则是个了不起的伪君子。他面如冠玉,一脸正气,颏下五绺长须,手执君子剑。他的谈吐与剑法一样,都是儒雅蕴藉,令见者自有景仰高山之情。他又处事谨慎,谦逊宽容,在各大门派中威信极高。

岳不群为什么要当伪君子?第一,岳不群不是鼠目寸光之辈,他洞察武林一切。第二,他又是自控能力极强的人,虽有野心,但表面上能做得不露声色,不仅骗了徒儿,还让夫人宁中则与女儿岳灵珊都蒙在鼓里,这一手不是高明的伪君子做不出来。

金庸塑造岳不群,极有分寸。岳不群粉墨登场之前,先有徒弟衬托出华山派的正气凛然,从而为岳不群亮相作了一个铺垫。刘正风金盆洗手之际,岳不群大谈做人道德、江湖义气,字字铿锵有力,句句掷地有声,为众人所折服。后来,岳不群与人交手,处处保持君子之风,得饶人处且饶人,也令人叹为观止。他明知劳德诺是混入华山派的奸细,却故意容忍,借刀杀人,不露痕迹。如果岳不群不是伪君子,只怕林平之、令狐冲早就惨遭毒手。可见,伪君子纵然可恨,但毕竟做事要给自己留一点余地。

岳不群的眼力与手段,恐怕也很少有人超过他。岳不群不仅文武双全,又有谋略,又有武功,其伪装的本事,居然把历经江湖风浪、见多识广的方证大师与冲虚道长也骗过了,把他称为"正义的象征"。岳不群可谓是伪君子中的"帅才"。

岳不群终于夺得《辟邪剑谱》,但如愿以偿之后,岳不群又赢得了什么呢?他以阴谋起家,最后死在阴谋之中。野心是诱导人的天性走向深渊的魔鬼。

仪琳与双儿

>仪琳　　　　　　>双儿

在金庸笔下的女性人物谱中，我对仪琳十分偏爱。她的最可爱之处，是心地极其善良而又富有自我牺牲精神。

这个纯洁的俏尼姑被"采花大盗"田伯光擒住，欲施非礼，在千钧一发之际，让令狐冲撞见了。这一段令狐冲拼死救仪琳的曲折经过，后来由仪琳口中叙出，委婉动人。这自然是金庸特有的本事，他善于从旁人的回叙中来交代事情发生的来龙去脉，徐徐道来，层层挖掘，既显示出令狐冲的高风亮节，又让仪琳单纯可爱的性格跃然纸上。

尼姑接受的是宗教思想，一是要虔诚；二是要禁欲。对于第一条，仪琳整个身心都接受了；对于第二条，一个年轻美貌的尼姑的内心世界里因为闯入了一个令狐冲，便掀起她心灵深处的层层波澜。她自知尼姑不可动凡心，但又因为钦佩令狐冲而暗生爱念，自知不对，却又无法解脱。这种心理刻画相当成功。令狐冲身受重伤，口渴得很，想吃西瓜，仪琳对着瓜田犹豫再三，佛门弟子戒偷戒盗，她为令狐冲偷摘西瓜，岂不犯戒？但爱情的神奇力量终于战胜了宗教思想。仪琳摘瓜之时暗暗自责："是我仪琳犯了戒律，这与令狐大哥无干！"这种舍己为人的精神境界，恐怕在金庸笔下的女子中绝无仅有。

仪琳的故事，又引出她父亲不戒和尚与她母亲哑婆婆的一起风流韵事。当哑婆婆知晓了女儿的心事，不由蛮横起来，掳来令狐冲，强迫他当场娶仪琳。这一段故事，粗读引人发噱，但细细回味，却在笔墨间反衬出仪琳如同璞玉般的高尚人格。她起初不信令狐冲爱上自己，但当哑婆婆骗女儿说令狐冲已出家当了和尚，她心中好生难过，不愿令狐冲去当和尚；哑婆婆又说要让令狐冲当太监，仪琳更是坚决反对，她的理由是像令狐冲这般好人绝不能当太监。她明知令狐冲深爱小师妹岳灵珊，但从不嫉妒，她的心愿只有一个，只要令狐冲快乐，她就十分满足了。

初识仪琳，只觉得这个纯洁无邪的小尼姑是《圣经》中的"圣女"。后来重读，又发现金庸对其描写确实合乎情理。正因为她的心底无私，秉性善良，又从小信仰宗教，她依靠这一精神支柱，才战胜了各种诱惑。

与仪琳一样，双儿也是金庸笔下最可爱的女子。

《鹿鼎记》中的韦小宝，艳福非浅，前后拥有七位女友。阿珂美艳，曾柔温柔，苏荃妖娆，建宁公主刁蛮，沐剑屏稚气，方怡则工于心计，这六个女人虽然个个漂亮，却不可爱，写法上多半有一点漫画化。真正令人爱怜的，却是那个小丫头双儿。

双儿姓甚名谁，书中没有交代。只知她祖籍江南，父母被贪官杀掉。她原是庄夫人的丫鬟，因为韦小宝杀了庄夫人的仇敌鳌拜，庄夫人就把双儿当作礼物送给这位恩公。

双儿跟了韦小宝，百依百顺，只是她在知道韦小宝是清朝大官、为康熙皇帝做事时，想起自己那惨遭不幸的父母，才伤心地哭了，但很快又被韦小宝的花言巧语所蒙骗，破涕为笑。双儿是个好女人，她只讲奉献，不图报答，一不会像方怡那样出卖男人；二不会像建宁公主那样耍臭脾气。此外，她还有一身好武艺，可以在男人遇到危急之时，充当贴身保镖。有这样的女人同行，韦小宝岂不快乐死了！

以爱情而言，韦小宝既不如令狐冲正直无邪，也比不上杨过深挚专一，甚至不如好色的段正淳对女人有情有义。他与建宁公主、方怡、沐剑屏、阿珂的爱恋，纯粹是肉欲享受。可悲的是双儿对他的庐山真面目一点也不知道。她只知道自己是一个低人一等的丫鬟，从未认识到女人自身的价值，也从未想到应该为自己而活着。

我实在不明白，双儿怎么会如此忠心不二地热恋小无赖韦小宝，难道真的是男人不坏，女人不爱吗？

乔峰、段誉与虚竹

《天龙八部》中有三个主角：乔峰、段誉、虚竹。乔峰是喜剧中的悲剧人物，虚竹是悲剧中的喜剧人物，段誉却是喜剧中的喜剧人物。

在金庸小说人物谱中，真正称得上武林盟主的正面人物，当推乔峰。金庸写乔峰，是用了"沧海横流，方显英雄本色"的艺术手法。乔峰在丐帮叛乱中，充分显示了他镇静自若、临危不惧的英雄气概。他有正直不阿的一面，又有善解人意的一面。他是一个刚烈的男子汉，有度量，兼有宽容之心；有急智，更有高瞻远瞩之见。他的武功已趋炉火纯青，他的智慧更高于众人之上。他和郭靖一样，学的都是"降龙十八掌"，走的都是稳健扎实的武功套路，但由于乔峰的聪明超过了郭靖，因此他战胜对手，一半靠武功，一半靠智慧。从表面上看，乔峰是个威风凛凛的侠士，但他粗中有细，处事心细如发，实在是不可多得的武林帅才。

无论从人品还是从气质上，乔峰都称得上是个大英雄，但其结局却很悲惨。他苦苦寻找事物的真相，一旦水落石出，他从人人拥戴的丐帮帮主、中原武林之中个个倾慕的"北乔峰"，变成了中原武林之敌。父辈的冤孽，民族的战争，使他成为悲剧中的主角。他的父母原来是契丹人。他的生父萧远山杀死了他的养父乔三槐与恩师玄慈大师，又逼死了他义弟虚竹的父亲，这血腥残酷的现实，使他愧对世人，尤其是愧对养他爱他的亲人。精神支柱一旦崩溃，乔峰也就走向了死亡——自然是悲壮的死。

究其弱点，乔峰是不甘心于做个普通人。他潜在的能量使他不能寂寞于人间。不成功，便成仁，大抵失败的英雄只能演一幕壮烈的悲剧。

段誉的故事相当精彩，他出身于大理国皇室，有世家公子温文尔雅而英气勃发的风范。他闯荡丁无量山中，意外学得"北冥神功"与"凌波微步"，后与众多美貌女子相遇，如钟灵、木婉清、王语嫣……在少室山的武林大会中与萧峰(即乔峰)、虚竹结义,三人联手,击败丁春秋、慕容复与游坦之。段誉有天生的幽默感,是个非常有趣的可爱人物。读者对他的喜欢,一半是因为他的善良与仁厚;另一半是金庸让他屡涉险境。

我欣赏段誉的诚实,他自始至终说实话,不违背自己的良心去迎合世俗,去躲避危险。当他得知自己是段延庆的儿子,他没有隐瞒这一事实,而是如实告诉了保定帝。由此可见,段誉的气度不凡,是由于他内心有一种不可动摇的尊严,而这种高贵的尊严出于他本性的自然流露。他不在乎王位与虚名,因此他才能得到别人想追求而无法得到的一切。

> 乔峰

虚竹出场时,外表丑陋,浓厚大眼,鼻孔上翻,双耳招风,嘴唇甚厚,又不善于辞令;但就是这个"好生丑陋的小和尚",居然无意中破了"玲珑棋局",令武林高手大为惊叹。后来虚竹被迫成了逍遥子的关门弟子、灵鹫宫的掌门人,又得到天山童姥的武功秘诀。这一个接一个的故事,都无非想证明虚竹成为武林高手纯属偶然,与乔峰刻意学习武功、主动改造社会完全不同。正因为他无意得之,也就有心躲避声名之累。虚竹信奉佛、道,以慈悲为本,弃名利与女色于脑后;但另一方面他又毕竟是一个凡夫俗子,他明知不可食酒肉,但被骗吃酒肉之后,又不得不承认酒肉的鲜美;他明知不可犯女戒,但他怀中一投入女人的身体,又不由得欲念躁动。

> 段誉

虚竹本是一张白纸,一无所有,正如他的名字,虚为空也,竹为清也;但正因为"空"与"清",才能从容容纳世界的一切。他后来的作为,又与老庄的"无为"相吻合。虚竹处世是被动的,与人相处也是随意的,他不大有主见,常常迁就对方的意念。金庸

> 虚竹

通过虚竹这个人物写活了"黄老之道"，也写出了浊世与浮尘对道教的引诱。

虚竹尽管外貌丑陋，但其内心十分善良而令人可爱。虚竹在《天龙八部》中的地位举足轻重，与他的身世有关。他的生身之父玄慈方丈与乔峰有杀母伤父之仇，他的生身之母又是那个杀死无辜婴儿的"四大恶人"之一的叶二娘。这段经历给虚竹日后带来了恩怨纠葛、冤孽牵连的复杂命运，于是，虚竹想乐天于人世，也就不大可能了。他在茫然与痛苦的人生舞台上，做了一个不是出家人的"出家人"。

段正淳的悲喜剧

> 段正淳

段正淳在《天龙八部》中的地位，如同《笑傲江湖》中的林平之。虽然这两个人都不是第一主角，但却是书中不可缺少的牵线人物。

段正淳是大理国镇南王。他是大理国皇帝段正明的兄弟，相貌英武，国字脸、浓眉大眼，俨然有王者之相。他武艺高强，擅长段家剑法，剑法大开大合，在轻灵飘逸的剑招中有力不可阻的威势。他的王罗轻烟掌令对手防不胜防，尤以一阳指快如闪电。总之，无论是外貌、武艺还是他的身份，段正淳都处于一个卓越男人的优势地位，对于他遇到的女性角色无疑是一种诱惑。

但看过《天龙八部》全书的女读者大多有同感，对这个处处留情的男人大为不满。一部《天龙八部》中，段正淳风流自赏，与他有瓜葛的女人实在不少，他有妻子刀白凤，还有情人甘宝宝、秦红棉、阮星竹、王夫人、康敏，一个老婆加五个情人，难怪女读者要对此提出异议。但倪匡先生评点段正淳，说他并非薄幸之辈，只是他天生对女人的感情特别丰富罢了。段正淳纵然有了一个老婆加五个情人，但一旦遇到吸引他、他又爱的女人，说不定又会另结新欢。这是段正淳这类男人的致命弱点。

金庸先生写段正淳的五个情人，写得各有特点、各有风情，也各有各独特的吃醋方式。最单纯的是甘宝宝，她也是多情纯真的美人，与段正淳珠胎暗结后时刻挂念着段郎；秦红棉是情爱浓烈的女人，她因见不到段郎，居然要把天下所有的男人都杀死；阮星竹很痴情，为段正淳生下两个女儿，一直渴望着重温鸳梦；阿萝则因段正淳离去，居然动了要把天下美艳女子杀绝的念头；康敏是段正淳遇到的最可怕的女人，她柔到极处，也媚到极处。虽是天生尤物却心似蛇蝎，她要用樱桃小嘴，把段郎肩上的肉一口一口咬下来，一面残酷折磨人，一面还是柔情绰态，一副楚楚动人、千娇百媚之风情。

平心而论，段正淳不是一个坏男人。他为人正直，性格幽默，尽管拈花惹草，但从不轻薄和伤害女人。他有地位，有名气，有金钱，也有美男子的外貌与风度；但他吸引女人的，似乎并不在此。段正淳对女人自有一种炽热浓烈的感情。他爱得太滥，但又爱得太真。甘宝宝因吃醋与刀白凤拼命，他一会儿救这个，一会儿救那个，老婆与情人，他一个也舍不得。这一段写得极为风趣。他爱康敏（那位马夫人），差点送了命，却在所不惜。大概正因为如此，阮星竹、王夫人才会对他恨之愈切，爱之愈深。

有人怪金庸对段正淳的玩世不恭采取了纵容的态度，我不以为然。段正淳处处留情的后果，是给儿子段誉留下了诸多麻烦，但最大的苦果，作者还是让段正淳本人来咀嚼。他没想到自己的儿子居然是刀白凤与段延庆所生，他得到了女人太多的深情，却失去了唯一的儿子；他付出了极高的风流代价，受到了最大的惩罚。

《天龙八部》的结局太出人意外，刀白凤面对四大恶人之首段延庆欲杀段誉，她为了儿子的生命，坦然承认：因丈夫段正淳处处留情，她决定作践自身而报复丈夫，竟找了一个又丑又脏、又污秽又卑贱的乞丐（段延庆），和他相好，向他献身，为他生下一个儿子，即段誉。

段正淳最终从喜剧人物变成了悲剧人物。也许对他不满的读者，会对他产生无可奈何的同情，而嫉妒心极强的女人则转怒为喜，大叹其自作自受了。

纪晓芙为何生女杨不悔

> 倚天屠龙记

谈到爱情的不可思议又无法解释,那么请读一读纪晓芙的故事。

纪晓芙在《倚天屠龙记》中出场时,正值张翠山携妻子殷素素回归武当,峨眉派静玄师太前去兴师问罪,当时剑拔弩张,一触即发。神情威严的静玄师太背后站着一个身材高挑、面容端丽的年轻女侠,她低着头弄衣角,那副神态就显示她很担心峨眉派与武当派发生冲突。原来那个美貌少女正是武当第六侠殷梨亭的未婚妻纪晓芙。张翠山自刎之后,峨眉派扬长而去,唯有纪晓芙大为伤感,可见她是个感情胜于理智的女人。

这个柔情女子后来的遭遇很令人同情。因其美貌,途中遭遇一个疯疯癫癫的中年男子跟踪,而这个男人竟是明教光明左使杨逍。杨逍的武功高深莫测,据灭绝师太说:"当年手执倚天剑的武林高手孤鸿子与年轻的杨逍交手,连拔剑的机会也没有就败在杨逍手下。"杨逍将纪晓芙擒去,强行占有了她的身子,因奸而孕,生下一女。据她向师父灭绝师太供认:"力不能拒,失身于他,他监视极严,教弟子求死不得。"可见纪晓芙失身杨逍,完全是被迫的。但令人纳闷的是,纪晓芙居然给女儿取名杨不悔。她不仅对自己的失身表示不悔,而且对强奸她的杨逍不恨。纪晓芙在师父与师姐的威逼之下,宁可身败名裂,惨遭毒手,也要保护她的丈夫杨逍。

杨逍是个有魅力的中年男子,这毋庸置疑。但他毕竟是用了强制手段,被伤害的纪晓芙何以不怨? 这理由恐怕有两个:一是女子一旦失身,生米煮成熟饭,她就认命了;二是那个强奸她的男人本来值得她爱。杨逍尽管在年龄上不占优势,但他比起那个软弱天真的殷梨亭确实多了几分男人味。再说纪晓芙与殷梨亭的姻缘,本来也只是见过几面,谈不上有感情基础。纪晓芙后来移情于杨逍,大可原谅。

　　纪晓芙自然不是轻浮的女子。她除了被迫失身,其他处处显示一个女侠的风范。丁敏君残杀彭和尚时,曾以纪晓芙私生一女要挟,纪晓芙宁可声名俱毁,也不愿强加无辜;灭绝师太有意传衣钵给她,只要她诱杀杨逍,可纪晓芙宁可被师父处死,也不愿害丈夫。她临终前把女儿杨不悔托给张无忌,要求把女儿交给杨逍。

　　杨逍表面上看来冷漠孤傲,其实内心热情如火。他爱上纪晓芙,尽管不择手段,但他对纪晓芙确有深挚的爱。当他得知纪晓芙的死讯,居然突然晕倒,差点丧生于何太冲与班淑娴的双剑之下,这一细节活现出杨逍原来是个多情的男子。他与纪晓芙生下的女儿杨不悔,愿与身受重伤的殷梨亭结为夫妻,杨逍的应允,一方面是尊重女儿的选择;另一方面也是他对殷梨亭内疚的补偿。

　　令人更为感动的是,纪晓芙虽然被奸而孕,但她不把责任全部推在男人身上,她面对世俗的责备与冷漠,依然用诚实的心来支配自己的一言一行,可见纪晓芙在感情世界中是个了不起的女人。

　　一个风度超群、行为邪气的中年男子为年轻女子所青睐,其原因何在,也许只有纪晓芙之类的女人心中最清楚了。

韦小宝的"混"

> 韦小宝

在金庸的笔下，韦小宝是个最有争议的人物。

倪匡曾为这个小滑头舌战"群儒"，为他做辩护律师。据说，不喜欢韦小宝者，举出三条理由：一是他用下三滥的卑鄙手段阴损对手，比如用迷魂香、蒙汗药，把石灰撒在对方的眼睛里；二是他好赌，赌中多诈术；三是他先后骗到七个老婆，比段正淳还风流。这三条理由，倪匡一一加以驳斥。看来倪匡与金庸一样，十分偏爱这个小无赖。

笔者的看法，韦小宝的确是金庸笔下最成功的艺术典型之一。他从小出身于扬州风月场所的丽春院里，母亲韦春芳是个妓女，韦小宝父亲是谁？韦春芳也不知道。小宝从小接受的是"见人说人话，见鬼说鬼话"的熏陶，让他学会了口是心非、强词夺理、溜须拍马、曲意奉承，还有油腔滑调与恶意中伤的种种恶习。勾拦院的大染缸给韦小宝上了人生第一课，也让他在灯红酒绿、一掷千金的销金窟中，练就了他的机智、精灵、调皮、世故、圆滑与泼皮无赖功夫。

韦小宝几乎不懂什么武术，却凭着三分机智和七分运气，混出了一番虽不辉煌却令人叹为观止的事业，以致他的名字成了有些人的偶像，不少年轻人视其为流氓英雄。

韦小宝的故事演绎得十分精彩，跌宕起伏。他偶然相救强盗茅十八，让他得以混入宫中，凭其诡计多端把老太监海大富眼睛弄瞎，韦小宝冒充小桂子做了假太监。他在宫中与小玄子练武，殊不知这个小玄子就是当今天子康熙。康熙此时正受顾命大臣、满洲第一勇士鳌拜胁迫，康熙巧设计谋，让韦小宝率一群小太监擒拿鳌拜，韦小宝成了康熙身旁的第一红人。后来韦小宝又混进反清帮天地会，成了陈近南的关门弟子、青木堂韦香主。同时，韦小宝又游走于吴三桂、皇太后、沐王府之间，并奉康熙之命去五台山代皇帝出家当和尚，被推举为少林寺方丈同辈的"晦明禅师"，由于他纵酒狎妓，把千年古刹搞得乌烟瘴气。后来长平公主刺康熙遇险，韦小宝出手相救，再立大功，成为长平公主的徒弟。韦小宝率兵攻打神龙岛屡涉险境，误入罗刹国，骗到公主苏菲亚……最后册封为鹿鼎公，并当上天地会总舵主，领了七个老婆（苏荃、双儿、方怡、曾柔、阿珂、建宁公主、沐剑屏）返回扬州，隐姓埋名，享受天下快活。这个结局有点类似神话。

但韦小宝这样的"宝货"，笔者拒绝交往。因为他小小年纪，就在那个环境中沾染了虚伪卑劣、好用权术、善于作弊的种种恶习。韦小宝做起坏事来无所顾忌，他的所作所为，透现出人性中的自私与邪恶。这一艺术形象的特点，就是淋漓尽致地撕下了人类的假面具，很真实地写出了人的贪欲。我在读《鹿鼎记》时，好几次读不下去，叹曰："韦小宝实在太无耻了！"

单就艺术典型而言，韦小宝确是不可多得。只有像他那样刁钻古怪的头脑，才敢于在戒备森严的皇宫中与险恶无比的江湖上走钢丝，这点恐怕不喜欢他的人也只能佩服他。

金庸先生自己坦陈："《鹿鼎记》是一部反主流英雄文化的小说"，也就是说，在今天这个世界里，正义未必战胜邪恶，良知败给无赖。如此人格很不堪的韦小宝，在朝野居然为所欲为、大出风头，这可能是金庸的寓意所在吧！

夏雪宜的故事

> 夏雪宜

通过对话倒叙方式来塑造一个人物性格，并交代其经历，是西方欧美小说的基本艺术手法，引入中国现代小说后，尤其是武侠小说领域，便成为金庸最独特也最擅长的艺术表现手法。在《雪山飞狐》中刻画胡一刀是如此，在此之前创作的《碧血剑》中，则写活了"金蛇郎君"夏雪宜。

有关夏雪宜的故事，金庸主要通过两个爱他的女人来分别倒叙。何红药讲了夏雪宜前半生的经历，温仪讲了夏雪宜后半生的经历。两个女人讲的故事，正好组成了金蛇郎君的一生传奇。温仪叙述在前，何红药叙述在后，这样有意颠倒次序，读来更加跌宕起伏。

《碧血剑》的第一主角是袁承志，但袁承志的戏绝大部分并不精彩。他比较好看的戏是与温青青的感情纠葛，但牵动这场戏的主角却是已经死去多年的夏雪宜。袁承志无意中得到"金蛇秘籍"，引起武林震惊，可见"金蛇郎君"在江湖上是个大名鼎鼎的人物。后来袁承志一使"金蛇剑法"，就遭到温家人的围攻，通过温南扬与温仪之口，讲出了一个动人心魄的故事。从温南扬口中得知，夏雪宜是个长得很英俊的年轻汉子，他性格傲慢而怪异。因为他一家五口被温家杀死，夏雪宜便想出了一个极其残忍的报复方法，比如把温方禄碎尸八段，又用见血封喉的毒箭藏在包袱中置人于死地。夏雪宜还写了一封信向温家挑战，说是因为温方禄当年污辱其姐，又杀了夏家五人，如今血债要十倍回报，杀温家五十人，污温家女子十人，不足此数，誓不为人。

这一段回叙，既写出夏雪宜的不幸，又写出他报复手段之残忍。后来又让温仪继续倒述，进一步刻画出"金蛇郎君"多姿多彩的性格。夏雪宜因为发了毒誓，就把温仪抢走，温仪自知必定被污，想一头撞死，居然没有死成。初读，这似乎与杨逍爱纪晓芙一节相同，其实不然。杨逍是先强奸了纪晓芙才让纪晓芙爱上自己，夏雪宜则更有风度，他怕温仪自尽，日夜守护着她，又煮了好东西给她吃，唱山歌给她听，还捉了许多小鸡、小猫、小乌龟逗她笑，这使温仪感受到从未有过的快乐。他先在心理上占有了温仪，并把动了情的温仪送回家去，温仪回到家中，反而成了罪人，她既得不到家人的谅解，又日夜思念夏雪宜，这才偷偷出来献身给这个与温家有仇的男人。最后夏雪宜为了温仪，又死在温家的阴谋诡计之中，并至死不悔。于是"金蛇郎君"的形象便立了起来。

何红药回忆夏雪宜，则勾勒了"金蛇郎君"复杂性格的另一面。夏雪宜为了替家人报仇，去五毒教偷取毒液，不慎中了蛇毒，幸得何红药相救。当时的何红药绝顶漂亮，又极多情，救了这个小白脸，便被夏雪宜利用，盗走三宝。夏雪宜玩弄了何红药，却轻易把她抛弃，这原因当然可以归根于他复仇心切，这一笔也写出夏雪宜年轻时的放荡不羁。何红药因为盗宝受罚，变成一个丑女子，但她心中并不恨夏雪宜，还对他存有一片痴情，待到发现情郎已死，大为悲伤。只是见了夏雪宜死时咬着温仪的金钗，才大发醋劲。哪知夏雪宜早已料到，在尸骨中埋了炸药，何红药竟被炸死。何红药的死比起温仪之死要委屈得多，也不幸得多。

真正动情的故事恐怕都有点哀怨的味道。何、温二女与夏雪宜的经历不是足以让人读之感叹不尽吗？

伍

书林探秘

书林探秘

【书香迷离】

赵高弑主灭秦朝

> 赵高

　　弑者，以下犯上之杀也。深得秦始皇嬴政信赖重用之赵高，居然将嬴政三十多个子女全数斩尽杀绝，最终结束了秦王朝的统治。何故也？

　　赵高生年不详，据司马迁记载，系赵国王族后裔。秦灭赵，赵高之母"被刑僇，世代卑贱"，生于隐宫的赵高成年后对秦大将白起活埋赵国降卒四十万愤恨之极，从小对秦怀有刻骨的国仇家恨。赵高为阉人，据《史记》与赵翼《陔余丛考》考证，赵高志在复仇，用刀自宫；另一说称赵高虽系宦官，并非阉人。

　　身材高大的赵高暗藏灭秦之志，以处世乖巧被嬴政看中，升为中车府令（掌管皇帝乘舆），一是缘于他办事干练，擅长大篆；二是赵高好察言观色，揣摩上意。秦始皇让赵高教其子胡亥判案断狱，赵高逢迎施教得体，深得胡亥欢心。由于巧言令色，秦始皇让赵高兼管皇帝符玺，成了嬴政贴身亲随。

　　嬴政一统天下后，最禁忌他人谈到死，朝夕寻求长生不老之秘方。公元前210年秋，年近半百的秦始皇在第五次出巡中突然病倒，病势渐重，嬴政只得立储。长子扶苏"刚毅而武勇，信人而奋士"，又得大将军蒙恬辅佐，由于扶苏反对"焚书坑儒"，秦始皇便将扶苏派至上郡（今榆林）当监军，一直未立他为太子。秦始皇病重之际，依嫡长子继承制，命赵高代拟诏书，急召扶苏继位。

赵高知扶苏颇得民心，暗中扣压遗诏。秦始皇驾崩，他去见胡亥，劝他取而代之。胡亥担心丞相李斯作梗。赵高知李斯私心很重，见了李斯便说："皇上驾崩一事，外人不知，谁为太子，全凭你我一句话。"李斯大惊，赵高冷笑道："依你才能、功绩、谋略，与蒙恬能比吗？"李斯黯然道："不及。"赵高继而说："大公子一旦即位，丞相之职必归蒙恬，你日后有善终吗？"李斯终于向赵高妥协，赵高与李斯假托秦始皇遗命，另炮制一份诏书，立胡亥为太子，以"不忠不孝"之名赐罪扶苏，令他与蒙恬自尽。

扶苏本仁厚之人，拔剑自杀。蒙恬心生怀疑，被使者剥夺兵权，蒙恬、蒙毅两兄弟被囚。

胡亥登基，称秦二世，封赵高为郎中令。赵高劝胡亥趁早享尽天下之乐，又说，立嗣之事，纸终包不住火，诸公子和大臣都在议论纷纷。胡亥忙问怎么办？赵高说："陛下唯有严刑峻法，将有罪之人连坐诛族，才可高枕无忧。"胡亥便把生杀大权交赵高。

赵高奉旨大开杀戒，逼蒙恬兄弟在狱中自尽，相继把胡亥二十多个兄弟残杀，又将胡亥十个姐妹（公主）碾死。赵高独揽大权后，将直言进谏的大臣，或杀或贬，安排自己亲信赵成、阎乐掌管机要部门。

丞相李斯见各地揭竿而起，便上书胡亥，暂停阿房宫工程，并直指赵高"有邪佚之志，危反之行"。赵高佯作可怜状："臣死不足惜，只担心陛下安危。"并诬陷李斯谋反，李斯被腰斩，诛三族。

赵高任丞相，位极人臣，指鹿为马，以显淫威，直言的大臣遭杀害。随着亡秦风暴愈演愈烈，胡亥对赵高产生怀疑与不满，不料赵高早已制定弑君政变计划，令亲信入宫逼胡亥自尽。至此，秦二代尽亡。

赵高见胡亥一死，欲登基，但满朝文武皆不从。赵高只得将夺来的玉玺交给秦王室成员子婴。子婴早闻赵高之恶，与贴身宦官韩谈密议，假意拒绝。赵高亲自去请子婴登基，不料被埋伏的韩谈一刀砍杀。杀心很重的赵高最终成了刀下之鬼，秦王朝至公元前207年而亡，仅存十五年。

酷吏张汤其人其事

> 汉武帝与张汤（左）

被司马迁列为"酷吏"的张汤，生年不详，杜陵人。其父曾任长安丞，一日回家，见家中的肉被老鼠吃了，鞭笞张汤。张汤掘开地洞抓住偷食的老鼠，对其审讯，并将老鼠处以磔刑。其父发现小孩子办案居然如老狱吏，大为惊叹，便让儿子学习断案的文书。

张汤后继承父职，为长安吏，办事干练。丞相田蚡的弟弟田胜因犯罪被拘禁于长安，张汤利用职权为其开脱。事后田蚡推荐张汤，补侍御史。汉武帝刘彻命他处理陈皇后巫蛊一案，张汤探知汉武帝已宠新欢卫子夫，对陈皇后很冷淡，便严密审查，追查其党羽大获成功。陈皇后被废，汉武帝晋升他为太中大夫，命其与赵禹共同制定各种律令。他们发明了一个"见知法"，让官吏互相监督，相互检举。两人成为当时炙手可热的法律专家。赵禹性孤傲廉洁，公卿大臣为拉拢赵禹，邀请他赴宴，赵禹一律拒绝。张汤却擅长结交各界人士，尤与九卿、达官贵人关系密切，并以智谋驾御他人。张汤在当小官时，好结交富商大款；当了高官，与天下权贵交往，其实，他心中很看不起他们，但表面上却对他们很敬仰。

汉武帝好附庸风雅，张汤决断案件亦附会古人之义，命其弟子研习《尚书》《春秋》，参考古代文献，作为断案的法律依据，并事先揣摩刘彻意图，显示汉武帝决策英明。由于张汤办案结果与刘彻所思吻合，虽执法严峻却大获汉武帝赞誉。张汤每次上朝奏事，谈论国家各项开支及论断办案之事，汉武帝都专心听其详述。决策之前，都要问张汤之见，张汤声誉与日增升，一次患病在家，汉武帝亲自前去看望。

当时西汉与匈奴时有战事发生,匈奴后派使者来请求和亲。博士狄山引经据典讲了和亲对西汉有利。汉武帝征求张汤意见,张汤斥狄山是愚蠢的儒生,狄山反击:"臣子是愚忠,张汤却是诈忠,他审理淮南王、江都王的案子,弄得藩王个个人心惶惶。"汉武帝便派狄山去边境负责一个烽障,结果被匈奴砍了脑袋。从此,朝廷无人敢提和亲之事。

由于张汤执法严峻,引出众多仇家,但张汤擅长结交有势力有权的大人物,仍获汉武帝的看重与青睐。汉献帝欲制白鹿皮币,与张汤商量,张汤极力支持。汉武帝询问大司农颜异的看法,颜异反对,正好有大臣告发颜异,说他对朝廷颁布新法持反对意见。汉武帝命张汤审问,张汤再次问颜异对新法令的意见,颜异微动嘴唇而不应声。张汤冷笑一声,向汉武帝奏道:"颜异身为九卿,听到他人评论法令有不适当之处,他不向朝廷进言而进行腹诽,如此大逆不道,应判处死刑。"汉武帝便以"腹诽"之罪,处死颜异。"腹诽"亦称"心谤",指其人对某事不发表公开意见,心里却认为不对,此罪名始于张汤创立。

汉武帝时代,共有13位丞相,除公孙弘、石庄得善终,卫绾、许昌、薛泽被免职,庄青翟、田蚡被吓死,窦婴、李蔡、赵周、公孙贺、刘屈氂俱被斩首。

张汤未任丞相时,官声权利已在丞相之上,当了丞相,一直被汉武帝极为看重,原因是他办案获皇上表扬时,张汤表示:此乃皇上圣明,我只是办事认真而已。如果汉武帝不满意此案的结果,张汤自我责备:"陛下责备得对,其实圣上早已提醒过我,我没有很好采纳,我办事愚蠢,是我错!"正因如此,张汤升为御史大夫,进入三宫九卿之列。

后来,有盗贼挖了汉文帝陵墓,丞相庄青翟与御史大夫张汤商量,一起上朝谢罪,张汤一口应允。翌日,庄青翟向汉武帝叩头谢罪,张汤却突然说:此事与己无关。汉武帝便将庄青翟交张汤审处。

这事惹怒了三位长史:朱买臣、王朝、边通,他们都是庄青翟的好友,知道庄青翟是老实人,便联合起来告发张汤,说张汤的亲信田信早知盗墓一事,并有屯积货物,预先把汉武帝提高物价的主意告知大商人。汉武帝最恨泄密,命人审问张汤,张汤这才认罪,但说阴谋陷害他的是三位长史。

汉武帝处死了张汤,事后懊悔,又杀了三个长史,丞相庄青翟被吓死。汉武帝提拔了张汤的儿子张安世,间接鼓励和表扬了张汤,此后便出现了更多的酷吏。

司马迁为何惨遭宫刑

西汉太史令司马迁被下大狱，此事看似寻常。其实司马迁替李陵辩护，本身是一个十分敏感的话题，因为汉武帝刘彻与李陵的祖父李广、李陵的叔叔李敢早有宿怨。

李广是西汉名将，屡次抗击匈奴，以"飞将军"闻名于世，但他功著卓绝，却不得封侯，汉文帝为此叹曰："如令子当高帝时，万户侯岂足道哉！"李广因看不起卫青，后赴战场迷途，未得卫青援兵，被迫自尽。李广幼子李敢，亦勇猛善战，他知其父李广之死因与卫青有关，一时气愤便欲刺卫青，但未成功。卫青虽没计较，其外甥霍去病却在甘泉宫的一次狩猎活动中，拉弓射箭，一箭射死了李敢。当时抗击匈奴的名将中，一派以李广、李敢、李陵为代表的实力派，另一派是卫青、霍去病、李广利的裙带派。司马迁为李陵辩护毫无疑义涉及到两派利益之争。

另一个原因是汉景帝之母窦太后历来十分宠爱小儿子梁王刘武（汉景帝之弟），她曾想让汉景帝传位于弟，只是大臣袁盎等人坚决反对，才让汉景帝授位于其子刘彻（汉武帝）。由于刘武势力大，他当年曾封赏平定"七国之乱"的李广。年轻气盛的李广没有多想，就接受了藩王（刘武）的封赏，这让汉景帝对其生疑，这也是李广一直不得封侯的主要原因。司马迁为李陵战败降敌而辩护，其实也涉及刘氏皇帝对李广家族的世代不满。

司马迁为李陵辩护还涉及到另一个外戚李广利。李广利浮夸自矜，战绩平平，抗击匈奴时损兵折将，只因其妹李夫人是汉武帝刘彻的第一宠妃，他被委以重任，掌握军中大权。因李广利嫉妒李陵，李陵率五千步兵抗击匈奴，却得不到增援。最后李陵终因寡不敌众，被俘。

除以上两个因素，根本原因是司马迁撰写《史记》后引起刘彻的极大不满。入狱后，司马迁因无钱自赎，摆在他面前只有两条路，一是上断头台；二是接受宫刑。司马迁为了尚未完稿的《史记》，忍辱含垢活了下来，后任中书令，他利用这个职务，得以翻阅皇家各类藏书。他完成《史记》后，交皇家图书馆。

司马迁自知此书很可能被毁，便暗中抄录一部交女儿司马英"藏之名山，传之其人"。司马迁死后，《史记》果然没有公之于众，一直到汉宣帝即位，司马迁的外孙杨恽（司马英之子）助汉宣帝消灭霍家势力，经汉宣帝允准，杨恽才献出了家中珍藏的中国第一部纪传体通史《史记》，从此得以广为流传。

> 受宫刑后的司马迁

可见，汉武帝将司马迁下大狱，惹祸的便是那部《史记》。

《史记》何以引起汉武帝刘彻之恼怒，笔者以为与司马迁写"本纪"十二篇有关。

《史记》分"本纪""世家""列传""书""表"五大类。"本纪"是记皇帝十二篇。"五帝"与夏殷周秦，共五篇，接下七篇是：嬴政、项羽、刘邦、吕雉、汉文帝、汉景帝、汉武帝。众所周知，这十二篇中，项羽是刘邦的对手，他并没有当过皇帝，但司马迁却将其纳入"本纪"。作为刘邦的孙子刘彻岂能容忍。

其二，司马迁对项羽与刘邦的客观描述，更令刘彻震惊而暴怒。

司马迁笔下的项羽"力能扛鼎，才气过人"，他身先士卒，破釜沉舟，是他率众消灭了秦王朝的主力部队。他重信义、讲气节，缺点是过于自信，处事优柔寡断，失去谋士范增，兵败垓下。项羽手下的士兵愿保他乘船过江，他却乌江自尽，临死还把自刎的首级送给背叛他的部下吕马童。在司马迁看来，项羽是失败的英雄。

司马迁笔下的刘邦则是"好酒及色"的亭长，他有驭人之术，能笼络人，能打则打，不能打就开溜。他被项羽包围后，让人假扮自己，悄然脱身。其父被抓，项羽威胁他，刘邦笑道："你煮了我父亲，分一杯鲜汤给我尝尝。"他与项羽曾划定楚汉河界，是刘邦首先毁约而攻楚。他得天下后"卸磨杀驴"，将韩信、彭越等功臣诛杀，又构陷丞相萧何，萧何不得已自污，在惶恐中死去。总之，有侠义之心的司马迁很不认同刘邦不择手段的行为。刘彻岂能容司马迁撰写的《史记》留传于世？况且司马迁在《史记》中对刘彻本人多有不敬之词。

因此，司马迁被下大狱直至莫名而卒，正因为他秉笔直书惹怒了当时的天子汉武帝刘彻。《史记》之后，私家修史也被禁止，其后二十三史皆为由皇家指定的史家隔代修史。

蔡伦为何自尽

> 蔡伦

　　蔡伦造纸，是中国四大发明之一。麦克·哈特撰写的《影响人类历史进程的100名人排行榜》，提到8位中国人，孔子排名第五，蔡伦排名第七。蔡伦声名显赫，但其经历却耐人寻味。

　　蔡伦（公元61—121），出生于一个铁匠世家。他自幼好学，面目清秀，18岁入宫当了小太监。由于聪明伶俐，翌年升任小黄门，后为黄门侍郎。

　　机灵过人的蔡伦擅长审时度势，他见汉章帝刘炟身旁有五位宠妃，很快便迎合依附上开国功臣窦融曾孙女窦贵人。不出他所料，建初三年，汉章帝册封窦贵人为皇后，惜窦皇后虽娇艳能干，却无儿子，而这一年宋贵人、梁贵人各生一子。因马太后宠幸宋贵人，刘炟在翌年立宋贵人之子刘庆为太子。建初四年，梁贵人生子刘肇。同年马太后卒，窦皇后成了后宫主宰。她对生子的宋、梁二人很嫉妒，密令蔡伦严查两人行踪，同时收刘肇为继子。适逢宋贵人生病，其家书"病思生菟，令家求之"，被蔡伦截获。窦皇后指使蔡伦上书诬陷宋贵人"挟邪媚道"，行"巫蛊之术"。宋贵人入狱，由20出头的蔡伦亲任主审官。宋贵人被迫在狱中服毒自尽，并累及太子刘庆"失慈无常"，废为清河王，汉章帝另立梁贵人之子刘肇为太子。

　　窦皇后虽已为刘肇的继母，但她怎肯放过梁贵人。在窦皇后授意下，蔡伦诬害梁竦（梁贵人之父）怨恨皇帝，致梁竦自杀。蔡伦又严刑审问梁贵人，导致刘肇的亲生母亲梁贵人在关押中忧郁而亡。章和二年，汉章帝去世，不到10岁的刘肇即位为汉和帝，窦皇后临朝称制，成为窦太后。未满26岁的蔡伦，因助窦皇后害死宋贵人、梁贵人而被进封为中常侍。

当时，窦氏势力遍布朝廷要职。到了永元四年，汉和帝刘肇察觉窦氏还养了不少刺客，自己性命堪忧，他果断用中常侍郑众，与其密谋除掉窦宪。原先投靠窦太后的蔡伦，风闻内情，反戈一击，主动参与平定窦氏叛乱。窦氏集团崩溃，蔡伦因立功而兼任为尚方令。

日渐成熟的刘肇深知自己亲生母亲为蔡伦所害，蔡伦又曾是窦太后的红人，便开始疏远他。这时，见风使舵的蔡伦便投到邓皇后邓绥门下。

邓绥是刘肇第二任皇后，她天姿万方而好舞文弄墨，喜组织文人编书。因西汉造纸技术粗糙，麻质纤维纸不利于书写。蔡伦为博得邓皇后之欢心，命人试用切割、捶捣之法，制成一种易于书写的纸，这一发明，令邓皇后大为高兴。27岁的刘肇英年早逝，25岁的邓皇后上位为邓太后，她对蔡伦更加宠幸。

新继位的汉殇帝刘隆才百余日，邓太后临朝听政，封蔡伦为龙亭侯。两年后，刘隆卒，邓绥选12岁的刘祜为汉安帝，朝政诸事由邓太后大权独揽，达16年。至永宁二年，年仅四十岁的邓太后突然去世。汉安帝刘祜才正式执政，这一变故让蔡伦惊悚无比，因刘祜之父便是当年被废的太子刘庆，刘庆生母正是遭诬陷而被逼死的宋贵人，也就是新任皇帝的祖母死于蔡伦之手。

聪明一世的蔡伦万万没想到这个结局，他自知辩解无济于事，一生历经四帝二后、位列九卿的蔡伦，不得不饮毒酒畏罪自杀。披露蔡伦造纸与其人品的记载，最早见于蔡伦同时代人班固等史学家撰写的《东观汉记》，范晔的《后汉书》也有详细评述。想必蔡伦临死前也对此懊悔不已。

东昏侯萧宝卷

> 萧宝卷

中国古代史上，有明君，也有昏君。若论第一昏君，非南齐萧宝卷莫属。

萧宝卷（483—501），字智藏，南兰陵郡兰陵县（今常州）人。为齐明帝萧鸾之次子，因萧鸾长子残疾，11岁的萧宝卷被立为太子。萧宝卷之母刘惠端早亡，他由潘妃抚养长大，生性孤僻，"讷涩少言"有口吃，幼年不好读书，以捕鼠为乐。萧鸾当年以阴谋篡夺帝位，担心皇族臣僚造反，叮嘱儿子萧宝卷"做事不可人后"，以先下手为强。永泰元年萧鸾卒，15岁的萧宝卷即位齐废帝，成为南齐第六位皇帝。

齐明帝驾崩后，按置在太极殿守灵，百官来吊唁，萧宝卷却无半点哀伤，自称嗓子疼，不肯哭。有个朝臣因哭灵掉了帽子，露出光秃的头顶，护灵者萧宝卷居然大笑不已。南齐皇帝皆好奢侈丽靡，萧宝卷尤甚。他不喜上朝见大臣，好几个月不批阅一份奏章，以致奏章堆积如山。他整日在宫中与众妃、太监玩耍，并命上百名宫人击鼓鸣锣，摇旗呐喊，让熟悉羌胡横吹的伎人献艺以此取乐。最令他乐不可支的是，他去民间广选美女时，居然被一个绝色歌伎潘玉儿迷住，风情万种的潘玉儿有婴儿般的肌肤与柔软无骨的美足。萧宝卷当即封潘玉儿为贵妃，用白玉铺为地砖，精心锻造出一片片莲花形状的金片贴于地上，潘玉儿用其秀美纤足在上轻盈旋舞，便有了"步步出莲"的典故。

潘玉儿留恋集市生活，萧宝卷为搏美人一笑，把"阅武堂"改成"芳乐苑"，在宫苑中搭建大型集市，这就有了"阅武堂，种杨柳，圣尊屠肉，潘妃酤酒"的笑谈。更荒唐的是，萧宝卷让潘玉儿担任市令（最早的市场管理者），自己则充其手下任"录事"。他命朝中大臣来"集市"购物，乘机抬高物价，以此敛财，百官苦不堪言。潘玉儿对"小贩"犯错，令卫兵杖责，潘玉儿还恃宠而骄，皇帝犯错，潘玉儿照样用板子击打。一国之君也甘心情愿享受虐待之苦，弄得太监官女忍俊不禁。

萧宝卷另一荒唐事，带了侍卫扮作劫匪，深夜去百姓家打劫。凡见没有躲避的百姓，一律砍死。一个病人因跑得慢，被萧宝卷看见，用泥巴封嘴，推入水中活活憋死。一个妇人因怀胎十月，临产无法逃走，萧宝卷为了知其怀男还是怀女，立即剖腹一看究竟。

萧宝卷如此胡闹，幸得其父萧鸾留下六位顾命大臣，江祐、江祀、刘暄、萧遥光、徐孝嗣与萧坦之努力支撑朝政。但萧宝卷不仅不感激，还利用他们之间的矛盾，先杀了其表叔江氏兄弟，又将其舅刘暄与老臣徐孝嗣处死。由于萧宝卷六亲不认，雍州刺史萧衍因其胞兄萧懿被萧宝卷虐杀，不得已起兵造反。

消息传来，萧宝卷仍在宫殿内欣赏歌舞。萧衍大军至城下，萧宝卷穿上鲜艳的服饰上城楼看热闹，飞箭几乎要了他的命。众臣起奏，赶紧修城墙，萧宝卷愤愤地说："这么好的木料应供修宫殿时用，绝不能用于修筑城墙。"另一位大臣奏请皇帝出钱赏赐士兵重振士气，萧宝卷顿时发怒："为什么要我出钱？你们可知道萧衍曾是我手下败将。"

萧衍率兵攻入建康城时，萧宝卷还在含德殿上与众妃歌舞升平。徐州刺史王珍国率众闯入，萧宝卷慌忙从北门逃出。太监黄泰平举刀砍伤了萧宝卷的膝盖，萧宝卷摔倒后骂道："奴才要造反吗？"另一太监张齐不由分说一刀砍其头颅，而指使行刺的正是负责保护内宫的侍卫张稷。萧宝卷首级由中书舍人裴长穆献给萧衍，可谓众叛亲离。

萧衍执政后，处死萧宝卷宠臣41人，潘玉儿则被萧衍送给了功臣，潘玉儿不久自缢身亡，苏东坡有诗："玉奴终不负东昏。"萧宝卷死后得了个"东昏侯"的谥号。

沈约惊恐而亡

> 沈约

  沈约（441—513），齐梁时著名的文学家兼史学家。他生有异相，左眼有两瞳孔，腰上有颗紫色的痣。他出身于江东大族吴兴沈氏，在他12岁时当太守的父亲沈璞被诛杀，沈约因年纪小，躲过一劫，但从此家贫如洗。他少年时向族人乞讨为生，遭人侮辱，沈约不声不响把讨来的米倒在地上，扬长而去。后来沈约富贵回乡，却不记前嫌，为族人赞颂。

  沈约天性聪颖，专心好学，且博学强记。他白天读的书，晚上便能背出来，因精于典故，且文采斐然，年轻时便成了当地的才子。

  齐朝初，他任文书，又奉命校订四书。因文采出众，先获蔡兴宗称赞，后来蔡赴荆州任刺史，沈约是征西记室参军。沈约后任襄阳县令，征虏记室，颇得太子萧长懋之欢心，沈约被升为太子家令，兼著作郎，后又当上御史中丞。

  最让沈约骄傲的是，他与兰陵萧琛、陈郡谢朓、南乡范云、乐安任昉等八人合称"竟陵八友"。这些齐梁期间堪称翘楚的文人雅士声名显赫，他们登高抒怀、弈棋品茶、吟弄山水，成一时之盛事。谢朓是当时首屈一指的诗人，沈约以文学与史学见长，但以才干与胆识而言，萧衍最为出众，萧衍是西汉相国萧何的二十五世孙。

  齐明帝萧鸾逝世，尚书令让沈约撰写遗诏，封左卫将军。继位者萧宝卷是齐明帝次子，为人暴虐残忍，好诛杀大臣，朝野一片惊恐。与沈约交情很好的萧衍在永元三年起兵讨伐萧宝卷，成功后，拥立南康王萧宝融称帝，此时齐朝大权已归萧衍。沈约、范云成了萧衍的亲信，萧衍信佛，好慈善，才思敏捷，文笔华丽。沈约欣喜地以为，自己跟上了一个好主子。

萧衍封沈约为骠骑司马，君臣关系相当密切，无话不谈。沈约便试探性提出让萧衍代齐的话题："如今百姓知道齐朝已完了，都说天下应归您主宰。"他还从天象、人事作了分析。萧衍沉吟后回答："让我想一想。"沈约又进言："周武王讨伐商纣王，进城后百姓都认定周武王是君王，周武王没有违背民意。您的圣明，朝野都知道，大臣对您很忠诚。"沈约提议，范云附和赞同，萧衍最后终于点头了。沈约于是拿出了写好的诏书与官员设置文书，萧衍看了很满意。萧衍登基后，沈约被任命为尚书仆射，食邑千户。范云等二十多位知名人士前来道贺，此时的沈约春风得意，他不仅是齐梁文坛之盟主，而且成了梁武帝萧衍的最大功臣、一等红人。

本为文人的沈约，走到了政治舞台的前列，他被人前呼后拥，威风不可一世。不久，其举止上有点忘乎所以了，他的文人气质便在政坛上逐渐暴露出来。

一次豫州向梁武帝进献栗子，萧衍兴致很高，要与沈约比赛谁知道栗子的典故多。沈约还算知趣，故意比萧衍少讲了三个，以此"示弱"。可沈约一出宫，文人的轻狂让他对人自夸："这老头好面子，不让他一些，他会羞死的。"隔墙有耳，这话自然传到萧衍耳中，闻之大为恼怒。

朝中大臣张稷当年对萧衍不敬，外放后死于叛乱，萧衍对张稷仍耿耿于怀，很想追究其罪。沈约完全忘了栗子之事，便信口开河："此事已过，不必再计较。"碰巧张稷与沈约是亲家，萧衍当时板起面孔反问："卿言如此，是忠臣乎？"当场拂袖而去。

沈约回家后忧心忡忡，精神恍惚，跌倒在地。夜里梦到萧宝融拿剑割下了自己舌头，醒

＞ 萧衍

来时想起自己为萧衍谋划逼死萧宝融之往事,不由得浑身冷汗,惊恐万状,卧床不起。

萧衍听说沈约病了,派御医徐奘为他诊病,沈约正巧捧着赤色奏章在默默祈祷:"禅代之事,不由己出。"徐奘不敢隐瞒,奏告梁武帝。萧衍怒不可遏,几次派人去痛责沈约,沈约惧怕无比,惶惶不可终日,没多久,竟被活活吓死了。

这位73岁的文坛盟主、南朝第一藏书家在高位上惊恐而死。他一生勤勉好学,才气横溢,博学多才,处世也相当不易。只是功成名就后,出言不慎,又一错再错,脆弱的文人毛病终于一发不可收拾,最终被吓死,甚为可惜。沈约除留下两万册藏书,还有两个贡献:一是他在文学上开创"四声八病"之说,规范平、上、去、入四声之律,由于他提倡声律与对仗,使古体诗逐步走向了格律严整的近体诗,时称"永明体";二是他在史学上开创了"因事附见"的编纂方法,这在中国文学、史学史上皆有记载。

谄谀文臣孔范

> 孔范

孔范生活在南朝陈国，其生卒年不详，约公元595年前后在世。他本在中国历史上名不见经传，但因其对陈国之亡，有重罪。作为一个谄谀的文臣，读其人其事，颇有启迪。

孔范，字法言，会稽山阴（今绍兴）人。他少时好学，博览群书，陈朝太建中，曾任江夏王长史。陈叔宝即位，很会钻营的孔范找到了奉承巴结的机会。陈叔宝（553—604），字元秀，小名黄奴，浙江长兴县人。性聪颖，好文墨，工于书法，雅爱音乐。才情虽弱于李煜，但亦为古代有才情的君主。他17岁被立为太子，29岁登基。

出身于兵家的张丽华，自幼贫困。10岁那年，选入宫中当侍女。她出落得倾国倾城，长发七尺，浓黑如漆，姿容华贵，举止优雅，飘飘然似神仙一般。被陈叔宝一眼看中，百般宠爱。张丽华除姿色出众、能歌善舞外，办事能力也很强，精通祈祷巫术，口才也不错，几句话就可把对方说得哑口无言。

陈叔宝因迷恋酒色，将亟待处理的奏折，交张丽华批阅，张丽华处理得井井有条。陈叔宝随后将财政大权也交张丽华掌控。陈叔宝信佛，想扩建大皇寺，于是求张丽华同意拨款。张丽华不喜佛事，陈叔宝最后只得屈尊下跪恳求，张丽华才勉强同意。但大皇寺在扩建完工之际，突然遭遇一场离奇大火，一切化为灰烬。

陈叔宝把朝廷大事交张丽华处理，自己周围则聚集了一批文人骚客寻欢作乐，以尚书令江总为首，其次如尚书顾总，皆擅长写靡丽艳诗而得宠，好舞文弄墨的孔范也混杂在这些帮闲文人之中。

孔范的文词以瑰丽见长，颇得青睐，被陈叔宝授都官尚书（即后来的刑部尚书）。这些君臣整天在一起饮酒听曲，有人做了曼词艳语，便让好事者传抄下来取乐。陈叔宝幼年"生于深宫之中，长于妇人之手"，当上皇帝后，更好声色，耗巨资大修"藏金之屋"。还将宫内十几个才色兼备、略通文墨的宫女，册封为"女学士""女校书"。这些嫔妃与孔范等媚臣杂坐联吟，飞觞醉月地玩弄靡靡之音。又把那些被陈叔宝看中的艳诗，谱上新曲，令宫女按歌度曲，如《玉树后庭花》《临春乐》即是代表作。正因陈叔宝沉湎于荒淫玩乐，果然应了"花开花落不长久"，陈朝灭亡，《玉树后庭花》也成了千古"亡国之音"。

上有所好，下必逢迎。陈叔宝自恃聪明，最不喜欢听别人的批评，孔范便挑好听悦耳的讲，报喜不报忧，曲尽其媚。孔范还有一个本事，当陈叔宝的穷奢极欲受到朝内大臣批评时，孔范当即出面为后主掩饰，以此博得陈叔宝欢心，于是恩遇日进，得意一时。

其时，隋文帝杨坚有削平四海、统一天下之志，派大将韩擒虎、贺若弼兵发江南。隋兵屡战屡捷，陈朝告急文书送至朝廷，仆射袁宪上奏出兵抵御，陈叔宝不想打仗，便征求众臣意见，孔范抢先说："长江天堑，古以为限，隔断南北，今日隋军，岂能飞渡？"陈叔宝一听，正中下怀，依旧与嫔妃在酒楼取乐。又有急报城关陷落，孔范却说："边将欲作功劳，妄言事急，臣每患官卑，虏若渡江，臣定做太尉公矣。"这些奸佞阿谀之臣除了陪陈叔宝花天酒地吟诗，还谎编传言，说隋军的战马在路上中邪死了许多。孔范为此打趣："可惜，此是我马，何为而死？"赢得陈后主与众美姬笑作一团。

陈叔宝之父陈霸先留下不少良将谋臣，大臣毛喜屡次诤谏，被陈后主贬谪出朝。右卫将军傅縡看不惯江总、施文庆、沈客卿等狎客媚臣，上奏请陈叔宝戒酒色，远小人，结果被陈叔宝赐死。老臣章华对陈叔宝将"谄佞谗邪"之辈"升之朝廷"发表异议，也被斩首。孔范窥知陈叔宝心思后乘机进言："外间诸将，起自行伍，统不过一匹夫敌，若望他有深见远虑，怎能及此？"陈叔宝竟信其言，将擅长带兵的大将革职，剥夺兵权。而让一些酷吏媚臣得以升迁，令陈朝人心焕散。而隋兵连捷的告急文书也被孔范等人压下。不久，陈朝终于灭亡。

隋文帝登基，孔范又想投其所好，据史载："隋文帝以其奸谄，流之远裔。"以谄谀为能事的孔范最终没有出头日子，其终不详。

来俊臣炮制《罗织经》

> 来俊臣

　　《罗织经》的作者是唐代酷吏来俊臣,这是叙述人类有史以来如何罗织罪名、制造冤案的第一本书,由于描写细节详尽,刑讯方法严密,从而成为古今中外第一部集邪恶手段之大成的诡计全书。

　　来俊臣(651—697),少时游手好闲,性邪恶凶险,好反复无常,以诡谲奸诈闻名。他最大的爱好是"妄告密",即捕风捉影、无中生有诬告他人。由于狱吏查不出原委,刺史王续将来俊臣"杖之一百",让来俊臣疼痛不已,躺了多日。

　　王续后被杀,来俊臣便写一信诬告辨冤。武则天破例接见了他,"以为忠,累迁侍御史,加朝散大夫"。不学无术的来俊臣当上大官,从此平步青云,肆无忌惮。他在丽景门内设监狱,号称进此门者百人无一可以活着出去,此门亦称"例竟门"。大将军张虔勖含冤下狱,不服,来俊臣命卫士将其乱刀砍死。范云仙诉说对先帝有功,来俊臣竟命人割去范的舌头。

　　为了整人,来俊臣设计了各种酷刑,如"突地吼",让犯人在原地不停地转圈;又设"见即承",给犯人加十几个枷;还有"铁圈笼"。总之,让人吓得魂飞魄散,以致当时上朝见驾的官员皆战战兢兢,早晨出门与家人告别时会说:"不知道今天出去还能与你再相见乎?"

　　来俊臣逞凶时,一人犯法,株连三族至九族,"前后夷千余族"。致使满朝文武皆噤若寒蝉,敢怒不敢言。来俊臣还发明了罗织罪状的方法,先召集无赖

> 来俊臣炮制《罗织经》

数百人，让他们互相响应，先诬陷一人，无赖们立即同时告发，并证据互补，诬告成功率相当高，无中生有的事便可成为铁板钉钉的事实。

名相狄仁杰不畏权贵，敢于直言，便成了来俊臣的眼中钉。他诬告狄仁杰谋反，亲自审问，你承认谋反可减免死罪，否则大刑伺候。狄仁杰只得认罪："大周革命，万物惟新，唐室旧臣，甘从诛戮，反是实。"来俊臣心喜，以为得了口供，又命人以狄仁杰口气写了《谢死表》，觉得大功告成，不再严加防备。

狄仁杰暗中向狱吏借来笔墨，在被子上撕下一块帛，书写冤情，托人送给儿子狄光远，狄光远持帛书向武则天诉冤。武则天召来俊臣责问，来俊臣说，臣并未对狄仁杰用刑，并将狄仁杰的《谢死表》面呈武则天。武则天对狄仁杰很看重，亲自审问，狄仁杰说："我如不承认谋反，早已死于酷刑。"武则天又问《谢死表》是怎么回事？狄仁杰说是伪造的。狄仁杰终免死罪，贬为地方官，后又被启用。

来俊臣将其整人之法，编成《罗织经》：一确定对象；二告密检举；三等候上司批复；四逮捕用大刑；五逼供，不从者死于刑下；六互审控制；七将口供编造得毫无破绽。他总结自己的经验："事不至大，无以惊人。案不及众，功之匪显。上以为安，下以邀宠。其冤固有，未可免也。"也就是说，不把案子办成惊天大案，不能引起大众注意。不让案子牵连出更多的人，不足以显示办案人的能力。这样做了，上司有安全感，也会奖励下级。

当时有名的酷吏周兴临死前读了《罗织经》，自叹弗如，甘愿受死。唐朝名相狄仁杰阅后，全身颤抖，冷汗迭出。女皇武则天读完亦仰天长叹："如此机心，朕未必过也！"

由于来俊臣不断诬告陷害名臣大将，还以此威胁武氏诸王及太平公主，武则天见他闹腾得太过分，不得已在万岁通天二年，将46岁的来俊臣斩于闹市示众，满城男女老少争相剐其肉。

鱼保家献铜匦自食其果

> 鱼保家献铜匦

鱼保家，名不见经传。其父鱼承晔，唐高宗时官至御史中丞，武则天称帝，任侍御史。名相裴炎提出"请太后归政"，武则天让贤，引起"女皇"反感，命令骞味道与鱼承晔共同审讯裴炎，裴炎被杀，鱼承晔后因迫害唐宗室，时人斥其为酷吏。

当时读书人，几乎都热衷于科举考试，或以写诗绘画乃至隐居以求其乐。但鱼保家既不读书，又对写诗绘画毫无兴趣。他自幼心灵手巧，动手能力极强，好设计各式物件，其独出心裁的发明令人惊叹。

鱼保家生活在武则天已掌控天下的时代，但她自知反对者甚众，支持李唐者尤多。如何清除异见者呢？武则天亲自制定了详细的法律条文优待告状者，比如某人在某地要告发某人，当地官员不准盘问告状者，还要为告状者提供马匹，沿途供应伙食，负责把他们送到朝廷，由她亲自接见，若告状内容合武则天心意，并有价值，可以越级升官；若调查后告状内容不实，武则天也不会惩罚告状者。

但这种告状方式毕竟不是每个人敢做的，鱼保家便突然想到，不如设计一种更为机动巧妙的"下情上达"方式。他充分发挥其科技才能，异想天开地设计出一种叫作"铜匦"的工具，敬献给武则天。

女皇仔细端详这个四方形的器物，大惑不解。鱼保家作解释：此匦分东、南、西、北四格,东格青色为"延恩":专献为圣上歌功颂德之文,提出治国之良策;南格红色为"招谏":供人对朝廷大计提出批评;西格白色为"伸冤":让天下受冤者诉其冤屈;北格黑色为"通玄":接纳天下人报告各种机密消息。

武则天大为满意,这"铜匦"纯粹是个"下情上达"的玩艺儿,而献策者又不必自暴身份,皇帝却能获知四方信息,真是一个绝妙方式。她不仅给鱼保家不少赏赐,而且对他破格加官进爵。

她吩咐工部尚书安排巧匠铸造。垂拱二年三月八日制好的"铜匦"便设在皇宫门旁,还命人在各个角落贴出布告,并向全国各县发文,向民众与官吏介绍"铜匦"之用法,号召天下百姓都来向皇帝进言献策,于是告状者成群结队涌入洛阳。

读书人本来以为只有埋首苦读才能走通宦仕之路,不料进京告状,亦能多了一条升官之捷径。一旦他的进谏受到武则天的重视,那么加官进爵也指日可待。

鱼保家眼见自己的巧妙设计成了美妙的现实,不禁津津乐道而自鸣得意起来。但好景不长,一封揭发鱼保家为徐敬业设计制造刀剑弓弩等武器的密信也投入"铜匦"中,说鱼保家的发明使朝廷平叛造成了很大伤亡。

武则天毫不犹豫立即命索元礼逮捕鱼保家。索元礼也是一位发明家,他在狱中创造性地发明许多惨绝人寰的刑具,如"凤凰展翅""仙人献果""玉女登梯""驴驹拔撅"等叫人求生不得、求死不能的刑具。鱼保家首入"宿囚",即"累日节食,连宵缓问,昼夜摇撼,使不得眠",不让鱼保家睡觉,日夜拷问,稍想入眠,即把其摇醒,还拍打牢笼,发出很大声响,令鱼保家痛苦不堪。

但鱼保家自认发明"铜匦"有功,死活不肯招供。索元礼便冷笑一声:"取我的铁笼子!"他命狱吏将鱼保家的头困在一个四方小铁笼里,铁笼里安装了一个上粗下锐的小木橛,说:"你不招供,我将小木橛嵌进你脑袋一分。"

鱼保家实在承受不了被钉入脑袋的小木橛,只得认罪,后被腰斩。鱼保家致死仍在恨索元礼,但他不知道几年之后,索元礼等四大酷吏由于武则天见政局已趋稳定,便感到酷吏名声太坏,为天下人怨之,于是将他们一个个处死,索元礼终于死于自己发明的酷刑之中。

杜荀鹤的干谒诗

> 杜荀鹤

说到杜荀鹤,油然想起他写的诗:"君到姑苏见,人家尽枕河。"其诗颇见才情,可惜他身处晚唐末年太监专权、军阀割据的乱世年代。

杜荀鹤(约846—906),字彦之,其身世流传不一。据宋人范致明主编地方志《池阳记》载:荀鹤,牧之微子也。杜荀鹤是杜牧小妾程氏所生,程氏为杜牧夫人所不容,复嫁杜筠,生下杜荀鹤;另一说是程氏生下杜荀鹤后改嫁给杜筠。《池阳记》还引杜牧诗为证:"长林管林闲风月,曾有佳儿属杜筠",这个"佳儿"即指杜荀鹤。

对于这段历史,查杜荀鹤的诗文中并无记载,宋人周必大的《二老堂诗话》对此民间传说也提出质疑,杜牧的《樊川文集》未收入这首诗。杜荀鹤则自言为"寒族",撇清自己与杜牧的关系,故其身世说法不一。

杜荀鹤曾多次赴京应考,均不第,虽才气横溢,却苦于无人赏识。由于晚唐局势动荡,科场腐败,中举者大多为公卿子弟所把持。而杜荀鹤"三族不当路,长年犹布衣""空有篇章传海内,更无亲族在朝中"。他知道光靠自己的才情与苦读很难及第。于是干谒,找官吏与名流引荐,也成为不少读书人求仕之路。

杜荀鹤想凭借自己已获的诗名期待得到当权者的赏识与重视。他先后干谒过池州、明州、江州、谭州、衡州等州刺史，也向一些朝官或社会名流献诗。这些干谒诗大多诉说自己的才干与所处困境，赞扬对方的才德，进而希冀这些朝官与知名人士推荐自己，如《投裴侍郎》："只望至公将卷读，不求朝士致书论。"又如《投崔尚书》："闭户十年专笔砚，仰天无处认梯媒。"杜荀鹤写的干谒诗多达三十首之多。

杜荀鹤途经大梁（开封），献《时世行》十首给唐末最大割据势力梁王朱温，诗中提出"省徭役，薄赋敛"，未见回复。朱温亲信敬翔暗示杜荀鹤"稍削古风，即可进身"，杜荀鹤又献《颂德诗》三十首给朱温，欲谒见朱温。朱温既不拒绝，也不回复，杜荀鹤只得在开封旅馆内住了一两个月，进退两难。因朱温脾气火暴残虐，他想见的人若不在，便追究有关官员责任，甚至当场杀人。杜荀鹤只能每天苦等。

某日，朱温突召杜荀鹤，他指天说道："天好像要下雨了？"亲兵汇报："天边无云有太阳，雨点很大。"朱温当即说："秀才，你见过无云太阳雨吗？"遂命杜荀鹤以此作诗。杜荀鹤大笔一挥写道："同是乾坤事不同，雨丝飞洒日轮中。若教阴晴都相似，争表梁王造化功。"

此诗获朱温赞赏。经朱温推荐，杜荀鹤于大顺二年中了第八名进士。当时杜荀鹤已46岁。朱温又赏赐杜荀鹤锦衣钱财等物。过了几年，朱温胁迫唐昭宗移驾洛阳，由自己掌控天下，当时百官任命，皆由他做主。他授杜荀鹤为翰林学士，任主客员外郎。

这一年大约在公元906年，在科举上奔波三十多年、受尽势利白眼与冷遇的诗人，终于有了一个官位。但杜荀鹤获官职时，已患重疾，"旬日而卒"，唐史上有"五日翰林"之称。自杜荀鹤于大顺二年中举，至906年去世，这十几年中，诗人几乎没有留下"鼓与呼"的好作品，而他的干谒诗亦遭时人所抨击："老而未第，求知己者甚切""几乎哀鸣"。尤其他对朱温的阿谀吹捧，更成为其一生之瑕疵。

杜荀鹤进士及第后，因有朱温赏识，他曾表现出高人一等之态，并在文章中挖苦其他官吏乡绅，遭致众怒，当地缙绅朝官欲谋机会暗害诗人。这些记载，虽是传言，未必属实，但杜荀鹤谄媚朱温而谋取功名官禄，是他一生的耻辱，包括那些干谒诗，实在毫无价值可言。

恶谋士李振的"白马之祸"

> 李振

  李振(733—794),字兴绪,祖居西域,他是唐朝中兴功臣李抱真的曾孙。李振少时聪颖好学,但屡试落第,不得已转入军队,先任金吾将军,后被任命为台州刺史,上任前,浙江东部有人造反,李振没法赴任,为之郁闷不已。

  李振善谋略,途经汴州,去见汴州刺史朱温。朱温粗鲁骁勇,以江湖豪杰自许,先参加黄巢起义,后又叛变归顺唐朝。朱温与李振一谈,发现李振有过人才智,视为奇才,就请他留下来当幕僚,后任节度副使。

  唐王朝当时掌控在宦官刘季述等太监手中,他们欲废唐昭宗,另立小皇帝易于摆布,便向朱温求援。李振奉命到京,听了刘季述的想法,心中愤恨倍加。晚唐的宦官败坏朝政,使许多有才的读书人报国无门,他想到自己屡试落第,当场痛加斥责。刘季述因害怕朱温手中拥有重兵,对李振唯唯诺诺。李振一走,刘季述便囚禁唐昭宗,推出皇太子李裕当皇帝。

  李振向朱温汇报,朱温早就想废唐而代之,但一直在犹豫。李振为之谋划,并自愿再入京城,他暗中联合宰相崔胤与大将孙德昭诛杀刘季述,拥立唐昭宗复位。朱温为之大喜,对李振的谋略佩服得不得了:"爱卿所谋正合我意。"

  一个书生凭其三寸不烂之舌,搞定了唐王朝,让朱温成了唐昭宗的头号大功臣,而李振也成了朱温赏识和看重的第一谋士。其实,李振的表演才刚刚拉开序幕。不久他去青州劝降节度使王师范率家人离职而去,并再三保证他与其家人安全。王师范心存感激,翌日带全家人离开青州,途中遭朱温伏击。朱温将王师范全家70余口全数杀尽,连三岁小孩都未留下。

在李振策划下,唐昭宗为朱温胁迫迁都洛阳,朝廷如同虚设,胆小的臣僚争相巴结朱温。朱温性格残虐任性,随意贬谪官员。李振颐指气使,以泄当年落第不平之气。由于李振是朱温身旁二号人物,朝廷大臣对他敢怒不敢言,私下称李振为"鸱枭"(枭,古指不祥之鸟)。李振闻知更觉恼怒,向朱温进言:"衣冠浮薄之徒皆朝廷难制者",极力鼓动朱温对朝廷士大夫大动杀戒。

朱温此时对李振言听计从,况且他本来厌恶读书人久矣。当时朝廷要臣任命皆由朱温指定,柳璨性轻佻,好巴结,及第不到四年,朱温封其为相,另封张廷范为太常卿。朝臣裴枢、崔远、独孤损等人反对,裴枢说:"张廷范本以乐舞、戏谑为业,他怎么可以当太常卿?"朱温一怒之下将三人革职。朱温又任命吏部侍郎杨涉为相,杨涉与家人相对而泣:"祸将至矣,必累尔等。"

天祐二年,朱温敕令裴枢、独孤损、崔远七人自尽。李振命士兵将附合裴枢等三十多位"衣冠清流"带到滑州白马驿,一起杀尽。其中包括左仆射、右仆射、吏部尚书、工部尚书等各部要员,众多尸体被投入河中,河水为之浊流,世称"白马之祸"。

朱温称帝后,李振位及户部尚书、崇政院使,掌管朝政大事。落魄书生位及重臣,何等得意。不料朱温出征途中急病昏死过去,他自觉病危,欲传位于养子朱友文,为其亲子朱友珪获悉。朱友珪联络统军韩勍率亲兵五百,当场弑父篡位,人称"屠夫皇帝"的朱温一命呜呼。

朱温死后,梁废帝朱友珪没有重用李振。后唐李存勖攻下后梁,李振便与同为朱温亲信的敬翔商议如何去见新君。敬翔抱定为国而死,李振便独自去了。敬翔望其背影慨然长叹:"李振枉为大丈夫,当初他与我共为梁王(朱温)策划,今日先主去了,他还想求见新主人,纵使新君赦免其罪,他又有何面目再入建国门!"

由于叛臣段凝等人落井下石,李振虽屈膝认罪,仍被处死,并连累其族人同诛。叛臣段凝自以为得计,不久流放,亦被处死。

开创"阉人之国"的刘鋹

> 刘鋹

南汉王朝是五代十国之一。唐朝末年，封州刺史刘谦拥兵百万，战舰百艘，颇有实力。他死后，其子刘隐举兵统一岭南，占据广东、广西、海南三省，成为岭南强藩。刘隐卒后，其弟刘龚袭封，凭借父兄打下的基业，于公元917年，在番禺（今广州）称帝，国号大越，史称南汉。

刘龚傲慢骄人，"耻为南蛮王"，因猜忌大臣，以亲近太监为主，扶植宦官势力日益扩张。刘龚亡后，其子刘玢继位，不亲历政事，朝夕沉湎酒色，任由官吏胡作非为，被其弟刘弘熙杀死。刘弘熙登基后改名刘晟，他为了巩固政权，大肆诛杀宗室、勋旧，政局混乱，至39岁卒。其长子刘鋹（942—980）17岁继位，改年号大宝。刘鋹长得眉清目秀，能言善辩，机灵而有巧思，但生性蛮横自大，遗传祖上种种恶习。他相貌还算个正常人，但行事乖僻任性，成为中国历代皇帝中的一个怪胎。

南汉前几代皇帝都有信赖宦官的习惯，刘鋹即位后更甚。他沉湎女色，内宫美女成群，容不得任何男子染指，并将内宫之习扩展到朝廷。有一天，刘鋹突发奇想：官员有了妻子儿女，必有私心，不肯为朝廷效忠。他把国家大事全交给太监龚澄枢、陈延寿管理，还设置多位宫女为参政官员。并提倡官僚与读书人都要向太监学习，宦官因无儿无女，无牵无挂，因此能抵抗人欲，不受女色干扰。他还下了道圣旨,凡臣僚必须自宫后才能继续录用,也就是说,读书人要在南汉为官,先把自己阉了!于是南汉朝廷出现了一连串咄咄怪事。

南汉的朝臣,无论是文官,还是武将,为了继续在朝为官,只得自行去净身。而许多读书人为了在南汉获得一官半职,也只得先狠狠心把自己阉了。据史料记载,凡由进士及第而欲登朝臣之列者必先自阉,这道门槛实在太荒谬、太残酷了!

这道惨无人道的皇命,居然让南汉不少官吏忍气吞声,唯唯诺诺不敢反抗,不少人为了前程还真净了身。刘𬬮还不放过和尚道士,他下令各寺庙高僧带头去净身。有位新科状元一听此令,便弃官逃回故乡,刘𬬮岂肯放过,派卫士直接赶到状元家,将他阉了。据南汉灭亡时计算,朝臣中竟有两万多名宦官。于是,南汉也被后人称为"阉人之国"。

刘𬬮本人却极其贪婪迷恋女色。宫中美女无数,还屡次出宫猎艳,凡他看中的女子,强行抢入宫内,与这些美女在后宫中淫戏。他对中原女子玩腻了,有位太监为他送来一个丰腴妖娆的波斯女子,有姿色又会跳舞,刘𬬮称这个胖美人为"媚猪",自称是"萧闲大夫",朝夕与其享乐玩耍。

刘𬬮除了好色,还有个嗜好,喜欢饲养豺狼虎豹,越凶猛的野兽,他越喜欢。他热衷观赏被剥光衣服的死囚与这些猛兽进行生死搏斗。他在赏玩之际,突然因其心血来潮,便将某个他看不顺眼的大臣扔进斗兽圈内,看其在惊恐中被猛兽活活咬死,放声大笑。

由于刘𬬮管理十分混乱,又追求荒淫奢侈的生活,导致国库亏空,他便增加赋税,横征暴敛。而阉人仗势横行霸道,使军心不稳。北宋赵匡胤派大将潘美率军南下,很快攻陷南汉首都,刘𬬮乘船逃亡,未果,只得乖乖当了亡国之君。

宋太祖赵匡胤听说刘𬬮在破城前,竟派人放火把南汉宫殿烧毁了,大怒,要杀刘𬬮。刘𬬮跪下哀求,说都是宦官龚澄枢做的,还说自己虽是国君,但其实只是他们的一个臣子。

刘𬬮求饶居然活了下来,他有串珠子的特长,把珍珠做成一个漂亮的马鞍,献给赵匡胤。宋太祖叹道:"这个刘𬬮倘若用串珠子的特长花一半来治理国家,南汉怎么会亡呢?"

刘𬬮在宋太宗即位后,封卫国公,至太平兴国五年去世,卒年39岁,追封为南越王,史称南汉后主。

俯仰随时说邓绾

> 邓绾

北宋进士邓绾(1028—1086),字文约,成都双流人。他在宋神宗时高中礼部头名,后出任宁州通判,权不大,又非京官。邓绾心怀大志,自觉屈才,便四处活动,打探消息,伺机待发。

邓绾从京中获悉,王安石推行新法,引起韩琦、文彦博、欧阳修等老臣反对,司马光、苏东坡也认为实施新法有所欠缺,使力挺王安石的宋神宗有点犹豫。邓绾立即草就一份奏章呈献给宋神宗:"陛下得伊、吕之佐,作青苗、免役等法,民莫不歌舞圣泽。以臣所见宁州观之,知一路皆然;以一路观之,知天下皆然。诚世之良法,愿勿移于浮议而坚行之。"

在奏章中,邓绾把王安石比作历史上的名臣伊尹、吕尚(姜子牙),把宋神宗比作商汤、武王的明君,并说宁州及全国老百姓对实行青苗免役之法,欢欣鼓舞,是治世之佳策。敬请神宗勿听信谗言,坚决执行新法。

邓绾在向宋神宗献奏章时,又私下写信吹捧王安石,阿谀奉承之词跃然纸上。他的这份奏章理所当然受到王安石重视。王安石正愁无得力人手可用,就破格将宁州通判邓绾推荐给宋神宗。

宋神宗对王安石十分器重,想升邓绾一级,授命他为宁州知府。邓绾获悉后,心中颇为不满,他本希望自己到皇城任京官。经他一番努力,在王安石举荐

>吕惠卿

下,邓绾终于被任命为集贤院校理。

同僚对靠吹捧博取官位的邓绾很瞧不起,有人甚至当面戏笑他,邓绾听了,也不生气,反而说了句直话:"笑骂从汝,好官须我为之。"意思说,不管别人如何开涮我,只要我能升官就可以了。

邓绾是个八面玲珑的人物,他善辨朝廷风云气色,能屈能伸,俯仰随时,终于官运亨通。他由同知谏院、判司农寺,一直做到御史中丞、龙图阁侍制,又升任翰林。其间,邓绾对德高望重的老臣富弼刻意中伤,并以提拔新人为目标,组成了一个小"朋党"集团。在他的弹劾下,吕公著、谢景温所推荐的主簿官员全被罢免,邓绾一派则推荐蔡确担任御史。

熙宁七年,王安石被免相,宋神宗让吕惠卿主持内阁。吕惠卿原本对王安石十分恭顺,但心中早怀不满,他当即对王安石落井下石。邓绾也见风使舵,摇身一变,成了吕惠卿的心腹红人,并企图陷害王安石。

时隔一年,王安石恢复相位,邓绾赶紧与吕惠卿撇清关系,举报吕惠卿抢夺民田等作恶多端之事,吕惠卿被流放到陈州。邓绾怕祸及自身,又赶紧献言,请皇帝提升王安石之子及女婿上官位。

邓绾原以为此举会讨好王安石,不料宋神宗将邓绾上奏之事,征求王安石意见。王安石大为不悦,他已看清邓绾之为人,便说:"官员为国家办事需正直才是,邓绾私下为臣乞求恩泽,这是伤害国家用人体制,应将其罢官。"宋神宗也觉得"邓绾操心颇僻,赋性奸回。论事荐人,不循分守",有过失不当,对其奏章所言,勿再重视。

宋代元丰年间,邓绾被踢出行政权力中枢,他只能以待制的头衔在荆南、陈州、陕州、青州任职。后升为龙图阁学士,但仍未回京城任职。元祐初年,徙扬州,因人言其奸,迁滁州。总之,邓绾仕途并不顺达,在此其间,邓绾曾几次写献媚词歌颂圣明,未有效果,也无人与之为伍,59岁卒,著有《治平文集》30卷。

黄巢生死之谜

> 唐末农民起义领袖黄巢

中国历史上发生过多次农民起义，唐末农民起义领袖黄巢是独具特点的一位。他少有才情，据宋人张瑞义《贵耳集》记载："黄巢五岁侍翁父为菊花联句，翁思索未至，巢信口应曰：'堪与百花为总首，自然天赐赭黄衣'。"其父责怪黄巢口出狂言，黄巢祖父让他再吟一首，黄巢当即说道："飒飒西风满院栽，蕊寒香冷蝶难来。他年我若为青帝，报与桃花一处开。"众皆奇之，黄巢除文才出众，长大后亦擅长剑术，善骑能射。他后来率众攻陷长安，建立大齐王朝。

黄巢（820—884）是曹州冤句（今山东荷泽曹县）人，家中世代以贩卖私盐为业，家境富裕。他富有才情，却屡试落第，曾作《不第后赋菊》七言绝句："待到秋来九月八，我花开后百花杀。冲天香阵透长安，江城尽带黄金甲。"

乾符元年（874），灾难不断而赋税不减，濮阳私盐贩子王仙芝聚众揭竿而起。黄巢此时成了一方盐帮首领，他率侄子黄存、外甥林言等八千余人响应王仙芝，"数月之间，众至数万"，攻陷十余州。

王仙芝、黄巢率部攻陷八县，并采取流动作战的战术，前后转战十二省，打得官军顾此失彼，起义军队伍很快发展到30万人。蕲州刺史裴渥知农民起义势不可挡，便约请王仙芝、黄巢赴宴商谈。不久王仙芝为唐僖宗招安，被封左神策军押牙。黄巢恨朝廷未赏赐自己，便当场掌掴王仙芝。王仙芝不得已拒绝降唐。王、黄分兵，王仙芝战败，被杀，余部由尚让投黄巢，黄巢便自称"冲天大将军"。

黄巢转战多地，战败乞降，受右卫将军。不久降而复叛，挺进岭南，又兵指江浙。因疫情导致士兵多亡，黄巢用重金贿赂猛将张璘，致书诸道行营都统高骈，再次愿降。高骈以为大功告成，放弃进攻。黄巢缓过气来，率兵渡淮河，攻汝州，进洛阳，破潼关，直捣长安。

唐僖宗在田令孜神策军护卫下，放弃长安，狼狈逃往咸阳。身披锦袍的黄巢顺利进入皇城，接受唐金吾大将军张直方率文武百官迎接。黄巢令士兵勿扰民，对贫者"往往施与之"。

黄巢这年60岁，国号"大齐"，封尚让等四人为相，张直方为检校左仆射，其外甥林言为功臣军使。黄巢对三品以上唐官全部停职，四品以下官吏留任。黄巢因屡试落第，极其憎恨唐宗室士族，追捕尽杀之。张直方因藏匿公卿于夹墙，被杀。"居数日，各出大掠，焚市肆，杀人满街，巢不能禁"。当时有人写诗抨击黄巢举止残暴，黄巢查不出来，竟将京城三千儒生一起杀了。

唐军反攻，占领长安，黄巢挥兵杀回，失而复得让黄巢火冒三丈，血溅长安，将八万民众杀戮殆尽，血流成渠。后黄巢率军包围陈州一年，无粮可吃，"俘人而食，日杀数千""有舂磨砦，为巨碓数百，生纳人于碎之，合骨而食"。

公元884年，黄巢兵败至泰山狼虎谷，其外甥林言见大势已去，杀黄巢，欲献首级表功，半途遇沙陀兵，林言被杀，黄巢首级被送至长安，已面目全非。

关于黄巢之死，除《旧唐书》《资治通鉴》《北梦琐言》有记载，另有六种说法，一是据《新唐书》载，黄巢自刎前对林言说："取我首级献给唐朝，你可富贵。"林言未动手，黄巢挥剑自刎；二是1900年道士王圆箓在敦煌莫高窟文书中发现，黄巢被尚让杀害，尚让后投唐朝；三是宋人邵博（邵伯温次子）在《邵氏闻见后录》认为，黄巢未死，他投奔河南尹张全义，死的是黄巢替身；四是宋人刘是之在《刘氏杂志》中言及有一高僧号翠微禅师，便是黄巢；五是南宋史学家王明清在《挥麈录·后录》卷五载，河南尹张全义是黄巢旧部，为吏部尚书，降唐，他在寺庙见一僧人，面目极似黄巢，让张又惊诧又疑惑，但他最终没敢相认；六是《全唐诗》收黄巢诗三首，其三曰："记得当年草上飞，铁衣著尽著僧衣。天津桥上无人识，独倚栏干看落晖。"似指黄巢晚年出家为僧，但也有人疑其诗乃抄袭元稹《智度师》而合成，有三句相同。

为魏忠贤建生祠的闹剧

> 魏忠贤

古代建生祠,即为活着的人建祠庙,加以奉祀,这在中国历史上实属凤毛麟角。但在明代天熹年间,司礼监秉笔太监魏忠贤因其一手遮天,权倾天下,他生前居然有许多大臣争相为其建了四十多座生祠。此乃闻所未闻,天下之咄咄怪事也!

魏忠贤(1568—1627),原名李进忠,河北沧州人。少时家贫,混迹于街头,成游手好闲之赌徒。一次豪赌大输后愤而自宫,为小太监。因其殷勤巴结大太监魏朝、王安,被皇帝赐名魏忠贤。

据传,魏忠贤虽自行阉割,但未净全身,仍有部分男性特征。明熹宗朱由校的奶娘客印月与太监魏朝对食,自魏忠贤勾搭客印月后,两人形影不离。客印月开始冷落魏朝,与魏忠贤结成很亲密的关系。

天启元年,朱由校即位明熹宗,因自幼迷恋天生妖媚的奶娘客印月,视乳母为情人。他登上皇位后,封客氏为"奉圣夫人"。他知客氏对魏忠贤很青睐,便把客氏赐婚给魏忠贤,让他们结为"对食"夫妻。魏忠贤从此与客氏臭味相投、狼狈为奸,俱得朱由校之宠。

明熹宗朱由校热衷木工之活,便把大权交给魏忠贤。魏忠贤引导朱由校沉湎倡优声伎、狗马射猎之好,朱由校封魏为九千岁。魏忠贤从此大权在握，掌控一切，令朝野噤声。魏忠贤对有异见者必诬陷残杀，左光斗、杨涟、周起元、高攀龙、周宗建先后遭其毒手，东林书院也被拆毁。为了培植亲信，他封他们为"五虎""五狗""十孩""四十孙"，这些奉承阿谀之徒争相向魏忠贤献媚。

　　为取悦魏忠贤，浙江巡抚潘汝桢首先上奏，请明熹宗批准为魏忠贤在杭州西湖畔建生祠，明熹宗赐名"普德祠"，魏忠贤随即提拔潘汝桢为南京刑部尚书。魏的徒子徒孙纷纷仿效，应天巡抚毛一鹭建生祠于苏州虎丘，巡按御史徐吉建生祠于松江，山西巡抚曹乐桢建生祠于五台山。宣府、大同总督张朴建觉得建一生祠，不足以表达其忠心，便在宣府、大同两地建两座生祠。此风一开，蓟辽总督阎鸣泰在蓟州、密云、昌平、通州、涿州、河间、保定建了七座生祠，耗费白银几十万两。一些阿谀拍马者为了向魏忠贤效忠，挖空心思在建生祠上标新立异，御史黄宪卿建生祠于皇城宣武门外，顺天府尹李春茂便把生祠建于宣武门内，孝陵卫指挥李之才把生祠建于孝陵前，河道总督薛茂相则到凤阳皇陵旁建了一座魏忠贤生祠。封于武昌的明宗室楚王朱华烨自辱身价，在当地为魏忠贤建。而江西巡抚杨邦宪为了在南昌建生祠，竟然将当地纪念周敦颐、程颐、程颢的"三贤祠"拆毁，欲在原地为魏忠贤建一生祠。在短短一年中，魏忠贤的生祠居然多达四十座。

　　木工皇帝朱由校一死，其弟朱由检即位为崇祯帝。他入宫当天，一夜未睡，执佩剑以防身，不吃宫中之物。他优待客氏与魏忠贤，起先魏忠贤送了四名绝色美女给崇祯，崇祯不动声色收下，搜身后发现四名美女皆带药丸"迷魂香"（即春药）。而后又发现室内有小太监持"迷魂香"，以达到催情效果，崇祯叹道："皇兄皆为此误矣！"三个月后，弹劾阉党之疏开始，众臣皆讨之。魏忠贤被迫自杀。凡建生祠者，十有八九被查办，建好的生祠——被拆毁，这些建好的生祠，少则要花七八万两白银，多则花五六十万两白银，这笔巨耗均来自搜刮当地百姓。魏忠贤建生祠的闹剧成了历史笑话，也反映了中国官场的丑恶与媚俗。

清初第一汉臣的进退之路

> 张廷玉

清康乾时第一汉臣张廷玉(1672—1755),字衡臣,号砚斋,安徽桐城人。其父为大学士张英,29岁的张廷玉考中进士,授翰林院庶吉士、翰林院检讨,入值南书院,着四品官服。后常随康熙巡视,张廷玉赋诗颇得称许,"久持讲握,简任机密",以寡言谨慎著称。

张廷玉才干崭露头角,任吏部左侍郎兼翰林院院士。康熙卒,雍正继位,雍正的老师系张廷玉之父张英。张廷玉跻身枢臣之列,被任命为四朝国史总裁官,晋升保和殿大学士(内阁首辅)兼管吏部。

张廷玉"气度端凝,应对明晰",雍正每有急事,口授数言,张廷玉一挥而就,"精敏详瞻,悉当圣意"。雍正对其文思敏捷赞之:"非汝不克胜任",让其"参与机密",任首席军机大臣。张偶患小恙,雍正对近侍说:"朕连日来臂痛。"近侍吃惊,雍正又说:"张廷玉患病,非朕臂病而何?"雍正认定其为股肱之臣,张廷玉在满汉众臣中确立了第一的位置。雍正去世时,规定张廷玉死后配享太庙,清朝二百余年,张廷玉是唯一获此殊荣的第一汉臣。

乾隆即位后,由庄亲王允禄、果亲王允礼、大学士鄂尔泰、张廷玉辅政。乾隆出巡时,让张廷玉留京总理朝政,并以总裁官编纂《明史》《大清会典》《圣祖实录》等重要典籍。乾隆八年,张廷玉被封为伯爵,"系格外加殊恩",但年逾古稀的张廷玉身体已大不如前,他的固执与好激动无意间在君臣之间渐生嫌隙。

乾隆在鄂尔泰去世后,以遏必隆之孙讷亲取代。这一做法,加剧满汉臣僚

> 乾隆

间的矛盾，擅长政治手腕的乾隆坐看满汉阁臣之间的明争暗斗，这让精力不支的张廷玉深感恍惚与不安。

乾隆十三年正月，张廷玉进宫出席皇帝为近臣举办的一次新年宴会，他私下向乾隆乞休："年近八旬，请得荣归故里。"没想到乾隆一口拒绝："岂有从祀元臣归田终老之理？"张廷玉叩了一个头，引经据典说："七十悬车，古今通义。"并以明太祖朱元璋允许刘伯温回老家一事作了说明。这让乾隆大为不快，便犀利回答："真正忠君之大臣，无论什么境遇，都会一心不变。"指责张廷玉不够忠诚，张廷玉只得"免冠叩首""呜咽不能自胜"。

乾隆十四年，乾隆问起张廷玉的身体，张廷玉又诉说衰疲之状，致使乾隆生侧隐之心，下旨至张府，让他自行决定是否要退休。

张廷玉此时心中的一块大石头似乎已落地，但他又担心自己死后是否可享太庙，于是由其子搀扶颤颤巍巍入紫禁城跪倒于乾隆面前，表达了忧虑。乾隆终于恩准张廷玉配享诏书。张廷玉高兴之际，居然让儿子张若澄代他到宫门谢恩，没想到惹怒了反复无常的乾隆。这事让军机处的张廷玉之门生汪由敦获悉，赶紧派人告知。张廷玉再次犯错，翌日强撑着虚弱的身体去宫中叩头请罪。

没想到这一小小的疏忽竟遭致大祸。乾隆发现军机处有人暗中泄露消息，更为恼怒，痛斥张廷玉，列出张廷玉四条大罪。认定张廷玉不配享受太庙资格，收回三代皇帝对张廷玉的一切赏赐，包括伯爵。

乾隆十五年，78岁的张廷玉跪在家门口，将康熙、雍正、乾隆三位皇帝赏赐给他的字画、珠宝、器物与衣服一并交出，带队的钦差大臣德保趁机抄了张廷玉的家。

修炼了一辈子臣术，好不容易爬上位及人臣的顶位，却为辞职一事，落得一败涂地。张廷玉在家中无语枯坐了五年，于乾隆二十年去世。

消息传至朝廷，乾隆感到了一丝悲凉，他想起张廷玉与己相处二十年，一向兢兢业业、辛辛苦苦，况且他55年官宦生涯中也无大错。于是仍命他配享太庙、谥文和。只是已郁闷多年的张廷玉倘若在地下得知这一宠恩降临时，不知有何感慨？

杨秀清为何不堪一击

> 杨秀清

洪秀全、冯云山是太平天国创始人,于1843年创立拜上帝会,在广东、广西传播教义。三年后,杨秀清加入拜上帝会。

杨秀清(1823—1856),又名嗣龙,广西桂平人。他出身贫农,以砍柴烧炭为生,从未上过学,不识字,但为人机警,很有军事组织能力。由于杨秀清长期处于"孤苦伶仃,困厄难堪"的生活,磨炼了他坚韧倔强的性格,他敢作敢为,颇得人缘。

在冯云山入狱、洪秀全去广州之际,拜上帝会组织陷入瘫痪状态,是杨秀清挺身而出,以"神灵附体"巩固人心。洪秀全返回广西后,追加确认杨秀清代言"天父""天兄"的权力,杨秀清取得了"上帝第四子"的地位,也一跃成为太平天国的核心领导人物。

洪秀全于1851年宣布建立太平天国,自封天王,以杨秀清、萧朝贵、冯云山、石达开、韦昌辉为五军主将,其中杨秀清为中军主将,左辅正军帅,地位仅次于洪秀全。从此,战场打仗,择才用人与立法安民,皆由杨秀清统领指挥。随着原核心人物冯云山、萧朝贵先后去世,太平天国实权归属东王杨秀清一人之手,天王洪秀全只是名义上的第一把手。

杨秀清由于从小受尽苦楚,成年后,身材矮小、脸面瘦削、肤色青白,胡须微黄,且一目有病。但尽管其貌不扬,却"谲诈机警"。他率众"成燎原之势",

>《洪杨金田起义》

尤其他率太平天国士兵攻破清王朝"江南大营"后，杨秀清声望一时无二。他集教权、政权、军权于一身，成为太平天国实际最高统治者。

由于他有借天父上身传旨的特权，天王洪秀全几次遭杨秀清当众羞辱。杨秀清一次突然假托天父下凡，迫使洪秀全及其妻赖氏跪迎听谕。杨秀清还逼洪秀全加封他为"万岁"，这让洪秀全心中十分不爽，洪暗中密诏北王韦昌辉、翼王石达开、燕王秦日纲将杨秀清除去。

但当时天京实际统治操控者为杨秀清，杨秀清又精悍能干，东王府为何受韦昌辉攻击后不堪一击呢？

原因有二，其一是猝不及防。杨秀清得势后，骄妄不可一世，他对地主出身的韦昌辉一直很瞧不起，杨、韦两家亲戚产生财产纠纷，杨逼韦将自己亲戚五马分尸。杨秀清还常以军法杖打韦昌辉、秦日纲等人，使韦、秦心中早生怨恨。洪秀全暗中密令与杨秀清素有宿怨的韦昌辉动手，韦昌辉本有野心，也想借此除去杨秀清而得到重用。他悄悄率精兵潜入东王府，杀杨秀清与其东王府三千余人，同时被害的还有杨秀清心腹二十七名"亲丁"与五十四名"王娘"，杨秀清爱将傅学贤也战死于阵中。

其二是女官当道。太平天国是古代没有太监的政权，但天王洪秀全、东王杨秀清府中却拥有大量妙女、姣女与宫女。据史载，洪秀全后宫有一千多名女子，其妻妾88人，宫女无数；而杨秀清也拥有妻妾56人，宫女近千。杨秀清当时曾想阉割一批太监，小官李寿春抓来不少男童，但由于没掌握阉割技术，遭致失败。洪秀全的天王府、杨秀清的东王府当时封了不少女官，实行女子管理。当韦昌辉率三千多士兵突袭，东王府中女兵实力不足以抵抗。而本来精力充沛，现已纵欲过度而靠龙眼等壮阳药来维持的杨秀清已失去了战斗力。

翼王石达开率众入京，见此惨状，严厉责备韦昌辉乱开杀戒，两人一言不和，逼迫石达开匆匆离京。韦昌辉又杀石达开一家，由于石达开素有威望，洪秀全后来下诏杀了韦昌辉。这场"内讧"促使太平天国的实力从此由盛而衰。

李靖怎会演变成"托塔天王"

> 托塔天王李靖

唐初第一名将李靖声名显赫,被誉为"大唐战神"。由于他用兵神奇,逐渐成为百姓心目中的天神。在历代文学作品中,李靖又演变为"雨神""风尘豪客"与"托塔天王"。

李靖(571—649),字药师,陕西人。他出身官宦之家,舅父是隋朝名将韩擒虎。他生得仪表魁伟,智勇双全,尤精于兵法。他在太原时,最先察觉李渊在暗中招兵买马,欲向隋炀帝报告,因关中大乱,李靖在战乱中被捕。临刑前他向李渊大声疾呼:"明公兴起义兵,本为天下除暴乱,何意斩杀壮士?"幸亏李渊之子李世民赞赏其才识与胆略,将其救下。李靖获释后,被李世民召入幕府任三卫。

李靖后随李世民南征北战,平定天下,屡建奇功。"南平吴会,北清沙漠,西定慕容",最后受封卫国公。声名显赫的人,最易受嫉妒,李靖不得已"阖门自守,杜绝宾客,虽亲戚不得妄进"。

李靖79岁时病危,唐太宗李世民亲临病榻慰问,涕泪俱下。李靖死后,谥号景武,配享太宗庙廷,位列唐朝"凌烟阁二十四功臣"之一,后誉为中国十大名将。李世民称赞其"孙(子)吴(起)复生,韩(信)白(起)再世"。李靖著有军事兵法之书多部,如《六军镜》三卷、《阴符机》一卷、《玉帐经》一卷、《霸国箴》一卷等,另《李卫公问对》《彭门玉帐》《兵家心术》已散佚,唯留下目录而已。

这位"大唐战神"在中唐时就被民间神化,誉为"雨神",并成为历代中国文学作品的神奇人物。唐代集贤殿校书郎吕温创作了《李卫公靖》一文,讲李靖是个奇人,一次迷路,巧遇龙宫夫人,奉她之命而行雨。与此同时,中唐李复言编撰传奇小说《续玄怪录》,记载李靖替龙行雨之事。褚人获也在《隋唐演义》写到了李靖行雨,清代白话小说《木兰奇女传》中写龙母将二女许配给李靖,李靖被称为"雨神"的名号就此传开了。

唐末诗人杜光庭作传奇小说《虬髯客传》,讲李靖献策于隋朝司空杨素,杨素府上有一位家妓张出尘,姿貌出众。她手持红拂,又名红拂女。她见李靖器宇轩昂,气质非凡,心中敬慕,慧眼识英雄,夜半投李靖,大胆告白,愿结秦晋之好。李靖携红拂悄然出京,后遇虬髯客,红拂见其慷慨豪气,义结兄妹。虬髯客随李靖去见李世民,被李世民神气不凡的气质而折服,愿将家产赠李靖以助李世民争天下,他携妻入扶馀国自立为王。

李靖在《虬髯客传》中成了"风尘三侠"之一,又成了美人红拂心目中的大英雄。红拂女张出尘在李靖正史中未见其名其事,但李靖南征途经醴陵时,爱妻卒,葬于醴陵西山,并修靖兴寺,今存古迹,当地有红拂墓。

《虬髯客传》之后,李靖又先后出现在明代两位文学家的作品中。许仲琳撰神魔小说《封神演义》,此小说成书于明代隆庆、万历年间。李靖在书中为陈塘关总兵,他拜西昆仑度厄真人为师,修炼仙道。后下山还俗,娶妻殷氏,生三子,即长子金吒、次子木吒、三子哪吒。当时商纣无道,李靖得燃灯道人指点,后率三子投周武王建功立业,"父子四人,肉身成圣,托塔天王,李靖也",李靖被封为天梁星,(一说天威星),成了天上星宿。

同样成书于万历年间,由吴承恩创作的《西游记》中,李靖则演变为掌管十万天兵天将的"降魔大元帅",他身披甲胄,手托宝塔,"呼风唤雨,役鬼驱神",成为威风不可一世的天廷元帅。由于《西游记》风靡大街小巷,在明代中叶时,民间就有了农历十月二十一日纪念李靖的"令公节"。在中国各地,有56个县有李靖的庙宇。因李靖字药师,民间有佛教徒将药师与佛教中药师琉璃光佛合为一谈,于是李靖又成了佛教徒供奉的神像。

《杨家将》中潘仁美的原型

> 潘美

　　中国有部小说《杨家将》，千百年来家喻户晓。作者系熊大木（1506—1578），福建建阳人，生活在明朝嘉靖、万历年间。他所撰《全汉志传》《唐书志传通俗演义》《南北两宋志传》等通俗小说多部，其中《北宋志传》即《杨家将》。小说中的杨业（杨老令公）因与辽军作战时被困，奸臣潘仁美拒发援兵，致使杨业寡不敌众、身受重伤，为辽军所获，被俘后绝食而亡。

　　其实《杨家将》中的潘仁美并无其人，历史上的出征主帅乃北宋名将潘美。潘美与杨业是同时代人，他们的真实关系又如何呢？

　　潘美（925—991），年轻时风流倜傥，入仕后沉默寡言，处世谨慎，为宋太祖赵匡胤年轻时好友，他曾追随赵匡胤灭南汉、伐南唐、征北汉，功勋卓著。赵匡胤称帝后，潘美深受重用。赵匡胤后为其弟赵光义所害（见《续湘山野录》"烛影斧声"记载）。赵光义夺取皇位后，即宋太宗，命令潘美率兵出战，大破辽军，潘美被封代国公。太平兴国八年，又被任命为忠武军节度使。

　　雍熙三年，宋太宗下诏命潘美、曹彬率军北伐，潘美与曹彬兵分二路，由潘美率兵攻打燕云十六州之寰州。曹彬出师不利，全军覆没，唯曹彬一人单枪匹马返回。赵光义命潘美把四个州的百姓迁徙到内地，任务十分艰巨，当时任副帅的杨业便向主帅潘美提议："辽军士气正旺，我们不能与其正面对抗，我率部队驻扎在应州，让百姓进入石碣谷，辽军来攻前，我派一千名弓箭手埋伏在谷口,并令骑兵中路支援,可保护全体百姓成功迁徙。"

潘美尚未表态,监军王侁反驳杨业:"我们带领几万精兵无须畏敌,应大张旗鼓进军树威。"另一将领刘文裕随声附和。杨业虽骁勇,但他作战经验丰富,觉得这次出战必然失败,对此保持沉默。王侁又话中有话:"杨将军不是号称'无敌',怎么看到辽军如此害怕?难道你另有心思?"杨业说:"我不是贪生怕死。是时机不对,白白让士兵牺牲却立不了功。"潘美开始表示沉默,他自知杨业的建议是正确的,但监军是皇帝的心腹,自己又是赵匡胤生前爱将,他怕受牵连,引起赵光义的怀疑,便违心地默认了王侁的决策。杨业临上阵时哭着对潘美说:"我是北汉降将,皇上没有杀我,授我兵权,本想选择良机再战,但今天只得率先死命抗敌。"杨业说罢,率小部队从大石路直奔朔州,兵败战死。

这次战败,潘美被削秩三级,一年后任真定知府,不久任并州通判,数月后病逝,终年67岁。

潘美的记载,与小说中的潘仁美两者相差很大,潘仁美是文官,官居太师,而历史上的潘美是武将。潘仁美因其女为皇妃而升为国丈,潘美也有一个女儿嫁给日后登基的宋真宗,但这是后事。对于杨业贸然出征一事,潘美确有责任,但他也有其难言之隐,有些话秘而不宣,致使他降职后不久郁闷而卒。

潘美的心病,盖因他是宋太祖赵匡胤生前之好友,因50岁的赵匡胤突然驾崩,外人都很怀疑被其弟赵光义暗害,对此传闻,潘美不可能不知道。赵光义当上皇帝后,逼赵匡胤之子赵德昭自杀,另一个儿子赵德芳也死得不明不白。赵光义对追随赵匡胤的心腹亲随潘美等人也有所防范,潘美出征任主帅,他另派亲信监军王侁监控。唐代以来,监军的权力很大,甚至权在主帅之上,潘美这一点心中很清楚,他虽有作战经验,但深知功高震主,在决策上不得不屈从于王侁。杨业出兵后,王侁与潘美安置伏兵于陈家谷口接应,但等到中午未见杨业率兵马返回,王侁便认定杨业乘胜追击辽兵去了,决定撤兵,潘美当时确想阻止,但态度不够坚决,最后还是依从王侁之言,对杨业之死,潘美确有不小的责任。

从《宋史》《辽史》来看,潘美并非是祸害杨业之主角,只因他是赵匡胤的亲信,内心害怕被赵光义借故除去,便选择了明哲保身的方法,附和监军王侁。而这一点,潘美当时至死也不敢说出来,这就是他心中的难言之隐,其苦衷只能秘而不宣。

《狸猫换太子》中的刘贵妃

> 章献明肃皇后刘娥

  中国有出戏剧《狸猫换太子》,出于元杂剧《金水桥陈琳抱妆盒》。后由石玉昆写入公案武侠小说《三侠五义》,讲宋真宗时,刘贵妃与太监郭槐合谋,以剥皮狸猫调换李宸妃所生之婴儿(即宋仁宗赵祯),李宸妃被打入冷宫,郭槐火烧冷宫。宋真宗卒,赵祯即位,包拯陈州放粮,途中偶遇瞎了双眼的李宸妃告状,包拯为其伸冤,刘贵妃自尽,郭槐服法,李宸妃还朝当上皇太后。书中讲的刘贵妃,是否暗害李宸妃? 历史上是否有"狸猫换太子"?

  刘贵妃真名刘娥(969—1033),世称章献明肃皇后。她自幼生于蜀中,父母双亡,寄人篱下,其天生丽质且歌喉动人,生性聪明乖巧,擅长拨浪鼓的乐器,年纪轻轻,在当地已小有名气。后嫁给银匠龚美为妻。她15岁与丈夫入京,两人贫穷无助,龚美只得把妻子刘娥卖了,指挥使张耆便把貌美的刘娥献给三皇子赵恒。赵恒一见倾心,日久缠绵,一日因其面容憔悴为其父宋太宗察觉,便将刘娥赶出皇府,赵恒暗中命张耆将刘娥藏于张府,私下相会。

  赵恒即位后,即为宋真宗,他立即将刘娥接入宫中。当时内宫争宠激烈,难得刘娥很会做人,默默忍让,巧于周旋,她在36岁时被封为美人,后晋升德妃。刘娥虽得宋真宗宠幸,但一直没有怀孕。这便成了刘娥的一块心病。大中祥符三年,刘娥的侍女李氏因侍寝宋真宗生下一个男婴。刘娥将其收为己子,百般宠爱,这个男婴便是日后登基的宋仁宗赵祯。

刘娥因有子赵祯，44岁时被册封为皇后。刘娥虽得宠封为皇后，但出身微贱，一直遭到当朝重臣王旦、寇准、李沆、李迪、向敏中等人的极力反对，只有丁谓、曹利用几个佞人附合。宋真宗册封刘娥为皇后的诏书，翰林学士杨亿拒绝起草，宋真宗不得不另召他人。

由于宋真宗迷醉于酒色，一些奏章来不及阅览，皆由刘娥代为处理至深夜，刘娥勤奋好学，参与处理政事，井井有条，深得宋真宗信赖。

宋真宗多病，刘娥渐渐把持朝政，宋真宗开始不安，便向心腹内侍周怀正透露心事，密告宰相寇准，欲起草"太子监国"诏书，以分刘娥之权。不料此事泄密，周怀正遭捕被杀，寇准罢相。宋真宗病重后，不见寇准其人，问其左右，左右之人皆不敢答，刘娥已权倾内宫。

公元1022年，宋真宗驾崩，遗诏是："尊皇后为皇太后，军国大事权取皇太后处置。"13岁赵祯即位，刘娥临朝听政，她不久将丁谓、曹利用贬出京城。

刘娥自恃精明强干，身穿帝王龙袍上殿，当时京中有人传言：刘娥与武则天类似。刘娥闻信后问及群臣："唐之武后是什么女主？"朝臣回答："唐之罪人，差一点断送大唐江山。"刘娥听后沉默不语。

不久，殿中丞方仲弓上书，奏请刘娥"行武后故事"，宰相程琳也献上《武后临朝图》，暗示刘娥可以仿效武则天称帝。刘娥犹豫再三，询问朝中大臣意见，众臣皆不敢言，唯独刚直的鲁宗道直言："此为，将置当今皇上于何处？"刘娥沉思片刻，遂将奏章撕碎，掷于地上，说："我不做对不起大宋列祖之事！"

刘娥死后，24岁的宋仁宗才获悉自己非刘娥所生之子，自己亲生母亲是李宸妃，而李宸妃生前不能与亲儿相认，赵祯伤心悲痛欲绝，八王爷赵元俨趁机奏道："李妃娘娘死得不明不白，怕是被刘皇后害死的。"

李宸妃是否死于刘娥之手？从小深受刘娥宠爱的赵祯带了这个疑团，先派兵包围了刘娥生前的皇宫，然后亲自去李宸妃灵柩所在地洪福院查看。赵祯率众臣打开棺木，见到了下葬的李宸妃真容，她在水银养护下，面色安详，貌与生前相仿。赵祯仔细观看母容，这才明白母亲生前没有被暗害，刘娥虽不让自己与亲母相认，但已厚葬其母。赵祯心中的疑团始解，又想起自己从小受刘娥的种种怜爱，遂在刘娥灵柩前焚香祭拜："我明白大娘娘一生清白。"并将刘娥陪葬于宋真宗的永定陵内。

因"仁宗认母"一事流传甚广，遂由此编出各类戏剧（京剧、秦腔、越剧、评弹、粤剧、花鼓戏等）风行至今。其实刘娥之谜，早在宋仁宗赵祯时已揭开了。

包公戏中的清官包拯

> 包拯

在中国民间戏曲舞台上，包公戏最为热门，《铡美案》《打龙袍》《陈州放粮》《打銮驾》《秦香莲》《包公三审郭槐》《蝴蝶梦》《铡包勉》《探阴山》……多达四十多部戏曲剧本，几乎中国的地方戏曲都有包公戏。包拯称得上是中国戏曲中的第一主角。

在中国封建史上，有不少贤臣循吏，但称得上铁面无私的清官，则凤毛麟角，北宋之包拯确实当之无愧。

包拯（999—1062），字希仁，庐州合肥人。其父包令仪曾任虞部员外郎，包拯自述："生于草茅，早从宦学。"他少时寄居在一座古庙里刻苦攻读，28岁考中进士，踏上仕途，由于包拯父母体弱多病，后来父母先后去世，他便辞官守孝在家，以致十载不仕，故欧阳修誉他"少有孝行，闻于乡里。"

此后，包拯在政治舞台上一展所学，他先后任知府、转运使、监察御史、御史中丞、户部副使、龙图阁直学士等职。他对贪官污吏及平庸之臣，无论官高权重，都敢于弹劾。如包拯七次弹劾酷吏王逵，把这个不可一世的皇帝宠臣拉下马；他弹劾宋仁宗最亲信的太监阎士良"监守自盗"，他四次弹劾皇亲郭承佑，让仁宗皇帝下不了台。在包拯30年仕途中，被他弹劾遭罢免的重臣多达三十余人，不少还是炙手可热的权贵。戏曲故事中包拯的最大对手是国丈兼宰相庞吉,据查,宋仁宗时确有宰相庞籍,庞籍是宋真宗时进士,仁宗即位时,章献明肃皇后刘娥垂帘听政,庞籍力谏不妥,并在仁宗时反对皇妃干预朝政,由于他整顿军纪,收复失地,被册封颖国公,以太子太保退休。庞籍并没有一个漂亮的女儿庞爱莲当贵妃,包拯打宠吉纯粹是戏曲家编造的故事。

宋仁宗时,包拯确实扳倒过一位显赫的皇亲国戚叫张尧佐,他是张贵妃的伯父。由于张贵妃娇丽得宠,平庸的张尧佐频频高升,出任掌管全国财政的计相,他加重苛税而令百姓苦不堪言,包拯便据理弹劾。但宋仁宗抵不住爱妃的"枕头风",反而要提拔张尧佐为"宣徽使",包拯在廷辩时义愤填膺滔滔不绝,以致于唾沫星子溅了仁宗一脸,使宋仁宗拂袖退朝。因包拯力谏,张尧佐无奈辞去两个职务。包拯还迫使宋仁宗作出了后妃家庭成员今后不得任国家军队要职的规定。

"包公戏"中说包拯由其兄嫂抚养成大,后其亲侄犯罪,包拯挥泪斩侄子包勉,纯系杜撰。包拯有二子,长子包繶,青年早亡;晚年得一子包绶,包拯临终前立下遗训:"后世子孙仕宦,有犯赃滥者,不得放归本家;亡殁之后,不得葬于大茔之中。不从吾志,非吾子孙。"

因包拯忠心效国,除主持开封府,还被任命为三司使,负责全国经济工作,并被提拔为枢密副使(相当于副宰相)。因劳累过度,包拯在63岁时病逝,宋仁宗亲自到包拯家吊唁,发现包拯"居家俭约,衣服饮食如初宦时",欧阳修评曰:"晚有直节,著在朝廷。"

包拯"举刺不避乎权贵,犯颜不畏乎逆鳞",缘于他"无欲则刚"。因其一生无私念,才能刚直不阿。另一原因是北宋君主提出"士大夫与皇帝共治天下"为纲,赵桢对文臣十分尊重。如若在明清两朝,朱元璋、朱棣独裁专权,康熙、雍正、乾隆权倾天下,哪里还有包拯刚直执法的余地?

《水浒传》中的泼皮高俅

> 高俅

　　《水浒传》是中国古典四大名著之一,也是中国最畅销书之一。书中的头号奸佞高俅是个不学无术的奸滑之徒,历史上的高俅又是何等角色呢?

　　高俅,生年不详。他系破落户子弟,自幼伶俐,长大油滑,沾染市井无赖的恶习,其父管不了他,向官府告了一状,高俅受刑后投奔一个开赌坊的闲汉柳世权。柳世权见他有点小聪明,便推荐他去投东京药商董将仕,董将仕见其处世乖巧,便打发高俅去苏东坡府中打杂。苏轼见高俅"笔札颇工",又好书画之技,让他做"小吏"(类似书僮)。后来苏轼去外地当知州,便把他推荐给曾布(曾巩之弟),曾布婉拒。苏轼再荐给驸马公王诜,王诜是宋神宗的妹夫,精通书画诗词,为人潇洒豪爽,高俅在驸马府中开始活得有点起色。

　　由此可见,青少年时代的高俅宛如一只球,被人踢来踢去,谁也不想久用他。高俅处事浮夸,喜与人结伴拉扯,能言善语,但总让人觉得他做事不踏实。不过,高俅确有点才干,文能诗词书画,武能使枪弄棒,尤其他的"蹴鞠"功夫十分了得。

　　说来也巧,王诜那日上朝与端王赵佶相遇,赵佶说"今日走得急,忘了带篦刀",王诜马上取出,端王用后称赞,王诜便说:"我近日命人新造了两把篦刀,待会送王爷。"

　　王诜命高俅去端王府送篦刀,恰巧赵佶正在踢球,高俅恭立一边,不料那球倏地滚到他脚边，高俅一脚踢回到端王赵佶面前，端王见其球技不弱，不由大喜，便命他下场踢球。高俅献技，使出浑身解数，将那球踢得似鳔胶粘在身上，赢得赵佶大悦，便派人传话给王诜："礼物与送礼之人，我都收下了。"

高俅本是玲珑凑趣之人，又在吃喝玩乐上会迎合端王，他一下子成了赵佶的最好玩伴。不久，哲宗驾崩，端王被太后相中，赵佶成宋徽宗，高俅也平步青云。

宋徽宗为提拔高俅，命其随大将刘仲武攻打西夏，让他有了升迁资本，后让高俅管理禁军。高俅在刀枪棍棒上有点功夫，于是他奉迎赵佶喜好炫耀的心理，在军队训练上玩"花架子"。据《东京梦华录》载，高俅搞军队争标竞赛，"横列四彩舟，上有诸军百戏，如大旗、狮豹、棹刀、蛮牌、神鬼、杂剧之类，又列两船，皆乐部"。以造声势，显赫一时，视军阵为演戏，还有乐队伴奏，煞是热闹好看，令赵佶看得十分满意。

《水浒传》中写高俅逼反林冲上梁山等情节，皆作者杜撰，但高俅恃宠营私确有实例，据《靖康要录》载："高俅……身总军政，而侵夺军营，以广私第，多占禁军，以充力役。其所占募，多是技艺工匠，既供私役，复借军伴。"高俅官居太尉，禁军统帅，他不仅把军营之地扩充为私家府宅，而且让士兵充当其私役，为其府宅当工匠。由于他统领的禁军"纪律废弛""军政不修"，使北宋禁军逐渐成为"人不知兵，无一可用"的无用摆设。靖康元年，金兵强渡黄河，开封城内几十万禁军面对强敌，不堪一击，一哄而散。以致宋徽宗与其长子赵桓后来被俘，高俅确有责任。

宋徽宗赵佶仓皇逃出开封，往东南避难。童贯、高俅各带逃兵与赵佶在泗州汇合。由于童贯与高俅为争宠而勾心斗角，童贯带三千士兵保护宋徽宗继续南下，高俅率兵"控扼淮津"，但高俅以生病为由辞职回开封。他后因没有参与徽宗与长子宋钦宗赵桓之争，病死于开封。宋臣李若水曰："俅以幸臣躐跻显位，败坏军政，金人长驱，其罪当与童贯等，得全首领以没，尚当追削官秩，示与众弃。"可惜当时钦宗未究其罪，成为历史的遗憾。

明代小说家施耐庵撰《水浒传》，将高俅列为首席奸臣，他根据《挥麈录》写高俅发迹史，因小说流传极广，高俅也成了人所共知的大奸臣。

其实，高俅只是个佞人，北宋之亡的"六贼"，高俅未有资格列其内，《宋史·奸臣传》中列吕惠卿、章惇、蔡京、秦桧等22人，泼皮高俅还不够格。

《金瓶梅》作者王世贞之谜

> 王世贞

　　明代才气横溢的文学家很多,如杨慎、解缙、唐寅、徐文长等。但说到明朝文坛盟主,在诗词、文章、戏剧、史学上皆有出众建树者,非王世贞莫属。

　　王世贞(1526—1590),字元美,自号弇州山人,江苏太仓人。太仓王氏家族是魏晋琅琊王氏之余脉,王世贞世代显赫,祖父王倬是成化年间进士,官居兵部右侍郎;其父王忬是嘉靖二十年进士,官居兵部左侍郎。22岁的王世贞于嘉靖二十六年进士及第,先后任刑部主事、郎中、青州兵副使。当时杨继盛因弹劾权奸严嵩被处死,在严氏父子淫威下无人敢收尸,唯王世贞挺身而出,救护杨家后人,严嵩父子为此深恨之。王世贞之父王忬好收藏,偶得《清明上河图》,为严嵩所知,欲索去观赏,王忬便托人画了一幅赝品送去。严嵩得知真相,想置王忬一家于死地,由于王世贞的出头,更加剧了矛盾。不久,严氏父子构陷王忬滦河失事之罪,欲斩。王世贞与其弟为救父亲,不惜在严府外愿自罚代父咎罪,未果。此行令朝野正义之士瞻目。王世贞有感于此,创作了戏曲《鸣凤记》,这部触及当时重大政治事件的作品,用形象的戏剧故事来抨击了严氏父子专权纳贿、祸国殃民的专制,塑造了刚烈的杨继盛这一正面形象。后来王世贞还写了《嘉靖以来内阁首辅传》。

　　明代"第一奇书"《金瓶梅》由兰陵笑笑生所撰,兰陵笑笑生是何许人也?当时众说纷纭,但认定作者是王世贞的居多。如明刻本《山林经济籍》与沈德符《万历野获编》最早认定王世贞是《金瓶梅》作者,清人宋起凤的《稗说》与清初《缘起》也指实《金瓶梅》作者是王世贞,至后清时几成定论。原因是王世贞之父被严嵩父子害死,他知晓严世藩好看淫秽小说,便创作了《金瓶梅》,在每一页页脚上沾上少量砒霜,想让严世藩读此书而毒发身亡。也有人考证王世贞曾为李时珍《本草纲目》作序,熟悉草药,故在《金瓶梅》中把"三七"的功效写得如此精确。还有人考证,《金瓶梅》中有涉及老子、柳下惠、列子、庄子、鲁仲连、东方朔、阮籍与苏东坡的诗词语句,皆与王世贞的喜好与文章中表达之意相合。另外小说中《春秋左传》的情节与故事,也与王世贞写作有关。而《金瓶梅》写张居正也与王世贞撰《嘉靖以来内阁辅传》中的张居正评传相似。当代学者陈明达考证,他认为《金瓶梅》成书时,王世贞已至晚年,虽才情横溢,毕竟精力大不如前,以他身体情况,不足以完成此辉煌巨著,真正的执笔者系王世贞之学生蔡荣名。蔡在王宅后花园居住两年,因他是黄岩人,《金瓶梅》文字中有诸多黄岩方言。据陈明达推定:王世贞很可能是《金瓶梅》幕后策划者。总之,这种争议仍在继续,还有待考证。

严嵩倒台后,王忬冤案始得平反,但朝政又为张居正把持,王世贞于万历四年见张居正的小舅子仗势欺辱江陵知县,嫉恶如仇的王世贞致书张居正。不料张居正对王世贞多次打压,直至张居正死去,朝廷才任命王世贞为兵部右侍郎,后迁兵部尚书,不久王世贞以疾辞归故里,卒于74岁。

王世贞一生为人正直而博学多知,他与李攀龙同为"后七子"领袖。李攀龙卒,王世贞独主文坛二十余年,当时的士大夫、诗人墨客及山人、僧道皆奔走其门下,可谓盛况空前。王世贞针对明初"台阁体"奢华轻曼之风,力主倡导文学复古运动,主张"文必秦汉,诗必盛唐",其诗文在高华宏丽中见其曲折多变,其七绝天然去雕饰,尤为出色。王世贞平生所好,唐之白居易、宋之苏东坡,故其文风壮美而恬淡。王世贞有扎实的史学根基,著作题材多种,其诗词、散文、戏剧、史学、文艺评论乃至收藏鉴赏,皆为当时之一流高手。

王世贞既是诗人、文学家,又是学者,其史学文字收入《弇山堂别集》,其文学方面内容收入《弇州山人四部稿》(共174卷)两书。另有100卷《弇州史料》,汇聚其对朝野秘录及奇事佚闻的记载。将王世贞的著作通读一遍,仿佛是一部较完整的明代史汇编,称得上"闳中肆外"四个字。

《玉蜻蜓》中的申时行

> 申时行

　　苏州有部弹词《玉蜻蜓》，是著名艺人蒋月泉的代表作，故事哀怨曲折，引人入胜。书中主角徐元宰的原型，据说取自明代首辅申时行。

　　申时行(1535—1614)，生于嘉靖十四年。其父申士章系当地富商，看中一俏尼姑，生下申时行。另一说，申时行过继给徐姓舅家，为苏州知府徐尚珍收养，改姓徐。苏州弹词《玉蜻蜓》取其二说，合而为一。申时行自幼天性聪颖，勤于攻读，好学不倦，在嘉靖四十一年高中状元，复归宗姓申。

　　申时行初入翰林院，为左庶子，后迁为礼部右侍郎。万历五年，张居正大权独揽，推行改革，由于申时行为人谦和，写得一手好文章，为张居正所赏识，调申时行为吏部右侍郎，掌管全国官吏铨选之要职。

　　张居正因老父病逝，离朝服丧三年，他举荐礼部尚书马自强与吏部右侍郎申时行入阁主持政事。申时行不久升迁为礼部尚书兼文渊阁大学士。公元1572年，当时年仅10岁的太子朱翊钧曾手书"责难陈善"给申时行，使申时行感到了自己的责任。

　　万历十年，张居正卒，张四维出任内阁首辅。万历皇帝朱翊钧不久便追革张居正官衔，对张居正家实行满门查抄，其长子张敬修等家眷数十人被逼死、饿死。朱翊钧并下旨废止张居正的改革措施。曾曲意巴结张居正而上位的张四维也随之改变立场，大肆批张，起用被张居正贬抑的官员。申时行对张四维的反戈一击颇为不满，但他为了稳定政局，也一反张居正一言九鼎的作风，采取了广开言路，他相对温和的处世风格博得了大多数官员的赞誉与拥护。

但广开言路之后，指责张居正霸道作风的浪潮顷刻席卷整个朝廷。同时，言官在指责张居正之际，也开始涉及到申时行当年秉承张居正指令所做的一些事。

当时万历皇帝朱翊钧下旨，说自己患了"脑晕症"，因此停止早朝与出席经筵，但不久又从宫中传出朱翊钧在紫禁城内跑马玩乐的消息，还有皇帝沉湎于与嫔妃夜游淫乐的传闻，这使申时行很伤心，也很为难。

万历皇帝的长子是朱常洛，系侍女王氏所生。后来朱常洛4岁那年，万历皇帝宠爱的郑贵妃生下了朱常洵，朱翊钧欲废长立少，遭到朝廷大臣集体联名反对，众臣请立朱常洛为皇储，但傲慢的朱翊钧却置之不理。

申时行是典型的苏州人性格，处世比较低调，不事张扬。他既不想得罪皇帝，也不想得罪群臣，他想来想去，采取不加入。一些朝臣便开始把矛头指向郑贵妃，申时行不得不再次充当了和事佬，将言官上疏言事限定在自己职掌之内。这项建议获朱翊钧赞赏，但申时行感到压力很大。不少朝臣开始指责申时行的"不作为"。

申时行任首辅后，他主持政务比较宽松，能容纳不同意见。由于言官不断建议尽快拥立朱常洛为太子，而皇帝又迟迟不作回答，申时行一直处在矛盾的漩涡中，他不断调停皇帝与朝臣之间的摩擦，使对峙的局面时而激烈，时而缓和。当时著名文学家王世贞对申时行的评价是："不近悬崖，不树异帜。"正是申时行奉行的"圆"，他想通过自己的诚意与折中的措施，让皇帝与文官集团之间的矛盾趋向缓和，使大明帝国的经济与民生得以短暂的休养。

申时行"左右逢源"至他57岁那年，感到实在太累了，无法获得一个圆满的结局。于是他不想干了，申时行上疏辞官，随即返回苏州定居。他在老家度过了23年，享年80岁。万历皇帝诏赠他为太子太师，谥号"文定"。

申时行曾参与《大明会典》的编订工作，他增补了嘉靖二十八年至万历十三年的事例，个人著作有《召对录》《纶扉奏草》《申定公赐闲堂遗墨》。他除爱好诗文，申时行还擅长书法。

《大红袍》中的海青天海瑞

> 海瑞

　　中国历代,贪官多如牛毛,清官则凤毛麟角。正因清官屈指可数,清官戏在观众中特别受欢迎。清朝嘉庆年间出版的历史演义小说《海公大红袍全传》,以此赞扬清官海瑞。后来由著名弹词艺人杨斌奎、杨振言父子档演绎的《大红袍》更是脍炙人口。这十二回书将海瑞访案、为民申冤的故事演绎得惟妙惟肖。事实上,历史上的海瑞确是一位难得的清官,时称海青天。

　　海瑞(1514—1587),字汝贤,号刚峰,海南凉山(今海口市)人。他生不逢时,生活在一心修道的嘉靖皇帝时代。父亲海翰早死,从小与母亲谢氏过着清贫的生活。谢氏性格刚毅,对海瑞要求很高,教他读《大学》《中庸》,海瑞学习刻苦,从书中接受了传统的道德教育。少年时的海瑞就立下誓言,日后一旦当官,绝不谄媚权贵,要做一个刚直敢言、为民请命的清官。海瑞的仕途很不顺利,屡试不中,直到他28岁考入县学,成了生员。他36岁写了一篇《治黎策》,同年考中举人,后来便到南平县当教谕,此时海瑞已41岁。

　　海瑞做的是地方小官,办事极认真。当时有巡御史来视察,知县认定是个拍马机会,命众官跪迎。可海瑞却鹤立鸡群,不卑不亢,"长揖而已"。海瑞在南平干了4年,从不阿谀奉承、向上送礼,个人生活则清贫到苛刻。由于海瑞干事认真,4年后,调到浙江淳安当县令。他一上任,立刻禁止"灰色收入",这一招让县丞、产簿、典史、都头都罢工了。海瑞却不信这个邪,一个人又当师爷又当文书,每天自己巡街,让老婆下厨做饭,老仆上山砍柴,有人说,这个县太爷的生活过得如同乞丐。

总督胡宗宪当时在东南一手遮天,他儿子来淳安,海瑞按规定供应伙食,胡公子大怒,把厨子吊起来打了一顿,海瑞也把胡公子吊起来打了一顿,还没收胡公子身上的银两,并写了封信给胡宗宪,说您胡大人一向不主张铺张浪费,今天有人胆敢冒充您儿子来吃喝,并动手打人。因此我料定他是假冒的,送您处发落。让胡宗宪哭笑不得。

海瑞平时不吃肉,他老母亲生日,才买了两斤肉,成了当地头号新闻。连胡宗宪也把这件事当成新鲜事加以渲染。

更大的新闻是,海瑞这个六品芝麻官居然写了一封奏章将皇帝骂得狗血喷头。他在奏章中指出民不聊生的主要责任在嘉靖皇帝本人。"陛下之误多矣","天下之人不直陛下久矣"。用词之苛刻,令嘉靖皇帝读了奏章,顿时气急败坏:"快把这个人抓来,别让他跑了。"内侍黄锦从容回答更让嘉靖大吃一惊,说上疏者海瑞已买好了棺材,正等着被杀呢!要面子的嘉靖已动了杀心,幸亏首辅徐阶在旁说了句话:"陛下杀了他,正好上了海瑞的当。"

嘉靖后来又把海瑞的奏章读了好几遍,这才发觉此人骂得很有策略,他指责的背后是一片忠诚与善意。因此海瑞虽入了大狱,一直到嘉靖帝死去,都没有动刑。

隆庆三年,海瑞调升右金都御吏(正四品),分管苏州、常州、镇江、安庆、池州、松江等应天十府。应天十府是富饶之乡,在那里当官是个肥缺,可海瑞依旧过得很节俭,苏州弹词《大红袍》中描述海瑞家一块乳腐要分四只角吃,虽有些夸张,但现实中的海瑞确实是严以律己到了苛刻的地步。而那些贪官因惧海瑞之威名,纷纷弃官,缙绅之家将朱漆大门漆成黑色,连轿夫的数量也大大减少。他上任后清理狱讼,均田均税,打击豪门,兴修水利,为老百姓做了很多实事。

当时松江华亭有农民来控告乡官侵夺农田,海瑞一查,牵出了救过他一命的徐阶。当时徐阶已告老还乡,他儿子徐璠、徐琨、徐瑛横行乡里,徐阶对儿子的行为眼开眼闭,铁面无私的海瑞逼迫徐家退还侵占的民田,徐阶三个儿子,两个充军,一个削职为民。事发后,徐阶写信给当时首辅张居正,张居正想出来调停，结果海瑞并不卖账，张居正便记恨。在官场中，海瑞落得一个"矫激不近人情"的定论。

海瑞终究被罢官，他晚年回到海南琼山养老。海瑞一生娶过三个妻子，还纳过两个妾。两房妻子被他休掉，对他"休妻纳妾"，也成为许多人攻击海瑞的把柄。海瑞72岁时，被任命为南京吏部右侍郎，当地的百姓欢声雷动，而当地官员几乎个个提心吊胆。海瑞针对当时贪污成灾，建议对贪污80贯以上者一律杀头，并剥皮示众，这下官场沸腾，当官者几乎人人自危。

两年后海瑞死于南京，破衣薄棺，身无贵重遗物。佥都御史王用汲见室内葛布做的帐子、破敝的箱笼，"有寒士所不堪者，因泣下，醵金为敛"。还是王用汲和其他官员一起凑钱才把海瑞给收殓了。附近的男女老少自发为海青天守孝，送葬的队伍排了上百里，"哭声载道，家绘像祭之"，"百姓为之罢市"。"白衣冠送者夹岸，酹而哭者百里不绝"。

老百姓失声痛哭一个清官走了。因为在中国历史上，海瑞这类为民执言的清官实在太少了，太少了！

《施公案》中的施世纶

> 施世纶

清人石玉昆创作《三侠五义》是中国文坛首部公案侠义小说,鲁迅称其"惊动公卿""流传市井"的代表作,影响很大。与此同时,今存最早版本的《施公案》,为嘉庆道光年间珍藏版,《施公案》的主角是施仕纶,是叙清代有名清官施世纶之政绩。

施世纶(1659—1722),字文贤,福建晋江县人,其父施琅曾指挥清军水师攻克台湾,封靖海侯。康熙因其收复台湾有功,让施琅挑几个儿子封赏,施琅将其子一一推荐,唯独不提次子施世纶。后来康熙从施世纶的政绩中醒悟,施世纶最为其父看好,施琅认为次子世纶能力最强,完全可凭其自身建功立业而出人头地。

施世纶年轻时随父出征,26岁出任泰州知县,他教育下属奉公守法,凡骄奢扰民者必重惩。他30岁被提拔为扬州知府,一上任即修缮大堤,并对一些扰民的官家子弟及游手好闲之徒给予惩处。施世纶46岁任江宁知府,后又出任苏州知府。当时争讼事件较多,施世纶便私访民间,下察民情,以机智善断而著称于世,故百姓称其"施青天"。

施世纶为官多年,自然有亲友托他办事、送礼走后门的事,也属封建社会官场之常事,但施世纶一概谢绝。有一次某人犯了重罪,知施世纶铁面无私,便暗中花钱买通了一位有实权的官吏,那人收了钱,便授计于犯人,让他押赴刑场时大声呼冤,犯人依言哀呼,那个受贿的人故意在上喝问:"你还不认罪?"施世纶起先一愣,后来察言观色,才知那人被收买了,当即给予严肃处置。施世纶在顺天府当府尹时，步兵统领托合齐依仗是旗人，又受过康熙宠恩，每次出外都令骑卫列队前呼后拥，横行霸道于市。一次，施世纶带一随从，在路上相遇，施世纶一愣，随即拱手站在路边迎接，托合齐不由得大惊，连忙下马谢罪。施世纶面孔铁板，大声说道："王爷出行，才有随马侍从，你怎么可以？"托合齐吓得连连谢罪，从此再也不敢在外称霸欺众。

由于施世纶铁面无私，一旦查实官场中有舞弊之事，毫不手软，一些官吏对他又恨又怕。施世纶奉命去陕西督办军饷，陕西总督鄂海自知平时营私舞弊甚多，故意将施世纶之子施廷祥在当会宁知府时做过几件不光彩的事告之施世纶，以此作交换。施世纶听了哈哈大笑："我自入官场，自家性命都放在一边，哪有心思去照顾儿子，他如不测，由他自己负责。"鄂海只得快快告退。

施世纶后为漕运总督，漕运与钱粮有关，外人都说这是一个油水很足的部门。他的前任每年白银收入都在100万两以上，但施世纶在负责漕运管理时，不看面子不收礼，并亲自督办。他在一路上见有官兵克扣漕米、敲诈船丁，便依法严办，毫不手软。施世纶常常只带一个文书坐船，他虽体弱多病，但仍亲自检查所运的米色之好坏与分量，保护船丁不受官兵敲诈。当时漕运都能按期往返，沿途百姓为其焚香祷祝。

施世纶幼年多病，长大后其貌不扬，《清史稿》载："施公，貌奇丑，人号为'施不全'。初仕县尹谒上官，上官或掩口而笑，公正色曰：'公以其貌丑耶？人面兽心，可恶耳。若某，则兽面人心，何害焉！'"说得那官不由得一愣，乃知施世纶之志也。一位见过施世纶的清人邓之诚也说施世纶："眼歪，手蜷，足跛，门偏。"故康熙曾笑语施世纶为"施不全"。

康熙六十一年（1722）春，施世纶日益病重，乃上书，愿告老还乡，康熙知其办事偏执而有忠心，下旨挽留。这年五月，施世纶病逝于淮安任上，终年64岁。康熙下旨奖赏其清廉，给予厚葬。

施世纶在江宁任知府期间，他竭尽为民办事，严惩贪官污吏，他在离任时，上万百姓跪在路边求他不要走，施世纶不得已走了，当地百姓倡议"一人一文钱"，将捐款建了两座亭子，一名"一文亭"，一名"去思亭"，让后人永远记住这个一文不取的清官。

《施公案》未著撰者，故事源于话本，后经人整理，成书于嘉庆年间，道光四年有刊本。讲清官施仕纶（施世纶）在黄天霸等江湖好汉辅佐下铲除贪官污吏、破案捕盗之侠义故事，虽属戏说，但反映了广大民众对清官的敬爱与拥戴。

和珅一生的对头是名臣王杰

> 王杰

　　王杰是清乾隆时名臣,中国历史上难得的清廉之士,谥号文端。端者,指品行端正,王杰一生之作为不负此美誉。

　　王杰(1725—1805),字伟人,陕西韩城人。他8岁丧父,家境清贫,聪颖好学,曾在严继善府中任幕僚,以陕西会试第一(解元),赴京科试,以第三名(探花)由乾隆殿试。乾隆见其书法工整清秀,字迹十分眼熟,经辨认,才认出两江总督严继善上的奏折系王杰笔迹,顿时大生好感,当时因江南出了29名状元,便钦点37岁的王杰为清朝西北籍的第一个状元。山东学子不服气,出一上联:"孔子圣,孟子贤,自古文章出齐鲁。"王杰脱口而出:"文王昭,武王穆,而今道统在西秦。"令众考生叹服。

　　王杰初在南书房当值,后任刑部侍郎、右都御史。乾隆五十一年,61岁的王杰升任军机大臣兼上书房总师傅,担任皇太子颙琰的老师。一次颙琰做错了事,被王杰罚跪,正好乾隆经过,他对王杰说:"教者天子,不教者亦为天子,君君臣臣乎?"责备王杰不懂君臣上下之分。王杰回答:"教者尧舜,不教者桀纣,为师之道乎?"对太子教育,使他成为尧舜的明君,不教育,太子会成为夏桀、商纣的昏君,这是做教师的职责所在。乾隆闻之颔首,让儿子继续跪着。

　　乾隆执政时,第一宠臣和珅权倾天下,比王杰小25岁的和珅在乾隆五十一年出任文华殿大学士,掌管吏部、户部,将人事大权与财政大权掌控于手中。由于和珅深得宠幸,众大臣遇事皆附和,唯钱沣、刘墉、纪晓岚不与其为伍,但真正敢与和珅顶撞者,唯王杰也。和珅见王杰秉直敢言,便想拉拢,知其擅长书法,取出一幅水墨精品请他欣赏,王杰观后,一语双关说道:"贪墨之风,一至如此。"令和珅无言以对。一次,两人议政,和珅拉起王杰的手开玩笑说:"状元宰相的手果然好!"王杰板起面孔回答:"我手虽好,但不会要钱耳!"让和珅讨了个大大的没趣。

和珅为此寻机报复,他先找"花边新闻",经调查,王杰只娶一房夫人程氏,与其同龄,夫妻间和睦。后来听闻王杰在家乡韩城盖"三王府",便喜出望外告御状:"王杰徇私舞弊,贪赃枉法,大奸似忠,欺君傲下,结党营私,罪当斩杀。"乾隆虽未全信,但密令亲信赴韩城调查。经查核,王宅"湫隘如寒士",问起"三王府",当地人回答:"这是按其姓氏与排行开的玩笑称呼。"乾隆经"以实密奏"后,哈哈大笑,召和珅、王杰进宫,他对王杰说道:"卿为宰相,而家宅太陋。"当即"赏银三千两修之"。王杰当时还不明白,谢绝了皇帝的美意,一旁的和珅则又惊又怕又无地自容。

乾隆在位时,和珅颐指气使,烜赫一时。乾隆退位后,嘉庆(颙琰)登基,实权仍在乾隆掌控之下,和珅依旧威风八面。四年后,乾隆去世,嘉庆决定审查和珅,一时竟无大臣愿当主审官,这时王杰站出来,由他参与审查和珅贪污受贿、徇私枉法的种种罪状。当时清政府年税银7000余万两,和珅家产折银竟相当于朝廷十余年税收的总和。

王杰在嘉庆执政时任首辅,他的学生外放地方官后曾备了一些礼物想孝敬他,王杰说:"我过去是怎么教导你的? 倘若我今天接受了馈赠,以前说的话还算话吗?"王杰还一再上书嘉庆,清理驿站,严禁摊派,安抚百姓,应从官逼民反中吸取教训。

76岁的王杰以年老体衰乞请解职,嘉庆挽留,特准他柱杖入朝。79岁王杰辞职离京,所带之物,乃锅碗瓢盆和几十箱书籍。嘉庆赋诗送他:"直道一身立廊庙,清风两袖返韩城。"

王杰卒于81岁,嘉庆亲致祭文,追赠其太子太师。祠联为"文见长,清风两袖,不畏权贵;端品高,言道一身,敢斥恶邪。"

《彭公案》中的彭鹏其人

> 彭鹏

　　中国历史上有好几位清官在民间的声誉如雷轰鸣,后来这几位清官都成了公案小说中的主角。清朝有一位清官彭鹏,则被写入《彭公案》,苏州评话家胡天如说的《彭公案》,拥有众多听众,书中其名改为彭朋。由于《彭公案》影响所在,后来又有《续彭公案》《三续彭公案》等续书。据史记载,彭鹏一生确实公正廉洁,是康熙时五大清官之一。

　　彭鹏(1635—1704),字古愚,号无山,福建莆田小横塘人。他自幼勤奋好学,就读于宝树庵,在顺治十一年应学使者试,得第一,是年20岁。他25岁中了举人,其时正逢"三藩之乱",吴三桂闻彭鹏之贤名,派人相邀,彭鹏力辞。后耿精忠又欲揽其为官,彭鹏托病不就,耿精忠派人来查,他以利器锥破牙龈,佯装吐血之状。彭鹏在乡间兴修水利,设粥厂济民,并兴教办学。

　　康熙二十三年,50岁的彭鹏被任命为三河知县,他骑马在雨中上任,至东门已浑身湿透。他当时住宿之处甚简陋,无蚊帐,饱受蚊咬之苦。彭鹏虽为小官,但他一上任,就敢于大刀阔斧整治吏政,轻徭薄税,拘禁恶人。当地有旗人横行不法,彭鹏不畏权势,秉公执法,并昭雪冤狱。三河街头有一内侍打扮者,自称为皇帝放鹰者,四处敲诈勒索,差役不敢办,彭鹏闻之,乔装改扮,终于查得此人真实身份,他命人痛打其一百鞭子。三河县内有盗贼,彭鹏轻骑擒之,将其关入牢房。故彭鹏之威,远近闻名。

　　彭鹏性耿直,不畏权势,对官场之奸诈圆滑,深恶痛绝。彭鹏对上司绝不送礼,遇事先论是非曲直,屡遭上级同僚攻击,他几经贬黜,却知难不退,当地百姓称其"彭青天"。

康熙查访,闻彭鹏刚正廉洁,从不收礼。乃赐其黄金百两,说:"知尔清正不受民钱,以此养尔廉,胜民间数万多矣。"彭鹏将所得赏金用于修建县学,自己仍布衣旧袍为生,他在《木兰笔约》中勉励自己:"骨鲠成性,下笔为文,绝不作媚世语。"

由于彭鹏为官,不惧官场关系网根深蒂固,执意秉公执法,遭许三礼参劾,虽"查无实据",仍"降二级留任",继而又"降十三级调用"。但一年后在官吏考核中,彭鹏官声仍为第一,康熙赐"金奖廉",授其工科给事中。

彭鹏在顺天府任上,发现乡试中主考官徐倬与副考官彭殿元串通作弊,立即上书奏报。不料这两位考官背后各有过硬后台,经调查后的结论:"查无此事",有大臣乘机弹劾彭鹏诬告。不服气的彭鹏当即上朝奏道:"臣言如妄,请劈臣头,半悬国门,半悬顺天府学。"不少大臣认为彭鹏此言狂妄不敬,应撤职查办,幸亏康熙力排众议,罢免了两位考官之职。

康熙三十二年,彭鹏闻关中大旱,当地查实蝗灾肆虐,便一日三份奏章,弹劾陕西、山西、河南三省长官不恤民情,还细列南阳、磁州、泾阳等州官、县官之劣迹。在彭鹏看来,他既然为百姓办事,就应该"为儒食贫,为吏清白",绝不能做一个官官相护的老好人。

由于彭鹏屡屡开罪权贵,终于被挤出京城官场。彭鹏出任贵州按察使,后巡抚广西。他任地方官时,依旧秉承"为民代言"的志向,上奏弹劾各地贪官,下为百姓轻徭减税,并举荐人才,开仓赈灾,亲审冤狱,开释无罪受诬者百余人。彭鹏后调任广东巡抚,当地连日暴雨,彭鹏开仓廪赈灾,他还拒收私派银子十万两,面对那些扰民、残民、害民的官吏绝不放过,深得当地百姓拥戴。

康熙四十三年,70岁的彭鹏积劳成疾,卒于广东住所。其作品有《古愚心言》八卷等著作,他为当年读书处宝树庵写的一副对联:"春来万树尽飞花,问宝树主人此日散花多少;寺对群山皆碧草,叹无山居士随缘小草着忙。"仿佛在告诉后人,他的一生都在为百姓奔波代言,至今仍为乡人旅客所称赞。

因彭鹏刚正廉洁,为民伸冤,被贪梦道人写入《彭公案》中任主角,小说写彭公(彭朋)在三河县上为民除恶之侠义故事,内有绿林好汉欧阳德、黄三太及杨香武盗九龙杯之情节,其实皆与彭鹏无关。

《张汶祥刺马》之真相

> 张汶祥

张汶祥刺马,是晚清四大奇案之一,和"杨乃武与小白菜"案一样脍炙人口,后来改编成各种戏剧和电影,成为人们津津乐道、议论纷纷的一件传奇大案。

张汶祥,生卒年不详。他刺杀的马新贻,字谷山,生于1821年,山东菏泽人,是道光二十七年进士。马新贻是个外表潇洒的白面书生,虽不精于兵法与武艺,但因办事精干,从知县升至按察使、浙江巡抚。他在47岁得慈禧之恩宠升任两江(今江苏、上海、安徽、江西)总督。一个没有背景的文官,五十未到就在官场上青云直上,做到晚清时期权力很大的封疆大臣,可谓春风得意。

关于张汶祥刺马新贻之原因,民间流传版本有四五个:一是河南人张汶祥因家贫而投捻军,捻军兵败,他返乡后发现妻子罗氏被吴炳燮所占,他几次拦轿告状,任浙江巡抚的马新贻却置之不理,而马新贻又诛杀了张汶祥不少结义兄弟,便激起张汶祥决意刺马。

版本之二,马新贻在庐州剿杀捻军时,兵败被俘,张汶祥、曹二虎、石锦标与被俘的马新贻结为兄弟,马新贻将其三人收编为"山字营"。曹二虎、石锦标曾帮助马新贻谎报大捷,以假消息使马新贻得以高升。马新贻本是好色之徒，见曹二虎之妻颇具姿色，先暗中与其私通，勾搭成奸。后为遮人耳目，马新贻杀曹二虎与石锦标。张汶祥获悉后，决意刺杀马新贻，为结义兄弟报仇。

版本之三，马新贻因查办江苏巡抚丁日昌之子丁惠衡一案，得罪丁日昌，丁日昌用重金买通张汶祥刺马。

版本之四，曾国藩平定太平天国起义军后，权倾天下，有部属暗中怂恿曾国藩自任皇帝。慈禧闻言，寝食不安，快速将曾国藩调离江宁，她任命文官马新贻为两江总督，这便引起湘军众人不服，于是湘军暗中指派张汶祥杀马。

版本多种，至今未有定案，但戏剧演义大多取自版本之二。马新贻因诱奸其结拜兄弟曹二虎之妻，张汶祥之妻也遭其害，张汶祥遂动手刺杀马新贻。民国时武侠小说《江湖奇侠传》中写了"刺马案"，而《南园丛稿》中也有一篇《张汶祥传》。评弹《金陵杀马》有六十五回，张汶祥七杀马新贻，历尽艰险，终于在校场得手，马新贻死时仅50岁。电影《投名状》也取材于此。

张汶祥虽为晚清四大奇案之一的主角，但史无详载，只知张汶祥系河南人（一说为安徽合肥人），是捻军的小首领。他少年时拜觉海寺武僧潮音大师为师，练得一身好武艺，擅长飞刀，百步之内百发百中。从案情细察，张汶祥仗义任侠，行事果断而有魄力，他在刺杀马新贻过程中，几经起伏，最后易容偷袭，终于将沾上毒汁的柳叶飞刀送入马新贻右肋。张汶祥杀马新贻后，并不逃跑，对众人狂笑自陈："刺客就是我张汶祥，大丈夫一人做事一人当。"

马新贻死后，惊动慈禧，她亲自过问此案，派晚清第一重臣曾国藩前去审理。由于慈禧当年任命马新贻为两江总督时，亲自在内宫对马新贻训示，马新贻出宫时惊恐万状，连朝服都被汗水湿透了。原来慈禧获悉洪秀全曾私藏金银财宝无数，她便命马新贻暗中调查太平天国之国库聚财之秘密地点，正在马新贻调查稍有眉目时，即被杀。有人暗中议论，张汶祥也许受某人或某集团之指使，否则凭张汶祥单枪匹马怎么可能进入戒备森严的校军场？又怎么可能接近权势熏天的两江总督马新贻？

慈禧对曾国藩审理此案，很不放心，又指派刑部尚书郑敦谨与曾国藩一同办案。经过半年审理，张汶祥杀马供认不讳，被判死刑，官府将张凌迟处死。此案虽了结，但民间版本不断更新，故为晚清奇案之一，又成为各种戏剧演义之版本。

杨乃武翻案之内幕

> 杨乃武

杨乃武(1841—1914),字书勋,生于浙江余杭镇,其父杨朴堂以种桑养蚕为生。乃武自幼聪颖好学,为人正义且敢于直言。他20多岁考取秀才,33岁在同治十二年高中举人,杨乃武生得一表人材,且多才多艺,在余杭镇颇有名气。

余杭镇有一绝色丽人,名唤毕秀姑,因其貌白皙俏丽,又好穿白衣绿裤,人称"小白菜"。因家贫,她17岁嫁给豆腐店帮工葛品连为妻。翌年,葛租了杨乃武家一间房,彼此为邻。杨见秀姑聪慧灵秀,便教她读书写字,郎才女貌,过往甚密,镇上便有了两人关系暧昧之绯闻,好事者言:"羊(杨)吃小白菜"。杨急于脱嫌,便故意提高户租,葛品连只得另租他宅。

这年秋天,葛品连患痧症身亡,其母葛喻氏生性凶悍泼辣,便疑毕秀姑貌美而红杏出墙,谋害亲夫葛品连,将毕秀姑告到县衙门。

知县刘锡彤本与杨乃武有积怨,几年前杨乃武闻刘锡彤办案贪赃枉法,便在县衙门照壁上书写一联:"大清双王法,浙江两抚台",这次葛喻氏告状,他借杨、毕过去传有绯闻,便趁机诬指杨乃武有"夺妇谋夫"之罪,用酷刑逼供,将杨乃武屈打成招。杨乃武被定为通奸杀人,判为死罪,毕秀姑谋杀亲夫,凌迟处死。

杭州知府陈鲁、浙江巡抚杨昌睿听信刘锡彤之谎言,维持原判,上报刑部批复执行。

杨乃武在狱中写下诉状，由其胞姐杨淑英赴京向都察院控告，但被都察院押回浙江，杨淑英不服而无奈。正巧兵部右侍郎夏同善途经杭州，杨乃武同窗好友吴以同将杨之冤屈告夏，夏同善为人正派，答应回京进言。

杨淑英二上京城投递冤状，夏同善便向两朝帝师翁同龢进言，朝廷派礼部侍郎胡瑞润为钦差，赴杭州复查。浙江巡抚杨昌睿会同浙江官员随同审理，堂上仍用大刑逼供，杨、毕在重刑之下，再度诬服。

浙江读书人吴以同、汪树屏等30余人不服，联名上告，请求刑部将杨、毕两人解京审问。胡瑞润也将案情上报刑部，认为杨、毕谋害葛品连有诸多情节不合常理。夏同善设法告诉光绪帝生父醇亲王，醇亲王上告慈禧太后，慈禧太后本来不会管杨乃武这一草民冤案，但她对浙江巡抚杨昌睿颇为不满，因杨仗着左宗棠的背景经常特立独行，慈禧为除去杨昌睿这个政敌，她下令刑部重审此案。

三大宪重审杨、毕一案，开棺验尸，得以翻案。杨、毕无罪，浙江官员涉案者达300余人，有30余人革职、充军、查办。150名六品以上官员革除顶戴花翎，永不录用。

此案长达三年，《申报》对其案作了连续报道，《申报》维护法制、申张正义的举措在当时不但鼓励了杨乃武家属反复上京申冤，而且在百姓中也大大提高了《申报》的声誉。

杨乃武与小白菜一案，被列为"清代四大奇案"之一。由于其案曲折离奇，一时扑朔迷离。关于刘锡彤何意诬陷杨乃武，另一说是其子刘子和对美如天仙的毕秀姑心生邪念，他用迷药迷昏小白菜，后来两人为掩奸情，刘子和用毒药害死葛品连，并让小白菜死咬杨乃武有"谋夫夺妇"之罪，条件是杨乃武死后，刘子和娶小白菜为妻。后改编成越剧、评弹，情节多有发展。

遍体鳞伤、已成废人的杨乃武虽获平反，但举人已被革去，只得返乡以种桑养蚕为业。在1914年患疮疽，不治而亡，卒年73岁。毕秀姑出狱后为尼，法名慧定，76岁圆寂。两人结局，仍为后人所抱惜。

柒

品史
实录

【书香迷离】

宫刑始末与若干自宫者

一

中国有不少独特的发明,宫刑便是其中之一,且源远流长。据《周礼》记载:"夏宫辟五百",宫刑即去势。殷周时也有阉割男性生殖器的行为,甲骨文中的"凸刀",其义与阉字相通。商王武丁时,出现了去势的阉人,至周朝,受了宫刑的男子称之"寺人"。

夏商周三朝虽已出现"阉人",但阉割去势之术,还不完善。据传当时将受刑者的阴茎与睾丸一并割除,行刑后,死亡率颇高。至秦汉,施行阉割的场所称为"蚕室",注重手术后的防风、保暖、静养,受刑者生存概率大为提高。

宫刑最初是惩罚不正当男女关系,"男女不以义交者,其刑宫"(《尚书》),开始是"淫刑"。但随着统治残暴的加剧,战国时期有人曾劝秦王以仁义治天下,秦王处以宫刑,罪名是"若用仁义治天下,是灭亡之道"(《列子·说符篇》)。从嬴政至刘邦、吕雉,宫刑一直是存在的。秦刑尤酷,有十五类十余种。汉文帝刘恒执政时,曾去除肉刑,包括宫刑,这在《汉书》的"晁错传"与"景帝纪"中都提到,《汉志》与《文献通》也执此见。尤其汉景帝诏书中有"除宫刑,出美人,重绝人之世"。但《汉书·刑法志》未载,有人存疑。

汉武帝刘彻仿效秦始皇嬴政,司马迁对李陵事件说了实话,刘彻因司马迁"诬罔"外戚李广利,将其判宫刑,如交50万钱赎罪可免。但司马迁拿不出这么多钱,因《史记》尚未完成,他被迫受宫刑而苟活下来。在同时期,西汉受宫刑的还有音乐家李延年,他因年轻时犯罪被处宫刑,因其长相俊美且能曲会唱,后来成了刘彻的"男宠"。西汉张汤的儿子张贺,是汉武帝太子刘据的门客,关系密切,后因"巫蛊之祸",太子刘据走投无路下自杀,其门客也斩首,张贺为其弟张安世求情,死刑改为宫刑。总之,刘彻用宫刑整治了不少人。

皇帝用宫刑整治犯罪者,还有另一个用途,就是宫中有许多绝色佳丽,如由男人来管理,两者很可能发生亲密关系,于是阉人这个群体自然而然产生了。他们最早的名字是宦官,据《周礼》《诗经》《礼记》载,在夏商时就有了宦官。但当时宦官并非全是阉人,至东汉,才规定受过宫刑的人才可以当宦官。东汉时,宦官与外戚为两大势力,互相争权,国势渐弱。至唐高宗时,宦官才改名为太监,最高级别的太监可以官至三品,甚至有太监执掌军权。北宋时,文人地位提高,太监权力削弱。至明清,朱元璋取消宰相而设内阁,又以司礼监(太监)牵制内阁,后来便有了东厂(太监的特务统治),宦官的权力日益增大,政治也越来越黑暗。清朝的宦官(太监)专权现象减少,至民国建立,宫刑不复存在。

<h2 style="text-align:center">二</h2>

宫刑是对受刑者的一种惩罚,但在中国历史上有许多主动要求阉割者,即自宫者。

第一位自宫者是齐国的竖刁(又名竖貂),据《左传·僖公二年》记载:"齐寺人貂始漏师于多鱼",寺人貂,即竖刁,他亮相于历史舞台的第一个角色是泄露齐国的军事秘密,做间谍行当。他身无长技,但聪明乖巧,擅长揣摩他人的心理,极尽阿谀奉迎之事。为了能接近齐桓公,他居然冒险自我阉割,这么狠心的事也敢做,可见其野心不小。有志者事竟成,竖刁后来果然把齐桓公服侍得舒舒服服,一是他聪明柔顺,会投主子之好;二是他本来是个小白脸,阉割后相貌更有妇人之美,他终于成为齐桓公须臾不离的"男宠"。

竖刁深知齐桓公好美人、好美食,于是他把当时最著名的厨师易牙推荐给齐桓公。易牙会做各种珍馐美味的菜肴与点心,他很快得到齐桓公与他宠爱

> 齐桓公　　　　　　　　　　> 竖刁

> 易牙

> 开方

的妃子长卫姬的欢心。易牙无意中听齐桓公随口说:"寡人尝遍天下美味,唯独未食人肉,倒为憾事。"为了不让齐桓公遗憾,易牙回家居然把4岁的儿子杀了,做了一小金鼎肉汤献给齐桓公。齐桓公品尝后大加赞美,问:"此系何肉?"易牙哭曰:"乃吾子之肉。"齐桓公听了虽不舒服,但由此认定易牙爱君王胜过其亲生骨肉,易牙由此得宠。

竖刁还与开方为伴,开方是卫国国君卫懿公之子,他弃卫投齐,为表忠诚,十五年不离齐桓公左右,连父母去世时,开方也未回国奔丧。

齐桓公重用管仲,成为"春秋五霸"之首,因管仲在,竖刁、易牙、开方只能在宫中献媚,不敢闹大的动静。管仲病重时,齐桓公推荐三位宠臣让其选择,管仲反问:"一个连自己父母、自己身体、自己骨肉都不爱的人,怎么会忠君?"

管仲卒,齐桓公拜鲍叔牙为相。鲍叔牙为人正直,将三人逐出朝廷,齐桓公无奈应允。但不久,齐桓公觉得自己活得很不自在,没有可口美食,没有谄媚笑脸,没有曲意奉承,让他食不甘味、夜不酣寝、口无谑语。他的宠妾长卫姬也不断向他进言,恳求他召回三个能让齐桓公乐不可支的近侍。齐桓公终于

> 管仲

> 鲍叔牙

不顾鲍叔牙极力反对,把竖刁、易牙、开方又召回朝廷,气得鲍叔牙抑郁而终,朝政大权从此落入三人手中。

齐桓公病重,卧床不起。竖刁、易牙假冒齐桓公之名义,不许任何人见国君。并在齐桓公寝室周围筑起了一座高墙,不让人送吃的,齐桓公被活活饿死。齐桓公临死前才明白,懊悔无比。韩非子为此评曰:"竖刁自宫以治内。"

三

竖刁终于死了,但中国历史上的自宫者却前赴后继,络绎不绝,因为做了"阉人",可以进入皇宫,得到皇帝、太后、贵妃的宠幸,前程很有可能是飞黄腾达。

东汉名臣蔡伦,也以阉人入朝。据载,他也是一名自宫者,他历经四帝五后。最后"位尊九卿",以发明造纸术而名闻天下。

明朝万历年间出了一位自宫者刘若愚,他16岁那年做了一个梦,因梦而自施宫刑。翌年,入选皇宫,在司礼太监陈矩手下当小太监。因刘若愚擅长书法且博学多才,后在内直房经营文书,他当时曾被大太监魏忠贤及李永贞所猜忌。崇祯二年,魏忠贤阉党事败而自尽,李永贞被斩决,刘若愚受诬告而蒙冤狱中。他在幽禁中效法太史公司马迁为楷模,发愤著书,以自己数十年宫中之见闻,写了一本明代杂史《酌中志》。此书共二十四卷,记载了明万历至崇祯初年的宫廷内幕,包括皇帝、后妃及内侍的日常生活、宫中规则及饮食、服饰等,对宦官二十四衙门分工与各库房内情均有详述,并对魏忠贤阉党作了揭露。作者声称自己不与魏、李等人为一路人,并为自己入狱辩冤。这本书后来成为明朝宫廷的重要文献资料,明清时有多种刻本。刘若愚也因撰写此书终于被释放出狱。

明朝另一位自宫者,即魏忠贤。魏早年混迹街头,是当地的浪荡子。他好赌成性,一次因豪赌输得精光,便愤而自宫,改名李进忠,托关系拜在司礼监秉笔太监孙暹门下。后与大太监王安之心腹太监魏朝结义兄弟,经魏朝推荐,魏忠贤升为明熹宗生母王才人的办膳太监,颇得王才人宠幸。明熹宗朱由校登基后,他宠幸比自己大16岁的乳母客氏(客印月),封其为"奉圣夫人",而本来与客氏对食的魏朝受到冷落,替而代之的是魏忠贤。除了魏忠贤擅长花言巧语,民间传说魏忠贤自宫不彻底,还保留了部分性功能,更得客氏的欢心。魏朝不久被发配去了凤阳。魏忠贤傍上客氏后,平步青云,当上"九千岁"。朱由校的张皇后很看不惯魏、客二人狼狈为奸,"后有娠,客、魏尽逐宫人之异己者,而以私人承应,后腰肋伤痛,召宫人使捶之,宫人阴欲损其胎,捶之过猛,竟损元子焉"。朱由校的不少孩子没出生即害,出生的三男二女,亦莫名夭折,皆客、魏暗中之为也。天启七年,明熹宗驾崩,因无子,其弟朱由检即位,即崇祯。魏忠贤不得不上吊自杀,客氏则被活活笞死。

清代自宫者众多,最出名的便是李莲英与张兰德。

李莲英(1848—1911),原名李进喜,他7岁净身,13岁入宫当太监,由于李莲英掌握了一套梳理发型的技术,后当了慈禧的梳头太监。由于其聪明乖巧、处事谨慎小心,"事上以敬,事下以宽,如是有年,未尝稍懈",以两面讨好,八面玲珑著称。慈禧与光绪对立,李莲英却能获两人之赞赏,慈禧对他分外宠幸,光绪则夸他"忠心事主"。

光绪三十四年,慈禧死于北京西苑,李莲英翌年离开了生活52年的皇宫。他死于宣统三年,时年63岁。关于死因,有多种说法。其墓于1966年被破坏,据清理,棺材内仅存一颗头颅与一根长辫子,尸身无存。其身首异处的记载,也众说纷纭。

清朝另一个自宫者为清朝末代大太监张兰德,又名小德张。张兰德,天津人,12岁自宫,三年后入宫当太监,早年被派往宫内戏班学京剧武小生,技艺精娴,为慈禧赏识,后升任御膳房掌案,三品顶戴。慈禧死后,他获隆裕太后宠幸,升为长春宫四司八处大总管。民国二年,隆裕太后去世,张兰德出宫去天津当寓公,深居简出,于1957年病逝,终年81岁。

>李莲英

>张兰德

秦王朝三大名相纪实

被鲁迅先生称为"西汉宏文"的《过秦论》,乃贾谊所作,这是一篇全面分析秦王朝过失和秦国过早灭亡的史论。但秦王朝为何崛起而一统天下的原因,也值得后人研究与总结。秦始皇能"席卷天下""囊括四海""并吞八荒",建立大一统的中央集权帝国。其原因是经过秦几代君主的共同努力,秦国才"奋六世之余烈,振长策而御宇内","鞭笞天下,威振四海"。在此期间,秦国三大名相商鞅、张仪、李斯功勋卓著,彪彰史册。

> 商鞅

一

商鞅(约前390—前338),原名公孙鞅,亦名卫鞅,卫国国君之后裔。他年轻时受李悝、吴起思想的影响,好刑名法术之学。

卫国亡,商鞅投魏国国相公叔痤,公叔痤发觉商鞅能言善语,精明强干,让他任相国近臣中庶子。不久,公叔痤病重,魏惠王去看他,公叔痤便推荐商鞅做自己接班人,他见魏惠王未置可否,就说:"主公如不用商鞅,一定要杀掉此人,免得他投奔他国。"

魏惠王对商鞅不以为然。魏惠王一走,公叔痤便把自己说的话告之商鞅。

商鞅很冷静,也不逃走。公孙痤卒,魏惠王既没提拔商鞅,也没杀他,重用了商鞅的朋友公子卬。

几年后,秦孝公继位,向天下发布求贤令,商鞅获悉,携李悝的《法经》投奔秦国。但他见不到秦孝公,于是四出打探,获悉秦孝公有个宠臣叫景监,此人名声虽不好,但很有权势,商鞅不知用了什么方法,获景监赏识。景监便带商鞅去见了秦孝公。

商鞅很有谋略,也很讲究方法,他准备好三套方案去游说秦孝公。第一次他讲的是帝道,讲尧舜禹和黄帝的"无为而治、分而治之",秦孝公一边听一边打瞌睡。第二次他讲的是王道,讲公卿贵族制约君主权力,秦孝公闻之不予理睬;第三次商鞅讲霸道,讲武力、刑法和权势统治,秦孝公听着听着,渐渐有了兴趣。商鞅又大谈富国强兵之术,秦孝公为之入迷。商鞅由此被秦孝公重用。

三年后,秦孝公实行商鞅变法,具体是重农抑商,削弱贵族与官吏的权力,加强中央集权,改革户籍制度,实行连坐法。

秦孝公对内变法之际,对外进行扩张,他见魏国主力攻赵,便命商鞅为大良造(相当于国防部长),率兵攻魏。两军对峙,商鞅闻魏国主将是昔日好友公子卬,便让使者传信:"我当初与公子相处很快乐,如今虽为敌对,但我不忍心攻击你,想邀你相见,与你痛痛快快喝几杯后各自撤军,订立盟约,两国今后相安无事。"公子卬为人豪爽,见商鞅一片诚意,便畅快允应了。他去见商鞅,不料一入席,即被埋伏的秦兵乱刀砍死,魏军由此大溃。

商鞅因变法成功,得十五邑,称为商邑,于是卫鞅改名商鞅,下属尊称他为商君。

商鞅为了推行新法,说:"法之不行,自上犯之。"须上(大臣)下(百姓)一律遵守法令。商鞅主张迁都咸阳,并下令禁止父子兄弟同居一室,将零星的乡镇合并成县。当时太子嬴驷(即后来的秦惠文王)表示不满,商鞅不能将太子嬴驷治罪,便以"教导无方"为名,将太子的老师公子虔挖去鼻梁,又对太子另一位老师公孙贾脸上刺了字(黥刑)。这件事发生后,秦国再也没人敢反对新法了。

商鞅写了一本《商君书》,讲了"驭民六术",深为秦孝公器重,商鞅地位日高,权倾内外。一日,大臣孟兰皋推荐赵良来见商鞅。商鞅耳闻赵良是个名气很大的贤良智者,便召见了他,得意地问:"我与五羖大夫百里奚相比,谁更能干?"

赵良对商鞅说:"我实话实说,您可否怪罪于我?"商鞅说:"但说不妨。"赵良脸上流露出替商鞅着急的表情。他引了《尚书》上的话:"恃德者昌,恃力者亡",他劝商鞅早日隐退,并说了三条理由。一是商鞅做事投机,当年用三种方案游说秦孝公;二是商鞅大造宫殿,每次出行有几十辆车子随行,一旦离开了身强力壮的武士保卫,就不敢出门;三是批评商鞅用严刑峻法对待大臣与采用弱民之术。赵良为此总结道:你这些作为,触犯了许多人的利益。你已成为早晨的露水,太阳一出,露水就会消失的。

商鞅不以为然,把赵良打发走了。秦孝公逝世后,秦惠文王即位,商鞅送其父回了一次老家。他一离开朝廷,公子虔等大臣一齐告发商鞅谋反。

商鞅闻之,急忙赶回,但他实行新法后,秦国各地旅舍不得接受无证之人投宿,商鞅因其法令而使自己无法入住旅舍。他转而投奔魏国,又因当年诱杀好友公子卬而被拒绝入城。

商鞅好不容易逃回封地商邑,举兵反抗,战败致死。其尸被"五马分尸",商家被灭族。商鞅死后,秦惠文王以商鞅谋反查无实据,将公子虔等人束之高阁,对商鞅则赞不绝口。

商鞅虽遭不幸,但其变法却让秦国成为一个强国,为日后一统天下创造了条件。

＞纵横家张仪

二

秦国第二位名相是张仪,魏国安邑人,他早年投于鬼谷子门下,学游说之术。后去楚国令昭阳府做门客,不久,昭阳府上一块玉被窃,他被怀疑是小偷,昭阳命人把张仪吊起来打个半死。

张仪归家,其妻哭着劝道:"别折腾了,我们回家种地吧!"张仪张开嘴问:"你看我舌头还在吗?"其妻曰:"还在。"张仪莞尔:"只要舌头在,不愁没出路。"

在楚国待不下去,张仪投到秦国当客卿,由于他能言善语,颇受秦惠文王器重。张仪献计:"举赵亡韩,臣荆(楚)、魏,亲齐、燕,以成伯(霸)王之名,朝四邻诸侯之道。"在张仪看来,要瓦解"六国联盟",挑动赵国打击韩国,劝楚国、魏国臣服,对齐、燕两国,暂缓出兵。秦文惠王听张仪说得头头是道,便让他当了宰相。

张仪第一步棋出使楚国,张仪未见楚怀王前,先向其宠臣靳尚送了一份厚礼,经靳尚吹捧,楚怀王很隆重接待了张仪。张仪振振有词:"秦王特地派我来贵国交好,只要大王与齐国断交,秦国便与楚国永结和好。"并提出把商于(今河南淅川县西南)六百里土地献给楚国。楚怀王贪婪六百里土地,就说:"如果真能这样,我可以与齐国分手。"

断齐交秦,不少楚臣附合楚怀王,但屈原表示反对。大臣陈轸则劝谏:"秦国为何要把六百里土地送给大王?原因是齐楚结联盟,秦国不敢来欺侮楚国,大王一旦与齐绝交,秦国必来讨伐。不如大王先接收了六百里土地,再与齐国绝交。"

可楚怀王为得到六百里土地动了心,派人去与齐国断交。翌日,张仪故意摔了一跤,爬不起来,卧床静养。齐楚一断交,张仪立马病愈回国。

楚怀王派使者去要六百里土地,张仪变了脸:"大王听错了吧?哪有六百里土地?我送您的是我个人的六里封地。"

张仪激怒楚怀王出兵,但秦齐已结盟。楚国在秦齐夹攻之下,一败涂地,大伤元气。

张仪先后出使齐、韩、燕、赵诸国,对齐湣王说:"秦已和魏、楚、韩、赵结盟,请大王向秦示好,共同富足。"对赵王说:"齐、韩、魏三国欲攻赵,我特来报信,如大王与秦和好,秦国必保护赵国安宁。"对韩王说:"贵国土地不足九百里,储粮不够两年,人马不足三十万,秦国一百万精兵来攻,韩国就很危险了。"对燕王说:"赵国国君赵襄子凶暴乖张,曾打过燕国几次,你不如依附强大的秦国,赵国就不敢冒犯燕国了。"在张仪利诱相加的巧言游说下,六国国君相互猜疑不和,先后依附秦国,献城俯臣。

不用一兵一卒,张仪游说六国大获成功,被封为武信君,名赫一时。秦惠文王死,对张仪一向看不惯的秦武王即位,失去宠信的张仪自知待不下去,只得离秦去魏。张仪因其盛名,被魏襄王任为相国。

齐湣王一听说张仪去魏国,欲起兵攻魏。魏襄王很害怕,张仪对魏襄王说:"不必担忧。"他让门客冯喜去游说齐湣王:"大王为了张仪去攻打与自己结盟的魏国,反而让秦武王觉得张仪很了不起。此举既不利国家,又抬高了张仪。"齐湣王沉思后撤军。

翌年,巧舌如簧的张仪死了,但他为秦国日后统一六国辅平了道路。

> 李斯

三

李斯是古代当之无愧的一代名相。他的才干、文章与书法,在当时均属一流。可惜功成名就的李斯,死得很惨,被秦二世与赵高处以极刑,夷三族,腰斩咸阳。

李斯是楚国上蔡人,生于"七雄争霸"的战国时代。他原是一介布衣,后与韩非投在荀子门下当弟子,研究"帝王之术"。李斯年轻时志向远大,极有政治眼光,他先赴秦国当了吕不韦的"食客",以其才干崭露头角,颇得吕不韦器重。

经吕不韦推荐,李斯有机会见嬴政,并获其重视。李斯进而上书秦王,提出并吞六国、一统天下之谏议,赢得秦王赏识,官居长史。李斯又劝秦王嬴政派人持金玉去贿赂六国的君臣,收效甚大,李期被封为客卿(高级官员)。

嬴政后因"郑国渠"事件,下逐客令,将各国入秦之人驱逐出境。李斯写了《谏逐客书》，此文洋洋洒洒，逻辑严密，气势夺人，文采斐然。被鲁迅誉为"秦之文章，李斯一人而已"。此文获秦王嬴政好感，把李斯追回。李斯因而加封为廷尉，为秦朝九卿之一。

秦一统天下后，李斯出任丞相，他辅助秦始皇建立封建中央集权制，废除分封，修筑长城，创立"书同文"、车同轨，统一货币与度量衡……中国第一个中央集权体制的创立，李斯之功大矣。他用小篆写《苍颉篇》七章，每四字为句，以资示范，对规范汉字起到了重要作用。李斯随嬴政出巡，刻石之文皆出于李斯之笔，因其字圆浑挺健，刚柔并济，后人称其"书法鼻祖"。

秦始皇执政时，李斯的才干得以充分发挥，他禁止百姓以私学诽谤朝廷，迎合秦始皇"焚书坑儒"，司马迁评曰："焚诗书，坑术士，六艺从此缺焉。"

作为一人之下，万人之上的一个文人，李斯活得很风光。但"伴君如伴虎"，秦始皇是个多疑而专断的皇帝，为了坐稳第二把交椅，李斯把一切功劳全归嬴政，把一切错误全归自己，他处处小心，战战兢兢，充分显示了他与众不同的周旋能力与忍耐心。

秦始皇死于东巡途中，临终前欲传位于长子扶苏。李斯为赵高所惑，竟合谋假传遗旨。胡亥篡位后，诛杀扶苏与大将军蒙恬。胡亥重用赵高，赵高用计害李斯，李斯落得悲惨下场。他与儿子在受刑之前，深感后悔，对其子曰："吾欲与若复牵黄犬俱出上蔡东门逐狡兔，岂可得乎？"其悲怆之情，溢于言表。

李斯从一介布衣，历经政治风险，走到丞相之位，死于小人之手。究其原因？是其私心太重所致。

李斯的人生之旅至少做错了三件事。其一，当年他辅助秦王夺天下时，其老同学韩非应秦王之请入秦，李斯知韩非才干胜于自己，心生妒忌之念，勾结韩非仇人，在秦王面前百般诋毁韩非，致使韩非入狱，身为廷尉的李斯不给韩非申辩的机会，派人用毒药逼韩非自尽。其二，秦始皇一统天下，穷奢极欲，焚书坑儒，严刑酷赋，致使民不聊生，但身为丞相的李斯不仅不敢直谏，还因个人私利而处处奉迎君主。其三，胡亥阴谋篡位，诛杀扶苏与蒙恬，李斯为保自身，轻信赵高之言，认定扶苏即位，一定会用蒙恬为相，他从自身利益考虑，成为"假传遗诏"的主谋。故李斯之死，乃其私心作怪，咎由自取也。

李斯的才干，一时无双，但秦王朝仅存15年，李斯亦有罪矣。

刘邦何以胜项羽

——兼谈司马迁《史记》中的人物塑造

> "西楚霸王"项羽

> 汉王刘邦

"楚汉之争",是中国历史上一个重要事件。史学家司马迁将两位主角项羽与刘邦,都列入"本纪"行列,"本纪"是记载五帝、夏、殷、周与秦、汉君主的帝王传记,项羽虽号称"西楚霸王"却未一统天下,司马迁何以将项羽列于"本纪"?在"项羽本纪"与"高祖本纪"中又如何描述"楚汉之争"?项羽与刘邦这两位不可一世之人物,在秉笔直书的司马迁笔下如何登台亮相?刘邦为什么以少胜多,以弱胜强,最终战胜项羽,此中之曲折原委、前因后果,容笔者据实道来。

项羽、刘邦初露锋芒

项羽,公元前232年生,出身世代贵族,是楚国名将项燕之孙。他身高八尺,力能扛鼎,天生勇武无比,是中国军事思想"兵形势"(兵家四势:兵形势、兵权谋、兵阴阳、兵技巧)的代表人物。秦末,项羽随叔父项梁吴中起义,反抗暴秦。项梁采纳谋士范增建议,立楚怀王孙子熊心为楚王,仍号楚怀王。楚怀王任命项梁为武信君。不久,刘邦率众来投,项梁将部队分两路,项羽、刘邦各为主帅。后项梁轻敌，败给章邯，战死沙场。当时秦军兵力雄厚，项羽引兵渡河，破釜沉舟，击败秦军统帅章邯率领的秦军主力部队，赢得巨鹿之战，楚怀王封项羽为上将军。

后楚怀王令刘邦率众西进，楚怀王曾言："谁先入咸阳，便是关中王。"刘邦引兵西进，沿途搜罗人才，用张良计，转宛城，过丹水，劝降秦将，率先进入咸阳。项羽消灭秦军主力部队后，闻刘邦已入咸阳，便率军入关中，杀秦王子婴。因其灭秦列天下诸侯之首，号称"西楚霸王"。项羽归乡心切，放弃咸阳，定都彭城。他文有范增，武有龙且、英布、季布、钟离昧等五虎将，项羽巅峰时兵力拥有45万，被誉为"羽之神勇，千古无二"。

刘邦（公元前256年生），长项羽24岁，出身沛郡（今徐州丰县）农家，年轻时不事生产，游手好闲，不拘小节，被其父刘煓斥为无赖，但刘邦性格豁达，我行我素。他天生异相，气宇轩昂，额头高，鬓角与胡须很漂亮，左边大腿上有72颗黑痣，喜结交朋友，会笼络人。刘邦交友五花八门：樊哙是屠夫，卢绾是门客，娄敬是车夫，灌婴是布贩，周勃是吹鼓手，夏侯婴是刽子手，曹参是狱掾，萧何是主吏掾。刘邦为人仗义，与他们称兄道弟，吃喝玩乐，这些人后来都成了他起义的主要骨干。

秦末发生农民起义，天下大乱。当时担任小吏的萧何、曹参欲起义，又恐事不成被灭九族，便推举刘邦为头。刘邦起初也不愿意，萧何建议采取抓阄形式来决定，刘邦果然抓到了自己名字的阄，其实，萧何在十个阄上都写了刘邦的名字。

刘邦起兵后，攻取下邑、丰邑，平复魏地，得张良、郦食其等谋士。他率兵攻破咸阳，秦王子婴向刘邦献上玉玺。刘邦见了富丽堂皇的宫殿与美妃，有点飘飘然，欲在宫中享福，幸张良劝阻，刘邦才率军退至灞上。在萧何建议下，废除秦朝苛刻法律，并召集当地名士与他们约法三章，取得民心支持。

项羽打败秦军主力部队后，谋士范增说："刘邦此人一向贪财好色，但他入关后却不取财物与女人，此人志向不小，应趁早除之。"刘邦下属曹无伤也派人禀告：刘邦欲称王，让子婴做相国。项羽闻报大怒，听从范增建议，决定率40万精兵进攻刘邦。

以项羽当时实力，战胜刘邦易如反掌。但有一个人救了刘邦，此人便是项羽的叔叔项伯，他与刘邦帐下谋士张良是好友，便连夜潜入找张良，叫他赶紧逃命。张良告之刘邦，刘邦大惊失色，向张良讨计，张良引项伯见刘邦，刘邦口称绝无称王野心，又与项伯约成儿女亲家。项伯返楚营，代刘邦美言。翌日，能屈能伸的刘邦亲自到项羽鸿门宴上主动赔礼道歉，以能言善语说动项羽。一旁的范增知刘邦非寻常之人，命项庄舞剑杀之，项伯则以剑对舞保护。刘邦不告而辞，脱险返回汉营。

项羽入咸阳，为掌管军队最高统帅。他分封各路诸侯为王，封刘邦为汉王，领地为巴、蜀和汉中41个县。刘邦怒，欲出兵，被萧何等劝阻，忍气吞声入蜀。

> 范增

项羽、刘邦相持阶段

刘邦入汉中，烧毁栈道，以示无意东出，以此麻痹项羽。原投项羽不得重用的韩信、陈平已投刘邦，为帐中重要人物。韩信用兵如神，先后击败章邯，追降司马欣、董翳，并佯装取得关中已心满意足，不图进取。

项羽因攻打田荣，陷入齐地，刘邦命韩信暗度陈仓，出关夺取三秦，向各路诸侯发布项羽杀秦王子婴之罪状，号召诸王共讨项羽，拉开了四年楚汉战争之序幕。

> 陈平

公元前205年，刘邦率各路联军56万攻占西楚彭城，短暂胜利让刘邦与众将喝酒庆贺，夜夜歌舞升平。项羽急率轻骑3万，回袭彭城，刘邦联军无备，被杀10万，溺水淹死10万，睢水为之不流。刘邦率数十骑逃脱，其父刘煓被俘，刘邦逃至荥阳方才稳住阵脚。但他很沉得住气，整顿残军，欲东山再起。

刘邦没料到原来联军的首领纷纷反叛，归附项羽。至公元前204年，刘邦因项羽军队夺取甬道，无法得到粮草，只得向项羽求和。项羽想接受，范增却建议一举消灭刘邦残军，楚军在荥阳围住了刘邦。

刘邦用陈平计，离间项、范的关系。项羽生疑，剥夺了范增的军权，范增在返乡途中病死。刘邦见情势危急，为保自己性命，让纪信假扮自己去楚军诈降，项羽中计，纪信烧死，刘邦逃出荥阳。刘邦策反彭越起兵，项羽被迫回救。

刘邦兵力虽不如项羽多，但通过利诱与封官许愿，采取声东击西之术，使项羽腹背受敌，一时奈何刘邦不得。公元前203年，项羽一路西进，刘邦从荥阳逃至巩县。两军再次对垒，项羽军士献言，将刘邦之父押到砧板上，项羽吼道："你再不降，将你父煮了。"刘邦大笑："你我曾为兄弟，我父即你父，你煮了汤，给我一碗。"项羽犹豫，项伯建言："杀之无益。"楚汉再次议和，送还刘邦家眷，以鸿沟为界，中分天下，东归楚，西归汉。

这段史实，启示楚汉之争至此平分天下。项羽虽兵马强，但他不善于笼络人心，有了权与钱，又舍不得用，凭个人好恶奖罚部下，性格直爽粗率而易于轻信，连一个足智多谋、忠心耿耿的范增也留不下来。刘邦则能屈能伸，工于心计，屡遭挫折而能及时总结经验，巧用众人之长，策反工作尤其做得好，一时间汉营人才济济，并建立了自己的关中根据地。萧何招纳人才与运送粮草，韩信用兵，多多益善，张良献计，令刘邦如虎添翼。而彭越、英布的投诚，是项羽兵败之前兆。

刘邦毁约出击，项羽兵败垓下

楚汉订盟之后，项羽轻信了刘邦的承诺，引兵东归。不料才一个月，刘邦突然撕毁盟约，全力出击项羽。两军激战于固陵，因韩信、彭越未得封王，不肯出战，项羽大破汉军，刘邦只好坚守不出。

翌年，刘邦大肆封赏重要将领，得到封赏的将士都愿为其出力。刘邦令韩信、彭越、英布率60万大军与项羽会战于垓下（今安徽灵璧县），此时项羽部属周殷又叛楚投汉，使项羽腹背受敌，兵疲粮尽。但当时楚军仍有十万之众，韩信用诱敌之术，以诈败令楚军深入，从左、右两边合力围攻楚军后队步军，一举将楚军前队骑兵与后队步军隔断。这一战术令楚军大败,阵亡四万余人,被俘两万,打散奔逃者两万,仅剩两万不到的楚兵随项羽退回阵中。韩信命汉军士卒日夜唱楚歌:"人心不向楚,天下已属刘,韩信屯垓下,要斩霸王头。"致使楚军士卒思乡厌战,军心瓦解。深爱项羽的美人虞姬在悲情中陪着项羽唱着悲凉的歌:"力拔山兮气盖世,时不利兮骓不逝……"

虞姬自尽后,项羽率800名亲随突围至乌江,遭汉军追杀,仅剩项羽与28骑士兵至乌江边。当地一亭长划一小舟来救,他愿送项羽过江东,重振霸业,但遭项羽拒绝,他大笑:"我自起兵至今已八年,经七十余战,战胜敌人无数,称霸天下。今围困于此,不是我不会打仗,而是天要亡我,我没有脸去见江东父老。"

项羽说罢,率28骑冲入重围,杀死汉军士兵近百人,仅损两骑。但终因寡不敌众,项羽杀了汉兵几百人,自己也受了十余处伤。他见到自己原来的爱将吕马童,吕马童骁勇善战,曾是项羽马夫兼亲卫,项羽称王后却忘了封赏吕马童,吕马童心中生恨,便投奔了刘邦。项羽对吕马童说:"你不是我的老朋友吗?听说汉王悬赏千金征求我的头颅,封万户侯,我就送给你吧!"说罢,拔剑自刎。当时指挥此役的汉将王翳取了项羽首级,众汉兵争相抢夺项羽尸体,由于争夺激烈,死了几十人。

刘邦赢得楚汉之争后,一统天下,分封诸王,韩信为楚王,彭越为梁王。公元前202年,刘邦称帝,为汉高帝,吕雉为皇后,史称西汉。

项羽、刘邦的性格分析

史学家司马迁继承了先秦史官"不虚美、不隐恶"的优良传统,他对项羽、刘邦作了客观描述,文笔精彩。他撰《史记》正处于刘邦之曾孙汉武帝刘彻统治时代,他明知刘彻强势,仍敢秉笔直书,不仅在《史记》的"本纪"中将项、刘并列,以史实详细实录,并总结两人不同的性格与处世之方法,以及最后命运的结局。

在司马迁笔下,项羽是个刚愎自用的失败英雄,司马迁认为英雄不适合当皇帝。项羽天生勇武,灭秦之功,项羽居首,但性格上有许多弱点,用人多疑,又好轻信,打仗全凭勇敢与武艺,不用脑子。项羽为人正直,但吝啬,有权也不会用，不会笼络部属，更不懂得变通，不圆滑。因其英雄气概，才不肯随亭长过江东重整旗鼓。

项羽目光短浅，夺得关中后便想"富贵不归故乡，如衣锦夜行，谁知之者"，这是小富即安的心态。他拙于应变，又姑息养奸（其叔项伯）。项羽最大的失败，在于他身边缺少一个给他支持后勤的萧何，而投到项羽帐下的韩信、陈平，却一个个被他弃用。他感情用事，做事优柔寡断，由于为人处世讲究底线，许多出格的事项羽不想做。

刘邦在司马迁笔下，是个有雄才大略的统治者。但他不因刘邦是汉武帝的曾祖父而美化他。在司马迁看来，刘邦具备做大人物的领导能力与心理承受力，用人不拘一格，擅长根据不同人的不同特点，发挥各自特长，在心理素质上强于项羽。他曾屡战屡败，连父亲等家人都被项羽俘虏了，但他依旧保持不屈不挠、东山再起的勇气。在谋略上，他随机应变，他开始接待郦食其时，在帽子里拉尿，当众污辱郦食其，后来又主动道歉，让郦食其成为其主要谋士。他对韩信要求封地时，心中大怒，正欲发作，张良踩了他一脚，马上改变态度。无论是胜利与失败，他都会积极拉拢盟友，沿途招募人才。刘邦能由弱转强，战胜项羽，主要是他擅长采纳各种意见。他没有项羽的妇人之仁，项羽用刘邦父亲来威胁刘邦，刘邦反而从容笑答。刘邦为了脱离险境，狠狠心把自己两个儿女刘盈与刘乐推下车。在他危急时，刘邦让与自己相像的部属纪信假扮自己诈降，让纪信代他而死，此类手段，项羽是做不到的。

《史记》给我们留下中国悠远古老真实的历史记载。《史记》的光辉与司马迁的伟大，被鲁迅先生称之"史家之绝唱，无韵之离骚"。《史记》无疑是中国史学史上最伟大的史学名著。

中国古代三位好皇帝

中国历经两千多年的社会变迁，自秦至晚清，约有422位皇帝。说到威武气派，秦皇汉武；说到雄才大略，唐宗宋祖；说到开创科举制，隋文帝杨坚；说到诗画书文，南唐后主李煜与宋徽宗赵佶是佼佼者；说到开拓疆土，成吉思汗与忽必烈拥有中国最大的版图，还打到了欧洲。但说到中国的好皇帝，笔者认为在中国历史上只有三位够格：汉文帝刘恒、宋仁宗赵祯和明孝宗朱祐樘。

笔者以为，一个好皇帝的第一标准，那就是他治理天下是否国泰民安。国泰，国家安定；民安，百姓富裕。这一点，这三位皇帝都做得很努力很出色。

> 刘恒

宽厚仁慈、稳重谦和的刘恒

刘恒（前203—前157），徐州沛县人。他是汉高祖刘邦第四子，其母薄姬，原为魏王魏豹之妾，魏豹为曹参所擒，薄姬为俘，在宫中织布。一日，刘邦察其姿色，纳入后宫，当时刘邦美妾很多，薄姬"岁余不得宠幸"。

汉高祖四年，刘邦与薄姬有了一夜春风，薄姬当年生子刘恒，后被封为代王，母子俩在远离京城的代国（晋阳）居住。

刘邦死后，刘盈即位，吕雉临朝称制，先后害死刘邦诸子刘如意、刘友、刘肥、刘恢等,因薄姬受冷落,刘恒为人低调,居然相安无事。吕雉去世,周勃、陈平灭诸吕势力,考虑到小皇帝刘弘非汉惠帝刘盈之子。于是在嫡系刘氏中挑选,最后选中给人印象宽厚仁慈的刘恒。

刘恒几经犹豫,才谨慎入京,他给大臣的印象是稳重谦和,即位汉文帝。面对一个连年争权、政局不稳的局面,他以赏罚分明与打击重臣来整合皇权体制,以发展经济和宽俭待民来推行"无为而治"。

接受贾谊《过秦论》的建言,汉文帝确立了"牧民之道,务在安之"的治国方针。他为提高农民耕田积极性,采取了"与民休息"的三大措施。其一,租率由十五税一减为三十税一,以此减轻农民负担。其二,刘恒规定"丁男三年而一事",即成年男子的徭役从每年服役一次改为三年一次。其三,开放原来归属汉王朝的所有山林川泽,准许私人开采矿产,允让百姓开发海盐资源致富,以此促进农副业与商业发展。汉文帝时代出现了"富商大贾周流天下、交易之物莫不通"的经济繁荣局面。

汉文帝时,临淄人淳于意擅长诊病,由于求医者众,淳于意难免有医不好的患者,病人便告发他行医骗人,因他做过小吏,地方官判他去京城服肉刑(肉刑有三种:脸上刺字、割去鼻子、砍去一足)。淳于意无儿子,小女儿缇萦主动陪父赴京,她大胆上书:"妾父为吏,齐中皆称其廉平,今坐法当刑",她又恳求:"我悲伤身受刑罚之人不能将肢体连接,我自愿入官府为奴婢,抵赎父亲刑罪,使我父改过自新。"刘恒读了上书,很有感慨地说:"百姓有过错,没有教育就刑罚加身,有人想改过向善,亦无路可走。朕甚怜之,应废除肉刑。"

刘恒下令后,便拟定新法,刺字、砍足、割鼻改为打屁股板子。缇萦救父的孝行得以流传,成语"改过自新"即出于此。

汉文帝还下诏废除"连坐制",据《资治通鉴》载:"汉文帝诏曰:'法者,治之正也,今犯法已论,而使毋罪之父母妻子同产坐之,及为收帑,朕甚不取!'"刘恒说,现在的法律对违法者实行处罚后,还要株连到他没有犯罪的父母、妻儿、兄弟,以致把他们收为官奴,朕以为不可取。从今以后废除罪犯家属为奴婢及各种相连坐的律令。

当时民间有人对朝廷某些措施不理解,官员便以诽谤定罪,刘恒说:"只有把诽谤罪去除,才能使臣民敢说实话,也能让朕了解民间实情,招来贤臣。"

汉文帝对内以宽待民,对外推行和亲政策,减少战争给百姓带来的痛苦与灾难。

刘恒平时穿戴简朴,以"履不藉以视朝",穿了绨衣草鞋上朝理政,衣衫破了让皇后修补。并减少宫中车驾依仗,将多余马匹送到驿站。他执政23年,没盖过宫殿,没修过园林。他自称不是收藏家,下令禁止郡国贡献奇珍异宝。还规定由国家供养80岁以上老人的基本生活。刘恒在遗诏中说:"盖天下万物之萌生,靡不有死。死者,天地之理……厚葬以破业,重服以伤生,吾甚不取。"还规定举丧三天就停止,后宫的妃嫔遣送回家。

正因刘恒推行轻徭薄赋来促进汉初经济恢复与发展,才开创"文景之治"之盛。他执政时廉洁爱民,国库充实,粮仓丰盈,司马迁评曰:"德至盛焉、岂不仁哉!"

＞赵祯

"与士大夫共治天下"的赵祯

北宋是中国古代史上的一段黄金岁月,在宋代皇帝中,宋仁宗赵祯被誉为"贤主"。

赵祯(1010—1063),原名赵受益,8岁立为太子,赐名赵祯。赵祯天性仁恕宽厚。他13岁即位,由刘太后代为处理国事,赵祯24岁时,太后去世,他才亲政。

赵祯即位后,百司奏请扩大苑林,赵祯摇头阻止:"我得先祖之苑囿,已感十分宽广，岂可再扩建！"他一天退朝回宫，手拿一份奏章，为其梳头的老太监问："陛下读什么奏章？"赵祯说："北宋冗员严重，谏官建议减少宫中侍从与宫女。"太监仗着一向为赵祯宠信，便说："臣家皆有歌伎舞女，陛下侍从并不多，这岂不太过分了！"赵祯听了，即传主管太监，按名册将29名宫女与梳头太监削减出宫。皇后忙问："梳头太监是陛下多年亲信，为何削减？"赵祯正色曰："他劝朕拒绝谏官的忠言，朕岂能将此人留在身旁。"

赵祯知人善用，器重范仲淹、韩琦、文彦博、富弼、包拯、狄青、司马光等文臣精将，擢拔欧阳修、王素、余靖和蔡襄为谏官。谏官王素见王德用进献一批绝色美女，便劝赵祯勿多亲近女色，赵祯心中不舍，说："这些女子，朕很中意，卿就让朕留下吧！"王素正色道："臣今日进谏，正怕陛下为女色所惑。"赵祯犹豫后命太监："每人各赠三百贯，送她们出宫。"王素见宋仁宗脸有泪水，又奏："陛下也不用匆忙办理。"赵祯叹口气说："朕只怕将她们留久了，不舍得送她们出宫。"

赵祯遵遗训"与士大夫共治天下"，他对读书人特别宽容。苏辙当年赴京考试，在试卷写道："听路人说，皇帝整日与宠妃饮酒作乐，不理朝政。"考官胡宿要严办苏辙恶意诽谤罪，复考官司马光不同意。宋仁宗看了试卷，说："朕设科举考试，本就欢迎天下敢言之士畅所欲言，不应罚而要奖励。"苏辙先中进士，后来做到副宰相。

包拯弹劾赵祯宠妃张氏的伯父张尧佐平庸无能，不宜为三司使（相当于财政部长），因怕赵祯不听，大声陈述，唾沫飞到宋仁宗脸上，赵祯一面用衣袖擦脸，一面仍耐心听完。宋仁宗拗不过包拯，改授张尧佐节度使（州长），包拯率七个言官与宋仁宗论理，赵祯很生气地说："节度使只是一个粗官。"言官唐介不客气地直谏："太祖（赵匡胤）也当过节度使，恐怕不是粗官？"赵祯无奈，回宫对张妃发火："你想要一个节度使，你难道不知包拯是御史吗？"

赵祯虽为九九之尊，但不事奢华，俭朴律己。赵祯一次用餐，咬到一粒沙子，引起牙痛，赶紧对一旁的宫女说："千万别声张，传扬出去，这可是死罪"。内侍献上蛤蜊，赵祯忙问从哪里来，多少钱？内侍答："从远道运来，共28枚，每枚一千钱。"赵祯生气地说："我常告诫你们要节省，这两万八千钱的蛤蜊，朕吃不下。"

赵祯自24岁亲政,常常亲自披阅奏章至深夜,一日晚上肚子饿,想吃羊肉热汤,但忍着没说出来。翌日上朝时,面色不好,大臣问后便说:"陛下何不降旨命人去采办?"赵祯说:"朕如一开口,官人以为惯例,御厨便会夜夜宰杀,以便所需,一年下来要杀羊数百只,为朕一碗饮食,创此恶例,朕于心不忍。"

仁宗在位时,把权力交宰相,有近臣向他要官,他写了手诏,请宰相提拔,但最后被否定。原来赵祯早与宰相打过招呼,不必遵行,退回即可。

嘉祐八年,赵祯逝世,"京师(开封)罢市巷哭,数日不绝。虽乞丐与小儿,皆焚纸钱哭于大内之前",消息传至洛阳,焚烧纸钱烟雾飘满全城,乃至"天日无光"。辽道宗闻之号啕痛哭:"四十二年不识兵革矣。"辽国历代皇帝"奉其(赵祯)御容如祖宗"。

赵祯在位42年,国家安定。他去世后,中书门下与枢密院官员见宋仁宗所用床帐、垫具皆陈旧灰暗,久未换。韩琦回忆:"仁宗皇帝曾言,朕居于宫中,生活享用全是百姓膏血,不可随便浪费。"

赵祯世称"贤主",贤者,有才有德之人,其所好与民相同。赵祯不负此誉。

> 朱祐樘

历经磨难、广开言路的朱祐樘

朱祐樘的一生,应了一个"难"字。他一出生就历经磨难,当上太子屡涉险境,即位后又遭遇一连串棘手的难事。

他的父亲明宪宗朱见深从小有恋母情结,宠爱长他17岁、抱他长大的宫女万贞儿,朱见深即位后封其为万贵妃,并将新婚的吴皇后废去。万贵妃生一子,1岁夭折。阴暗的心理让万贵妃从此见到宫妃怀孕,就强令其服药堕胎。朱见深一日在内库偶见管账的瑶族美女纪氏,当晚留宿,纪氏怀孕。万贵妃即命宫女令纪氏堕胎,幸得纪氏人缘好,宫女谎称纪氏非怀孕而腹中生瘤,逃过一劫。万贵妃后获悉纪氏生下一子,命太监张敏去溺死婴儿,张敏冒死秘密收养,被废的吴皇后与宪宗母亲周太后暗中相助。朱祐樘东躲西藏了六年,胎毛也未剪。

明宪宗一日感叹年老无子,张敏跪下奏告内情,朱见深一见瘦弱的朱祐樘大喜过望:"此子相貌似朕。"遂立为太子,封纪氏为淑妃。一月后,纪氏与张敏莫名自尽。周太后知万贵妃心狠手辣,将孙儿祐樘接入内宫抚养。万贵妃一日热情邀请6岁的太子朱祐樘,拿出许多好吃的食物让他吃,朱祐樘忍住口水说"已饱";万贵妃又和颜悦色骗他喝汤,朱祐樘憋红了脸,蹦出一句:"我怕有毒",万贵妃当场大愕。

明宪宗后来又生诸多儿子,在万贵妃"枕头风"中,他几次欲废太子,朱祐樘处境危在旦夕,朱见深写了御旨,老太监怀恩宁死不从,朱见深没杀怀恩,贬他去凤阳守灵。正在这时,泰山突然发生地震,朱见深在惊恐中只得收回成命。公元1487年,万贵妃死,明宪宗卒。

朱祐樘即位,为明孝宗。他深知是谁逼死了亲生母亲与恩人,也明白做太子时几次险遭不测,但他心地宽厚仁慈,当时朝臣上书要严惩已死的万贵妃及其党羽,大权在握的朱祐樘并未报复,反而采取宽恕措施,只将万贵妃之弟锦衣卫都指挥使万喜、指挥金事万通赶走,说:"到此为止吧!"

软弱无能的明宪宗留下一副烂摊子,朝中是"纸糊三阁老""泥塑六尚书"。朱祐樘为了扭转朝政腐败状况,将勤于政事从己做起,他每日除早朝外,另设午朝,一天两次接受百官面陈国事,并在文华殿开设议政论坛,晚上则披阅奏章至深夜。他将朝中四品以上官员名单贴在墙上,对任用官吏的优劣调查得一清二楚。在人事安排上,朱祐樘经过考察,将内阁首辅万安、太监头目梁芳、侍郎李孜省以及刘吉等一千余名奸臣庸官全部革职,朱祐樘未开杀戒,但他绝不让这些佞人在朝廷有立足之地。

朱祐樘知恩报恩,他把贬去凤阳的老太监怀恩请回,又把被废的吴皇后当作母亲侍候。为了不受蒙蔽,他不许太监代批奏章。朱祐樘广开言路,让大臣们痛陈时弊,广进良策。他把敢于直言的王恕请来当吏部尚书,又任命能力很强的马文升当兵部尚书,继而请刘健、李东阳、谢迁三人进入内阁,一时间人才济济。朱祐樘还轻徭薄赋、兴修水利、取消上贡、重视百姓疾苦。他在位18年,是明朝历史上经济繁荣、百姓安居乐业的盛世,史称"弘治中兴"。

从小尝尽世间悲苦的朱祐樘,一生躬行节俭,禁止大兴土木。尤其难得的是,明孝宗朱祐樘一生只有一个妻子,即张皇后。两人婚后同起同卧,同甘共苦。朱祐樘亦是中国古代皇帝中唯一没有嫔妃的天子。

体弱多病的朱祐樘在位期间,几乎把所有的精力都用在政事上。这样密集而事必躬亲的日程,他的工作强度在历代皇帝生活中极为罕见。

由于明孝宗是勤于政事的楷模,他手下的大臣也不敢偷懒,大臣王恕、刘大夏、戴珊、刘健、李东阳、谢迁都成为明孝宗的得力干将。但过大的工作量终于累垮了朱祐樘,他于36岁驾崩,临终时对顾命大臣刘健、李东阳、谢迁叮嘱:"太子聪明,但年龄尚小,又好逸乐,诸卿要好好辅佑他,使他担当起大任,朕死也瞑目了。"

万历首辅朱国桢评曰:"三代以下,称贤主者,汉文帝、宋仁宗与我明之孝宗皇帝。"刘恒、赵祯与朱祐樘确是中国历史上最佳的好皇帝。

捌

烟云往事

【书香迷离】

养鸡的意外惊喜

> 作者的童年

人的天性中，似乎都带有某种嗜好。童年时的我，对鸟特别青睐，时常趴在窗台上眺望伸向天空的树枝，虽然我幻想中的漂亮小鸟没出现，但飞来飞去的麻雀亦让我惊喜莫名。我把碎米晒在窗沿上，在帘后痴痴地等待，果然飞来了几只麻雀，它们以警觉的眼神打量周围，在确定无危险后，便一跳一跳地开始啄米，于是便有了叽叽喳喳的鸟啼声。但这一幕很快不见了，因为麻雀被列入"四害"之列。

那年早春，随母亲去菜场，意外发现一个卖小鸡的摊位，十来只毛绒绒的小鸡在硬纸板盒里叽叽唧唧，和小鸟很相似，好可爱！一问价格挺贵的，好在我过年时收获压岁钱，执意要买。母亲见我迫切的表情，便依了我。

带了四只小鸡回家，欣喜若狂。因早春天冷，我便把小家伙养在五斗橱抽屉里，放入一只床头夹灯，有了光与热，雏鸡便活络起来，一直活动到无精打采，才倚在灯泡周围睡了。这一晚我没睡好，一个晚上爬起来看了好几回。但这样欢喜的日子没多久，一周后，四条小生命先后夭折。后来我又养过好几次小鸡，皆以失败告终。

小鸡死于何因？引起了我的好奇，在小学五年级时，我报考了上海畜牧函授学校，学习养鸡知识，因是函授，以自学为主。我根据教材布置的作业，做好答案寄给学校，其间参观过一个郊区养鸡场，还听过一次大课。

不知怎么,我在校外读书的事给同学发现了,他们当作新闻汇报给班主任谢老师。谢老师是位二十多岁的青年女教师,她出于爱护学生,便找我了解情况。我把喜爱养鸡、雏鸡夭折、想为鸡治病的过程说了一遍。谢老师看了我函授作业内容,说要与大队辅导员张老师商量一下,这让我顿时紧张起来,莫非未经许可读函授班要遭处分?

结果大出意料,谢老师与张老师一起在班上公开表扬了我,张老师还向全班同学说:"曹正文同学利用课余时间学习养鸡知识,长大为农业服务,这是值得表扬和提倡的,是我们淮海中路小学的光荣,同学们要向他学习!"

在谢老师主持下,我在班里讲了自己学习函授班过程,大队辅导员张老师让我在全校作了一次汇报。不久,又让我去卢湾区少年宫作报告,题目是《长大当个新农民》。我的讲稿原先只定位在自己喜爱养鸡上,经张老师修改,把我文章的境界大大提高了。母亲听说儿子在全区大会上作报告,激动得热泪盈眶。

＞麻雀是作者童年时代的宠物

＞作者由爱鸟爱上了养鸡

翌年,我小学毕业前夕,开始填写中学志愿,我与同班几位要好的同学都填了22中学,22中学属于区中学的中等水平,与我的实际成绩相符。不料第二天,谢老师找我谈话,她亲切地鼓励我:"你要对自己有信心,依你现在的学习成绩,可以跳一跳,向明中学、比乐中学、卢湾中学都可以。"我脑海里涌出"不自量力"这句成语。

当天下课后,谢老师与张老师一起到我家作家访,她们对我母亲微笑地说:"你儿子最近进步很大,他写的作文《春》,我们送去上海电台广播了,您知道吗?"母亲受宠若惊,连说:"这是学校的培养。"她们又提议让我修改报考志愿,母亲看看我,说:"我儿子说,考重点中学,恐怕考不上的。"我低头无语,说什么好呢?

在大队辅导员与班主任再三鼓励下,我终于听从父母的意见,将第一报考志愿改为比乐中学。考试还算顺利,揭榜时让我大为惊喜,我真的被比乐中学录取了。

更让我意外的是,我进中学第一天,班主任徐一宁老师宣布了班干部名单,我不仅榜上有名,还是班长兼中队副。这个宣布让我瞠目结舌。

当班干部是很荣耀的,但我不仅从来没有干过,连想都没想过。这让我激动惊诧了一个晚上,母亲那晚则高兴得夜不成寐。

班长要负责全班同学的好多工作,还要及时汇报,参加各种会议。这对我来说,有点力不从心。三个月后,我主动向班主任提出了辞呈,我说:"徐老师,我比较喜欢语文,就让我当个语文课代表吧!"他微笑点头,我心始安。

母亲捧出心来培养我

> 母亲爱子心切

　　回顾往年的岁月，让我最难忘的人与事，都归于我的母亲。她一生对我的无比疼爱与辛苦培育，让我从小感受到母爱的伟大。

　　在我童年时，母亲上完夜校回家，每次都会带一两本幼儿读物给我，她不顾一天的疲惫，倚在床头给我讲童话故事。我六七岁时，喜爱捏橡皮泥，捏了许多将士，用大头针与火柴棒作武器，把泥人分成两队，互相打仗，一打就是三四个小时，母亲为儿子小小的创意而骄傲。为了培养我，她经多方努力，居然把我送进市少年宫面塑班，拜面塑大师赵阔明为师，当时赵老年近花甲，让其女儿赵艳林收在班里，我每周去面塑班学习两小时，练习面塑娃娃，前后有半年时间，终因我没有恒心而放弃。

　　小学时因迷恋养鸡，当时买一只雏鸡价格不菲，母亲舍得投资，后来养的鸡先后死了。我探究其死因，在母亲鼓励下，参加市畜牧学校举办的函授班，学习养鸡技术。

　　进中学后，我一度对绘画产生兴趣，母亲认识一位汤姓工程师，擅长绘画，每周来教我绘《芥子园画谱》，先画树木，后绘山石。母亲见我画得呆板，便询问原因，汤工说："绘画最好先打素描基础。"母亲便领了我去"哈定画室"报名，在著名画家哈定指导下，画人体石膏像，约两三个月。1965年秋天，母亲托

> 母亲抱着 100 天的儿子满怀希望

> 作者在弹奏月琴

> 作者在拉二胡

我北京寄父介绍，领了15岁的儿子去复兴中路拜访刘海粟。年近古稀的刘老与其夫人夏伊乔接待了我们，母亲知道刘海粟不可能收儿子为弟子，但她只是让儿子感受一下艺术氛围，让我亲眼目睹一位艺术家的寓所。海粟老人拍拍我的肩说："好好努力！"还送了一本画册给我。

凡是儿子感兴趣的事，母亲都捧出心来做，不管困难再大，她总千方百计满足儿子的心愿，就像今天的家长热衷于帮孩子报培训班，这个理念在20世纪50年代还是很超前的。这些往事令我至今想起来就热泪盈眶，哽咽不已，慈母的恩情，吾一辈子都报答不了。

在我16岁那年，迷上了乐器。母亲给我买口琴，又买了手风琴，但我两手配合不和谐，练了几个月，只能弹奏简单乐曲。又因迷恋评弹，母亲送我去一家私人弹奏班，学习三弦，经几个月练习，只会弹半曲《新木兰辞》。因三弦难度大，又改学月琴，能弹《我爱北京天安门》。至于唱歌，也请过专业人士辅导，终因五音不全而惭愧退出。

绘画与音乐是需要天赋的，我实在缺乏这方面的资质。回忆这些零星的生活碎片，我感恩母亲对天生愚笨的儿子的一片苦心培养。我在不断的碰壁中领悟：有些艺术经勤奋可获得，有的则不行，如音乐与绘画。

当我意识到自己本是个普通的俗人，就定下心老老实实读书。母亲给我投资便是鼓励我买书，我逢周日必去淘书，除旧书店，还有新城隍庙与老城隍庙的书摊。初中毕业那年，已拥有近200册藏书，《唐诗三百首》《金蔷薇》《没有寄出的信》《唐诗小札》是我最喜欢的书。

母亲一生俭朴，她和我父亲把自己节省下来的钱全部投资于儿子身上。她关心着我每一天的进步，只要有利于儿子成才，宁肯自己不用而满足于我的嗜好。我好读书的习惯，可以说是母亲培育的最大成果。

她的晚年，一直关注着儿子发表的每一篇小文章。她临终后，我整理遗物，别无他物，只有她剪贴儿子小文章的一叠厚厚的剪报，还有儿子出版的四五本小书。面对母亲的收藏，我痛不泣声，只盼来世做一个孝顺她的儿子！

＞母子情深

翻砂厂里背唐诗

> 作者当年在工厂当工人

近日整理相册，偶然翻到一张在翻砂厂的旧照片，屈指一数，近55年了。岁月如烟，人生似梦呵！

初中毕业那年风云突变，按规定，我属工矿，结果分配到金山电器厂。这家老厂在张埝镇上，生产低压熔断器、瓷灯座之类电器产品，位于东海之滨的远郊，半个月返家一次。

母亲的冠心病常在晚间发作，便向学校分配组反映。一位四十多岁的女同志看了我母亲的病历，说向上汇报。两个月后，我接到新的录取通知，这家单位离我家仅一站路，也是我初中学工劳动去过的那家厂——上海马铁厂。

马铁厂是制造马铁铸件的翻砂厂。我曾在30多度高温的铸造车间内给翻砂师傅当过助手，由于翻砂机器声似雷鸣，师傅与我说话，必须嘴对着耳朵吼叫，才能听清他说什么。还有浇铁水，把一千多度烧红的铁水灌入模具时，铁水飞溅，记忆犹新的是胆战心惊。

我很沮丧，心中自忖，重体力的翻砂工，与分配去农村"修地球"的同学真有一比。我怀着忐忑的心情去上海马铁厂报到。

记得是陈书记召集我们十几个学徒开会,陪我们参观了震耳欲聋、火花飞溅的铸造车间,对于即将在那里工作的我们,个个面面相觑。

厂领导组织我们学习后,便将我们分配到各个部门当学徒。身强力壮的去了铸造车间,我和几个瘦弱的男青年,还有两位女青年,被分配到整理车间。唯有两位幸运者去当了木模工与电工,这是既有技术,又相对轻松的工作。

整理车间在露天场地上,烧红的铸件出炉后,推出来扔在地上。师傅让我们把沸烫的各种铸件挑选出来,虽戴了三副手套,只用了一两分钟,手套的手指就露出一个个洞,换新手套继续。遇到下雨天,那沸热的铸件扔在积水的地面上,冒出缕缕长烟,冷热交加,让人真不好受。我们轮流去推出炉的铸件,装了铸件的推车十分沉重,为了对付这车的重量,我买了哑铃与五根拉力器,每天在家锻炼半小时,总算可以将推车推到空地上。

这个工作比起翻砂工,劳动强度轻一点,而且没有震耳欲聋的声响。还有一个好处,一炉铸件整理结束后,可以就地休息半小时,老师傅吸着烟,天南地北地聊天。我在这时也学会了抽烟,不给师傅敬支烟,心里总不踏实。

每天有好几个半小时的休息时光,我觉得有点浪费时间。转而想到家

> 作者在练拉力器

>《唐诗三百首》

里有本《唐诗三百首》,翌日便带了书去上班,这样休息时间就可以独自品味读诗的快乐了。

但快乐了仅仅三天,班长就找我谈话:"据同志们反映,你上班时看书,有这回事吗?"我只得老实承认。班长低声说:"这是'封资修'吧?今后勿带到厂里来,免得被没收。"我在他严厉而好心的目光下,频频点头。

书不能带了,但唐诗还是要读的。我突然想到,不如把绝句或律诗抄在一张小纸条上,休息时把小纸条藏在手心中阅读。就这样,我每天在分理完铸件后,一个人躲在车间角落里背唐诗,一天一首,背得不亦乐乎。

这样过了半年,车间领导调我去车间内磨平铸件的棱角,这个活比原先分拣铸件轻松多了,但上班时没有休息时间,我对没能把三百首唐诗全部背熟而心生怀念。

离开马铁厂十多年后,在路上偶遇当年一起在整理车间的一位同事,她说马铁厂因环境污染严重,搬迁到郊区去了,她在市区有了新单位,听说我已考入新闻单位上班,她笑笑说:"看来当年你背唐诗的工夫真没白费呢!"

四十八篇退稿

老来忆昔，往事奔涌，又想起当年投稿事。

第一篇作文发表于小学五年级，当时我被学校树立为"从小想当新农民"的典型，写的作文《春》经学校推荐，在上海市广播电台播出，但这篇稿件不能算我自发投稿。

我第一次投稿在读比乐中学时，校黑板报有"朝阳花"副刊，每周出版一次。我在初二时开始投稿，发表过好几篇散文与评论。后吸收为"朝阳花"校刊初中组组长，当起了小编辑。读初三时，《青年报》杨编辑来学校召开座谈会，记得是电影《冰山上的来客》主题曲"花儿为什么这样红"的讨论，我写了一篇文章阐述了自己观点，经杨编辑指点，打出小样，后因形势发生变化，未发表。后经杨编辑推荐，我被《青年报》聘为特约通讯员。

我进入工厂，先在翻砂厂，后调到上海力车厂，劳动强度都较大，业余时间读书写作，写得多了，也想投稿。当时只有《解放日报》《文汇报》两张报纸，版面都是老三篇（一篇小说或散文，一首诗歌，一篇评论），每周两个版。我就频频向报纸副刊投稿，投出去时，充满希望，但一周左右就收到了打印好的退稿信。年轻人自以为是，对比报上发表的文章，很不服气，便将投稿的第二页与第三页黏住，结果退回来的稿件，照旧黏着，编辑根本没仔细看，心中很沮丧。

后来，我参加卢湾区工人俱乐部举办的写作课，得以认识《解放日报》副刊编辑谢泉铭，老谢对业余作者很热情，我便向老谢

> 作者当年在工厂当工人

> 作者发表的第一篇处女作

投稿。有一篇小说已上了大样,刊前被拉了下来。据老谢说,有位著名作家写了类似题材,领导要照顾名家,只好委屈你了。我很灰心泄气,但又无可奈何。

我算了一下屡投屡退的稿子,三年中竟有四十篇之多。母亲看了一大堆退稿,很心疼我,但一直鼓励我坚持。一个工人没机会去读书,要想从事文字工作,除了不断投稿,我还有什么出路呢?

皇天不负苦心人。1973年4月19日《解放日报》副刊终于刊出我写的一首儿歌《打虎》,这是我投出的第49篇稿子,刊发处女作的是老谢的助手王捷。我赶紧去附近的邮局买报纸,问:"今天的《解放日报》还有几份?我全买了。"邮局营业员大为惊诧,忙问:"今天发生了什么大事?"我按捺住激动的心情,说:"没什么大事,是我个人的重要日子。"

儿歌《打虎》只有十二句,回家细读,发现有八句被修改过,但标题与名字是我的。我当时用的第一个笔名是"肖波",前面还有我所属的工厂名称。翌日去上班,门房间师傅首先向我祝贺:"秀才,昨日看到你大作了!"

处女作发表后,我的投稿依然石沉大海,直到一年后,我从写诗文转向写历史评论,我写曹操的长文在一个版面全文刊出,从此,投稿屡屡见报。

至20世纪80年代,各类报刊多了,我投稿的热情更加旺盛,每晚读书写稿至深夜12点,稿子录用率很高。这时候把过去投出的四十多篇退稿,再细读一遍,这才发觉当时的文笔真幼稚,选材很俗套,写法很做作,读了开头就不想读结尾,怪不得编辑们不读呀!

我有幸当了编辑,每天一到报社,首先急着看来稿,因为我有过投稿的痛苦经历,曾暗下决心,一旦有朝一日我当编辑,绝不能遗漏一篇好稿。编辑三十余年,编发了许多不知名业余作者的稿件,每次还给外地作者寄报纸,他们都来信感谢。我心中自忖,这是为我年轻时投稿屡遭失望和打击的一种快慰与补偿吧!

寻访旧居纪实

老来静坐，往事如潮，不由动了回访旧宅之念。

记得自己出生时，居住在吕班路（今重庆南路）一幢新式里弄，门牌号是157号或158号。近日，从美国返沪的雁姐陪我一起去寻访旧宅，据她说，老房子旁是部队驻地。但我们一路找去，不见踪影。因重庆南路上造了高架桥，房屋动迁变化很大，我住过的老宅，烟消云散，无迹可寻。

我出生在吕班路，听母亲说，居住仅一个多月，就由父母抱着去苏州肖家巷61号定居。肖家巷位于观前街临顿路上，61号位于幽深小巷的最末一家，沿河而居，对岸是平江路。那是一幢三井老宅，门口是雪糕桥。开门而入，是个天井。右侧是间平房，约七八个平方米，原是门公住的。穿过天井便见大殿，记得殿中有泥塑菩萨像。经过大殿，是个大天井，左侧是个小院，我母亲用来养鸡。听妈说，最多时养了十几只鸡，幼年时的我特别喜欢看雏鸡叽叽喳喳。大天井后是东西厢房，东厢房系父母居住，开窗便见河，河中时有小舟经过；西厢房大间内套一个小间，系奶妈

与我居住。小间南窗外是养鸡的园子。北天井仅四平方米，我小时候喜欢蹲在天井里，看碧翠的青苔，奶妈给我面包，我将面包屑洒在泥土上，引来蚂蚁争相搬食。东西厢房后又是一个大天井，有座假山，还有一棵腊梅树，一到冬天，馨香袭人。天井后左边是柴房，右边是饭厅，饭厅上有二楼，是父亲的书斋。饭厅后是有灶头的厨房，厨房后是个20平方米的园子。我还记得母亲在园子里种了五六棵果树，有枇杷树、桃树与梨树。

> 作者在苏州肖家巷61号旧宅门口

> 作者少年居住在淮海中路的房屋现已
> 改为茂昌眼镜店验光室

> 茂昌眼镜店的验光室原是作者少年时
> 代的小屋

　　这座老宅原主人在1949年匆匆离开苏州，低价卖给我父母，他刚做好的13件老红木家具也按成本价转让给我家。我在苏州大约只住了三四年，便迁居上海，住在愚园路549弄（中实新村）一套沿街公寓内。我近日去访旧居，这套公寓住了三户人家。当时父母住的大间近40平方米，是甲住户；我住的小间10平方米，是乙住户；客厅15平方米是丙住户。当时只有一个卫生间，现在有两个，厨房10平方米，转角阳台8平方米，依旧如故。丙住户谢小姐接待了我，说后门已封，大家都走前门。我记得楼下是理发店与米店，今已不复存在。

　　我在愚园路第三幼儿园度过了三年时光，1957年毕业后，我家迁居到淮海中路（思南路口）一条弄堂内。这幢公寓小多了，窗下是第十二女中，弄堂口是伟民集邮社。这幢房子现已变成茂昌眼镜店的验光室，幸亏老邻居陆先生陪我重访，这套房子大间约18平方米（南北有窗），小间9平方米，朝西北。卫生间6平方米，还有一条过道，当时装了煤气灶。我在9平方米小间住了八九年，除了一只三尺小床，还有一只竹制书橱，一张小写字台，我在这里度过了童年与少年时光。直至我在比乐中学读初三（16岁）时，苏州老宅（已捐献给苏州市政府）内的13件红木家具要我们取回，我母亲只得把中心地段的小公寓换到建国中路建国坊，这两间房近40个平方米，但卫生间与他户合用。至1966年，因父母买过股票，被收去大间，红木家具也三钱不值两钱，一一卖掉，现在只剩两只红木茶几。收旧货的人偶然见到，愿出6000元收购。我没卖，这是母亲用心血买来的唯一家具，实在舍不得啊！

　　形势不断发生变化，我家三四年迁居一次，房子越来越大，还曾拥有两处复式房。但最令我留恋的还是当年的旧居，它伴随我长大，是我幼年、童年、少年生活的一段缩影。目睹旧宅变迁，当年情景历历在目，往事奔涌，不胜感慨！

章培恒门下学文史

前些日子，复旦古籍整理研究所陈正宏教授邀笔者去光华楼讲《史与侠——忆章培恒先生谈文史旧学与金庸新武侠》，当年受益于恩师亲切教诲的岁月，不由一一涌上心头，潸然泪下。

性喜文史，因听评话而触发。读初中时，学校不远处是上海旧书店，我每日匆匆吃完午餐便去站着读《隋唐》《英烈》《岳传》。快上课前，记下页码，明天再去续读。日复一日，我便将读来的历史故事再"说书"给同学们听。后来不自量力地写历史小说，不知天高地厚地上讲台讲曹操。直到那天，听章培恒先生讲课，才汗颜不已，小说原非历史，在历史外围茫然转圈子。我大着胆子一诉夙愿，渴望拜在章门做弟子，信寄出后忐忑不安。

笔者27岁，章先生43岁，当时在复旦大学当讲师。他22岁为复旦学子，毕业后担任中文系党支部书记，师从蒋天枢、朱东润、贾植芳，读《说文》《尔雅》《通鉴》，校点"前四史"。素以学识渊博、见解独到的章先生，居然应允，令吾大喜过望。

> 作者应陈正宏教授邀请在复旦光华楼忆章培恒老师的栽培

> 作者与恩师章培恒合影

从此，每两周去章先生溧阳路府上受教两小时。第一次带了范文澜《中国通史》与刘大杰《中国文学发展史》，章先生操着一口绍兴普通话说："这两套书暂且搁一搁，"他取出一本旧版《史记》说："我们先从本纪讲起。"《史记》是直排本，繁体字，没标点。前两项，还能行，没标点，很尴尬。章先生说："你跟我学文史，断句这一关，一定要过。"他说完，又取出中华书局有标点的《史记》说："你先看没标点的，实在弄不明白，再看有标点的，想想古人是如何断句的。"

半年后，他对我说，让你学"句读"，一是让你了解古人写作方式，文贵精简，读点古文是打基础；二是读原著，便于接近史实的真相。司马迁记事，不少是其亲身经历或实地考察。后二十三史，虽隔代修史，但作者与前代相隔不太远。若由当代人写汉魏史实，难免夹杂后人观点，容易以讹传讹。

每次上课，章先生讲一个重要人物时，总要讲当时的历史背景，他说："文与史是连在一起的。"讲王安石变法，他就讲韩琦、文彦博、范纯仁、司马光、苏东坡，也讲吕惠卿、沈括、曾布、舒亶、李定；讲王安石与这些人物之间的关系，让我领悟这一历史事件引发的原委与后果。我每次听课后，除选读《王安石传》，还要把章先生讲的那些人物传记通读一遍，每晚倍感时间不够用，读书至深夜。

章先生授课风格一向以严谨著称，但他不时讲点诙谐趣事，又常常提出问题，或反问为什么会这样。我仅读到初中，始读文言，如看天书，苦不堪言，不由自叹资质愚钝。章先生知我敬重曾国藩，便说他天生也不聪颖，少时晚上背书，有贼入室，想等曾国藩熟睡后动手，不料曾国藩背了一个时辰仍未背出，那贼跳出来怒道："你这小子如此笨，且让我背与你听。"那贼背完扬长而去。由此让我重拾信心，埋头苦学。

章先生前后在家为我开课约一年半时间，他主要教我有选择性地读《史记》《汉书》《新唐书》《宋史》《明史》本纪中的重要人物。章先生还从《古文观止》222篇古文中选出30篇，让我精读后用文言文写读书笔记，帮助我认识古汉语与白话文的语序不同。他在我作业上做了大量批改，让我阅后无地自容，亦令吾受益终身。他后去神户大学执教一年，还不时写信给我解惑。我收藏了他数十封信札，字里行间透溢着殷殷关爱之情。

　　我在光华楼给学子讲课时，深情回忆了恩师对我循循善诱的教诲。记得2011年暮春，我去华山医院看望病重的章先生时，他对我说："我年轻时就想写武侠小说，因为忙，一直没空写，看来这辈子是写不成了。至于下辈子么，我是否投胎是人，还是未知数。"他说完，呵呵笑了，我不由哽咽不已。恩师已去，但他悉心教诲弟子的往事，一辈子深深地刻在我的记忆中。章先生是复旦的骄傲，也是我心中的太阳。

> 作者在章培恒先生创办的复旦古籍研究所给学子们讲课

哲学教涯两年记

> 青年时期的作者

人生遭遇曲折与坎坷，是难免的。我亦如此。

20世纪70年代，想离开工厂去从事自己喜欢的职业，是天大的难事。经过漫长屡投屡退的投稿过程，我终于发表了处女作，又因撰写历史论文《论曹操》，被借调到报社与出版社。

《文汇报》理论部副主任张启承让我参加一个工人理论学习班，两个月后，我被借调到《文汇报》理论部实习编辑业务。指导我的编辑是蔡新春，跟随蔡老师处理读者来稿。蔡新春常与投稿者谈如何修改稿件。我对稿件的优劣，大致能分清，但哪些写得好，哪些部分没写好，我听了很有启发，由此意识到当好一个编辑，真要有点水平才行。

在《文汇报》工作一年后，我被储大泓借调到《解放日报》文艺部处理来稿，同一办公室有季振邦与乐缨。处理文艺来稿自然更合我意。当时上午9时上班，晚上7时下班，办公室却无一人离去，等到晚上11点吃完夜宵才离社。后来才知道，你若不吃夜点心，证明你工作不努力，于是不少编辑午后搭个藤椅睡两个小时，晚走才给领导留个好印象。我吃不消，也不想浪费晚上时间，干了一年，便被叶亚廉、魏同贤借调到上海人民出版社写书稿。

这样被借调到新闻出版单位三年，至1976年回工厂，我原来担任工会干事的职务已由他人替代，出路便是去仓库或传达室。

正在这时，公司教育科郑科长向我伸出了援手，他找我谈心时说："你的写作能力我清楚，现在公司职工大学缺一名哲学老师，你可去试一下吗？"

教哲学？我自己也没读过呢，他见我为难的神色，把一本哲学教材交给我："你先看一下，一个星期后给我回复。"

回家读哲学教材，第一遍如读天书，什么世界观与方法论，什么思维与存在，什么辩证法与形而上学……第二遍读了才略知一二，读第三遍有了点兴趣，又把家中的《大众哲学》对照起来读，才知道哲学基本问题，是讲思维与存在的关系问题，即物质与意识。我记得胡适先生说过："老子是中国哲学的鼻祖"，于是我读中国历代哲学家，再读黑格尔……

一周后，我感激郑科长好意，去上海拖汽公司职工大学上班。当时的洪校长对我是否胜任当哲学老师持怀疑态度，一个没有大学学历又没教过哲学的青年工人，不怀疑才是怪事。

我教的班有30多位学生，有二十出头的，也有年过三十的，一半学生年龄比我大。校舍在一家花园住宅内，除了我，还有一位金老师，教专业知识，另一位谢依群女教师教英语。他们两位教的课程比较多，我一周只有两节课，由我

> 作者参加《文汇报》第七期工人理论学习班

充当这个班的班主任。

虽然哲学对我而言,比较陌生,但我必须全力以赴,因为事关我的前途,还有郑科长的识拔之恩。我在开学前做了厚厚的一本笔记,并记录了中外哲学家的许多妙语与生平故事。我要尽力把深奥的哲学概念,用最贴近生活与最鲜活的事例通俗化,仿照艾思奇讲哲学风格。

第一课,洪校长亲自旁听,我在讲课中有几次互动,活跃了课堂气氛。散课时,我见洪校长脸上有了一丝笑容,才把心放下。

讲课之余,我与同学们交心,这些学生一方面来学知识;另一方面来补张文凭。由于年龄相差无几,好些同学后来成了我的知己。

期末考试,同学们给了我一个惊喜,我们班哲学总分名列全局职工大学第一。洪校长在会上表扬了我,我也庆贺自己在哲学教师这个位置上站稳了脚跟。

两年哲学教涯很愉快,我还有大量时间写作。1981年夏天,我考进了新闻单位,从此,悠闲的教学生活结束了,但常常令我怀念。

缩写名著练快读

20世纪80年代初,万物更新,新的报刊如雨后春笋般冒了出来,最先引人注目的是各省市的青年类杂志,如《青年一代》《辽宁青年》等。笔者在1983年联系共青团上海市委和各区局团委,自己刚三十挂零,自然非常关心这类杂志。

《辽宁青年》在全国青年类杂志中率先冒尖,它于1972年复刊,1983年刊物发行量大幅度上升,高达240万册。其受欢迎的原因,一是内容丰富,有故事性,有科技生活知识;二是有专题报道,有精致美文等。《辽宁青年》是半月刊,它版式小巧,只有一本杂志的一半大,可作口袋书,1981年时定价0.12元一本,后来涨到0.15元、0.23元,总之价格便宜也是深受青年读者喜欢的一个原因。

我与《辽宁青年》编辑部主任叶晓林相识于1983年,他来上海组稿,我由《青年一代》主编夏画推荐,参加了一个座谈会,大家七嘴八舌谈了办好《辽宁青年》的各种建议。会后,叶晓林让我为"名著精选"的栏目试写一篇。

这个栏目诞生的原因,因为中外名著不断出版,但年轻人忙于工作与奋斗,读长篇名著的时间不够,杂志社便想通过这个栏目,让青年读者了解名著的故事精华,从而吸引更多年轻读者去阅读中外世界名著。

接受任务后,我便思考如何写好名著故事,一是名著故事精选,不是一千余字名著梗概,而是一个有头有尾,有

主要人物、时间地点、重要情节和结局的精彩故事；二是这个故事要有曲折离奇的情节，还要有生动细节与精彩对话；三是尽可能保留原小说的文学风格与异国风情描绘。

我选择的第一篇是英国小说家笛福的《鲁滨逊漂流记》，这部小说被称为英国18世纪四大著名小说之一。这部小说的中译本约20万字，我改写成5000字。

由于我对《鲁滨逊漂流记》十分喜欢，改写成"名著精选"很顺利，发表后也很受欢迎。叶晓林便把这个栏目确定由我供稿，我先后选了儒勒·凡尔纳的《海底二万里》《八十天环游地球》、史蒂文斯的《金银岛》、马克·吐温的《汤姆·索亚历险记》……这些名著故事刊出后好评如潮。叶晓林开始布置新任务，点名对百万字长篇名著让我改写，首先是列夫·托尔斯泰的《战争与和平》、萧洛霍夫的《静静的顿河》。

这让我大感为难，四卷本《战争与和平》长达120万字，有559个人物，战争场面壮阔。四卷本《静静的顿河》长达140多万字，描写顿河地区哥萨克人的动荡生活以及当地风俗人情。这两部长篇小说，我虽读过，但《战争与和平》读了三四遍，才勉强读完，脑子里还是一片空白；《静静的顿河》也很难构成一个精彩的故事片段。我提议先改写莫泊桑的《一生》、司汤达的《红与黑》以及80万字的《基度山恩仇记》。

叶晓林同意我的提议，但又说《战争与和平》《静静的顿河》依旧由我改写。当时一个月交两篇"名著精选",我白天在报社当记者,晚上就投入到读书与改写工作中去,每天至深夜十二点才搁笔。

面对浩瀚名著,要在短时间内改写成精选故事,我只能在读书时一目十行,边读边把书中主要人物名字先记下,外国名著中人物名字特别长,在一些重要情节与精彩对话的页码上贴上小条子。经过摸索与锻炼,在三个小时内读完40万字名著,用一个小时写出1500字的故事梗概,然后再用两小时,写成一篇5000字左右的故事缩写。从读到写,六个小时就从我身边悄悄溜走。一年中,我完成了20多部外国名著的故事缩写工作,既完成了叶晓林交我的任务,也锻炼了自己的快读与精写的写作能力。

由于"名著精选"成为《辽宁青年》的主打栏目,很受读者欢迎,杂志社主编又请我开一个个人专栏。我与叶晓林商量再三,决定开一个与青年谈心的专栏"愿你喜欢我"。这个专栏先后刊出《会说话的眸子》《学会遗忘》《选择话题的艺术》《闭一只眼睛看朋友》《请记住对方的名字》《保持好奇心》《两性心理之差异》等文章,前后写了六十多篇,由夏画作序,由上海科普出版社于20世纪90年代初出版。

后来,我又主编了《多情的窃贼》《外国惊险小说精选》《中国侠文化史》《世界侦探小说大观》《世界侦探小说史略》等,其中名著缩写工作的大部分由我自己完成。

一个人一生要完成"读万卷书",确实有些难度,后来我在实践中练就了一目十行快读法,并能清晰记下所读书中的主角与主要情节及精彩对话。

读书无难事,能学到快读与缩写之法,亦为我读书之快哉!

学写历史小说

> 作者写的历史小说《苏东坡出山》

最早想写小说，便是童年时自言自语编故事。我用橡皮泥捏泥人，捏好的泥人两下交战，这些小人儿各执大头针（刀剑）或火柴棒（棍棒），分骑兵（坐泥马）和步兵，一面捏泥人玩打仗，一面振振有词编脚本。当时受《七侠五义》影响，自编一本《五鬼剑侠传》，虽是儿提时代的异想天开，但为后来创作小说打下了基础。

至20世纪70年代中期，我真的舞文弄墨开始学写小说，写的第一篇是《乌江东去》，写刘、项之争。当时没有读过《史记》，只是根据后人写的历史故事胡编乱造，刘邦是大英雄，项羽则不堪一击，明显不符史实。这篇小说经一位王姓编辑审阅，刊登在《朝霞》刊物上，现在重读，耳红自惭，把历史戏化了。

1976年后，有幸投在复旦大学章培恒门下读文史，对中国历史有了一个全新的认识。开始写以"安史之乱"为背景的历史小说《李白》，写了十余万字，投给谢泉铭先生，经他指教，又获历史小说作家徐兴业点拨，写历史小说开始有点入门。

1982年我参加上海市作协举办的第一期青年作者文创班，我担任班长，副班长顾行伟，指导老师是彭新琪。这个班还请了吴强、张军与工人作家唐克新、费礼文、赵自等为我们上课。我当时写出了第一篇历史短篇小说《三个独生子》，取材于先秦《吕氏春秋·去私》，讲腹䵍之子杀人，秦惠王念其年老而有功，免其子死罪，腹䵍却不同意，他以墨子之法将其子斩首。在"刑不上大夫"的封建社会，腹䵍去私杀子，很了不起！我以此百余字记载，构思出一篇小说。写司寇腹䵍命学生谢宜查办左史王淹之子为所欲为之事，在街上见民怨沸腾，议论的是恩师腹䵍独生子仗势欺人，杀了一个丁姓百姓的独生子。谢宜左右为难，将实情汇报给恩师腹䵍。腹䵍正生气之际，左史王淹来传旨，秦惠王特赦腹䵍之子无罪释放，同时婉转表达请腹䵍放自己独生子一马。腹䵍最后忠于执法，杀自己独生子为丁家独生子偿命，同时依法查办了王淹的独生子。

这篇小说刊登于青创班结束后的《上海文学》上。学习班结束那天，吴强、张军、费礼文、赵自、彭新琪等作家与我们学员们合影，记得当时合影的青年作者还有赵长天、程乃珊、陈村、曹冠龙、周惟波、彭瑞高、薛海翔、梅子涵等人。后来我又先后写出《萧相国夺宅》，讲刘邦得天下后诛杀韩信，又将相国萧何视为眼中钉。萧何为求自保，听从门客召平之见，以强占民屋自污，在战

> 作者参加上海作协文创班

战兢兢中度过余生。另一篇《苏东坡出山》写欧阳修任主考官时，其助手发现考卷中一篇精彩的杰作，又劝欧阳修不要录用，因二十年后此考生的声誉将在欧阳修之上。欧阳修爱才如渴，大为赞赏，但又疑此文乃其学生曾巩所作，便录为第二名。揭卷之后，才知是蜀中才子苏轼。欧阳修亲自向苏轼道歉，义结师生之谊。

受蒋星煜先生撰写《故事新编》的影响，先后发表了《先斩后奏》《知己告密》《杨氏失踪之谜》《巧断无尸案》等历史小说。并在谢泉铭指点下，将长篇小说《李白》中的五六章改写成中篇小说《浴血睢阳》，讲述太守许远与县令张巡以一万士卒全力抗击安史叛军，歼敌十余万，坚守睢阳十个月。张巡、许远死于破城之际，但十个月为唐军攻破安禄山叛军创造了有利条件。此中篇小说发表于《小说界》。

因写历史小说，我于1985年应邀赴广州参加了全国历史文学第一次会议，创作《金瓯缺》的老作家徐兴业，还有刘斯奋、任光椿、杨书案、林贤治等全国各地历史小说作家出席。这个会议由花城出版社老总李士非主持。

而后，我又创作了《龙凤剑》《三夺芙蓉剑》《僰人棺之谜》等历史武侠小说。

我的"复旦梦"

　　自幼喜爱文史,便把考入复旦学府成为自己心中的一个梦。初中毕业后失去求学机会,分配到工厂当工人,就写诗歌、散文、小说向报社投稿,屡投屡退后,见报上的理论版有历史评论刊出,便动了心,我何不写点历史人物的小文章?

　　我想到第一个人物便是曹操,少年时读《三国演义》,罗贯中贬曹褒刘,但我对刘备始终欢喜不起来,原因是作者对刘备美化太过分,效果适得其反。我记得20世纪60年代曾在报上读到郭豫适写过一篇为曹操翻案的文章,正合我心。况且曹操又是三国时的诗文大家,并开创了"建安文学"。我就开始搜寻阅读曹操的史料与诗文,大约在1974年春,我写了一篇论曹操的文章,投寄给《解放日报》。不久,理论部编辑朱玉龙约我去报社,他大约三十开外,戴一副眼镜,对我很热情,他指出我稿子中的不足与需要改进的地方。我一一记在笔记本上,回家遵嘱修改。

　　这篇写曹操的文章,前后改了七稿,从2000余字增加到6000余字,从简单评述曹操的政治功绩与诗文创作,提高到曹操是个法治政治家。1974年7月19日《解放日报》以一个整版的形式全文刊出。不久我写的《评曹操的四个令》也于1974年7月26日在《文汇报》刊出。山东人民出版社于同年8月出版了《论曹操的法家思想》一书,收入11篇评曹操的历史论文,其中有我写的两篇文章。

　　曹操的"法治"具有法家性质,这是客观存在的。记得第一次走上人民大舞台讲坛,面对近3000人讲曹操,24岁的我,看到台下黑压压的人群,双脚与声音不断颤抖,终于照本宣读讲了一个半小时。而后我应邀去复旦大学讲过一次谈曹操的法治。三个月后,工厂党支部丁书记找我谈话,他亲切地对我说:"市领导欲调你去一个写作组。"当我听说要住在丁香花园内,半个月才可回家一次,便回家征求母亲的意见。母亲脸色半喜半忧,说:"这是培养你啊,你想不想去?"我沉吟道:"妈有冠心病,晚上发病,我不在,您怎么办?"我思来想去,还是以母亲患心脏病为由,婉言谢绝了。

大约在1975年，复旦大学中文系负责人李庆甲老师找我去，说："我们学校举办工人讲历史，想聘请你来校讲课。"我诺诺应道："不知我能否讲好？"李庆甲老师说："你这次是给外国留学生讲中国历史文学，他们在北大学过一年汉语，你应该行。"一听说为外国留学生讲课，我大为惊愕，头也晕了。但在李庆甲老师亲切鼓励下，我终于答应了。

我授课的外国留学生有六七个，除了欧洲人，还有一个非洲人，他们都很年轻，但居然能说一口流利的汉语。我讲课不用翻译，他们不清楚的地方，我用笔作解答，一节课45分钟，讲完由他们提问。我第一课讲的是《曹操与<三国演义>》，讲历史上的曹操不是小说中的曹操，他们似乎听得很有兴趣。

我后来又讲了两课，一是《宋江与<水浒传>》；二是《唐僧与<西游记>》，李庆甲都鼓励了我，还悄悄向我透露，复旦大学今后招工人讲师，并拍拍我的肩膀："你好好努力！"

1976年秋天，形势发生了大的变化，后来又恢复了高考，但我没有报名考试，因我当时已拜在复旦中文系章培恒先生门下，又得到王运熙先生的鼓励，准备考研究生。两年私淑弟子的生涯，让我对前途充满了憧憬，好像"复旦梦"近在眼前，但命运偏偏给我开了一个大的玩笑。

我在考研做"古汉语"一门考卷时，全文标点后，居然会忘了看考卷反面的一行小字：将全文翻译。我满怀踌躇，提早一个小时出了考场。我快乐地在复旦校园走了一圈，心想：我不仅答得不错，而且是第一个出考场，心中便有点"春风得意马蹄疾"的轻狂。

我在乘55路公交车时，心中已有点疑惑："考卷中怎么没有翻译题？"开榜后，才知道自己太粗心，漏做了翻译题，竟白白丢失了25分，我的标点基本正确，翻译照理至少可拿个20分。虽然我的"中国历史"与"中国古典文学"都考了85分以上，但六门课总分还是差了十多分，尤其"古汉语"失分太多，两年"复旦梦"的努力付之东流。

人生道路很漫长，但紧要处常常只有几步，由于我自以为是的轻狂得意，终于让我自食苦果。在我人生的历程中，紧要处走错一步，还发生过几次。

"复旦梦"在我心中只是一个永远的梦，并离我渐渐远去。我于1981年夏天经过考试录职到了一家新闻单位，也算是上天对我的一个补偿，是我一生中不幸之大幸哉！

师从冯英老

光阴恍惚，我拜冯英子为师正好四十年。他逝世也十四年了。整理旧照，心中不由涌出"师恩如海"四个字。

1981年《新民晚报》为复刊招聘记者编辑，我在那年夏天出席作者座谈会，参加了笔试与现场采访考试，9月顺利进入报社当记者。

在《新民晚报》座谈会上，我第一次见到冯英子。主持会议的是总编辑束纫秋，一旁是老社长赵超构 (林放)，还有《新民晚报》诸多老报人。我暗中发现这些人态度都很严肃，只有一位身材不高、四方脸庞、浓眉阔口的老人神情轻松自如，眉目间还有一点悠闲自在的风韵。后来我才知他是《新民晚报》副总编辑，著名报人冯英子先生。

在当时晚报紧张的工作中，我与冯英子有了交往。冯英老 (晚报后辈都这样尊称他) 为人随和，没有一点架子，他审读大样，以"方任"笔名写言论。每天中午，我在九江路41号的食堂一见到他，便端着饭碗在他身旁坐下。听冯英老对时事评论，既有独到看法，又有大胆点评。他说的话，犹如一篇杂文。很多年轻的记者都喜欢围着冯英老，听他议论风发，褒贬古今……

由于我刚从业余作者转为新闻记者，对写新闻很陌生，便向他说出自己的困惑。冯英老当过

﹥读书乐创刊五十期版面

﹥恩师冯英老参加"读书乐"创刊五十期

多家报社的记者与总编辑,向我传授了新闻写作知识,还赠送他新出版的《苏杭散记》给我。他写的游记有观点,有见解,夹叙夹议。他用新闻笔法写游记,令我大开眼界,于是我在写作中以冯英老的文章作范文学习。

久而久之,我把冯英老视作自己的老师,学习他的新闻写作技巧,学习他为人的正直与知识面的宽泛。有一天我大了胆子说:"冯英老,我想拜您为老师。"冯英子没有回答,看了我一眼,说:"让我们来个试用期,三个月,考核及格,才算数。"

冯英老对我考试的要求是三条:(一) 多读书,读书要杂,教我"尽信书不如无书",凡事要独立思考,切勿人云亦云;(二) 要求我每天坚持写作。他说做记者就要关心发现社会发生的问题,用笔记录下来,要有自己见解。在冯英老指点下,无论工作多忙,我都坚持每晚写3000字文章,这个写作习惯一直坚持了20多年;(三) 冯英老强调新闻记者要有良知,冯英老说,尽量不写违心的文字,写的文章要经得起历史的考验。

这以后,我和同事苏应奎常去冯英老的武康路寓所受教,听冯英老讲他进入新闻界的往事,也听他谈写作的甘苦。冯师母常留我们在其寓所吃饭,席间,冯英老指指苏应奎和我说:"我们是老中青三结合聚会哩!"

1984年年末,我从政法部调到副刊部编"夜光杯",冯英老对我说:"一个记者要成为写作上的多面手,既要写新闻、特写、报告文学,还要学会写言论。你今后要改作者稿子,必须自己在写作上下苦功夫。一个称职的编辑,自己首先是写作上的行家里手。"正是在冯英老言教与身教的指导下,我开始学写小说、写游记、写杂文。

> 读书乐创刊 1000 期大会

> 作者于 2007 年在恩师冯英子寓所与 92 岁的冯英老合影

　　转眼到了 1985 年年末,《新民晚报》决定扩版,总编辑让每个编辑各抒己见。我因喜爱读书,写了创办"读书乐"版面的设想,经过报社领导讨论通过了。冯英老便叮咛我:"今天还有许多三四十年代的老作家、老教授健在,你赶紧去他们家拜访,请他们谈读书经验。"于是我便去拜访郑逸梅、柯灵、施蛰存、许杰、徐中玉、赵家璧、徐铸成等学者作家,请他们为"读书乐"撰稿。

　　冯英老 90 大寿时,我们为他祝寿。他鹤发童颜,身穿一件大红衣服,有人问他长寿秘诀,他爽朗一笑:"因为我通过针砭时弊的文字,把肚子中的怨气都发泄掉了,剩下的便是快乐了。"

听罗竹风谈 "杂家"

往事如烟,罗竹风先生逝世已27年了。每逢想到罗老当年对我的教海,心中不由涌起感恩之情。

我认识罗竹风先生时,他当时任上海市社联主席兼上海杂文学会会长。我因喜欢写点杂文,便在上海杂文学会跑跑腿,担任副秘书长。罗老因在1962年用"骆汉"之笔名,写过一篇《杂家——一个编辑同志的想法》名震天下,令广大编辑对他十分尊敬。

1986年1月由我执编《新民晚报》"读书乐",我便立刻到罗老家中约稿,同时请教他如何做好一个编辑。身材高大的罗竹风,生得慈眉善目,他操着一口山东口音的普通话对我说:"当好一个称职的编辑,其实是很不容易的。"他除了和我谈了编辑要有牺牲精神,甘为他人做嫁衣的重要性,他还和我谈了一个编辑的基本功。

﹥罗竹风(中)、冯英子(左)与作者(右)谈上海杂文学会工作

罗老说:"编辑首先应该是杂家,所谓杂家,就是对各个领域的各种学问,都要懂一点,略知一二还不够,最好是略知二三。作为副刊编辑,对中国历史与中国古典文学要作系统学习。第二呢,还要对哲学、社会学、风俗学、地理学、生物学的知识也应知道一些,你在报上开了一个'书友茶座'的专栏。对读者提出的各种问题要作深入浅出的回答,这种互动形式有利于编者与读者之间的沟通。但要写出好文章,你必须知道,博览群书是编辑的基本功。第三,你请各个行业的专家学者写文章,你必须先读一些他们曾发表过什么文章,还要了解他们的学术专长与文字特点,这样你才能与名家从容交流,并组到好的稿子。"

我听了罗老的话,后来请谈家桢、谭其骧、苏步青、周本湘、谢丽娟、张涤生等自然科学家写读书文章,我先把他们的传记与作品浏览一遍,再去他们单位或寓所约稿,做到心中有数。至于文科方面的作家学者,我在约稿前先花好几天时间读了他们的代表作。

罗老为"读书乐"先后写过10余篇短文,《苦中作乐》《读书杂记》《学而思》《一本"血书"》《古稀手记》《不读书等于"心死"》等。晚年的罗老,著述与编书甚丰,他先后送过我三四册由他撰写与主编的书。他在一本《杂家与编辑》上为我题字:"海内存知己,天涯若比邻。正文同志教正。罗竹风";另一本是《上海杂文选》,他在扉页上题了一行字:"正文同志留念,金秋是丰收的季节,上海杂文必将获

> 作者创办"读书乐"专刊后一直得到罗竹风先生的鼓励

> 罗竹风在《杂家与编辑》的题字

得更多成就。你视野开阔,思路敏捷,精力充沛,为上海杂文学会多有建树。罗竹风"。这些鼓励之言,令我终身受用。

罗老在20世纪90年代中期,入住华东医院,我也常去他病房探望。每次总给罗老带几本新书,与他在夕阳横斜的阳台上聊上半天,罗老在病房中又为我写了三四篇文章,《少年儿童的良师益友》《夜半笛声》《第七个本命年》《卫生与礼仪》,陆续在我编的版面上刊出。一个八十多岁的老人还能思路清晰地写出如此鲜活的文字,他的文章观点鲜明,很有感情色彩。能编发罗老的稿子,成了我编辑生涯中的一件乐事。

罗竹风先生于1996年去世,享年85岁。我去参加他的追悼会时,见到了许多知名编辑与敬仰他的读者。因为罗老关于杂家的议论,他的名字与文章已为新闻界与出版界的同志广为熟悉,罗老永远活在我们每个编辑的心中。

自学考试之路

1981年考入报社当记者，因当时新闻系毕业的大学生不多，只有初中学历的我，侥幸进入新闻界。20世纪80年代中期，我被破格评上中级职称。

但我自知，进入报社的新闻系大学生会越来越多，他们都有正规文凭，我工作再努力，也不可能靠初中学历评上高级职称，报社领导也劝我这个"老三届"去补张文凭。

当时我在报社编副刊，忙于改稿与上门约名家撰稿，脱产读大学，似无可能。读区业余夜大与电大，也颇花时间。思来想去，决定走自学考试之路，第一选择是华东师大自学考试中文专业。据说这张文凭是得到社会与国际教育界承认的。

我于1983年开始参加自学考，课目共11门，包括古代文学史、现代文学史、古代汉语、外国文学史、文学概论、政治经济学、逻辑学、写作等。考生可以

> 作者在华师大自学考毕业会上发言

> 作者获得华东师大自学考文凭

无门槛报名,参加华东师大开设的辅导班,也可以不去。我因白天工作忙,晚上又要写作,辅导课也没去过几次。根据教材,我闭门复习与做题目。这几门课,让我有点把握的是古代汉语与古代文学史,我在进入报社前,在一家公司职大担任过两年哲学教师,对政治经济学略有所知,却无把握。为了这张文凭,我只能牺牲自己每天晚上雷打不动的5小时写作时间,全部用来对付各门功课,每年春秋两季有两次考试机会,我决定每次参加三门考试。

我第一次选了政治经济学、古代文学史与现代文学史,第二次选了古代汉语、文学概论,第三次选了外国文学史、逻辑学……在两年时间,我拿到七门单科合格证书,及格分数在60分至70分之间,只有文学概论考了80多分。我在沮丧中有点侥幸,自以为比较熟悉的古代文学、古汉语与政治经济学刚过合格线。总之,自学考难度不亚于高考,正应了辅导老师的话:"自学考的大门是宽进严出,自考及格率在百分之二十左右。"怪不得有好些考生考某一门科目,居然考了三次,还是铩羽而归。

我当时主要是自学,也与几位同学朱某、李某等一起复习过七八次,互相交流、取长补短,谁在某个科目上有点经验,便给大家讲授。有位王同学精通逻辑学,便成为我们中间的小老师。还有一位对文学概论有点研究,由他给大家授课。我对中国古代史了解相对多些,就把自己的学习体会,向同学们汇报,并押题出了几道可能考到的知识点,让大家做一下。

通过自学考,开始深切体会古代学子赶考的酸甜苦辣,考试大纲内容太广泛,要把所有题目死记硬背做一遍,简直是要人性命。我们一起复习觉得烦恼时，我就讲点古代考试的甘苦先例。我说，古代考生考儒学经典"四书五经"，"四书"指《论语》《孟子》《大学》和《中庸》，"五经"指《诗经》《尚书》《礼记》《周易》与《春秋》，把这九本书熟读完，至少要花十年时间。考题正好是自己做过的、熟悉的，上上大吉了，大家还记得"范进中举"发疯的例子吧？众人听完，哈哈大笑，笑完后继续复习。灰心泄气时，相互鼓励，重拾信心。

我拿到七张单科合格证后，一度放弃自考，写了一篇《我是半个大学生》来自嘲。但三年后，不得不再进考场，终于在20世纪90年代初，获得华东师范大学中文专业自学考试文凭。这张文凭实在来之不易，至少花费了我写三四本书的时间，但又有什么办法呢？

回顾自学考试之路，让我开拓了知识面，也为我后来评上副高职称与正高职称创造了条件。这大概也算自学考试给我带来的最大收获吧！

> 作者于1993年获上海首届新闻韬奋奖

我编《大侠与名探》二三事

《龙凤剑》初露锋芒

少小好读闲书，专喜武侠侦探，而后舞文弄墨，写过若干篇章。

20世纪80年代中期，"武侠热"波及大陆，笔者当时在《新民晚报》"夜光杯"当编辑，报社为扩大报纸印数，欲刊登武侠连载小说。总编辑老束与笔者偶然交谈中，获悉笔者写过武侠短篇，便授命我为"夜光杯"连载小说写一部中篇武侠。他说："武侠小说有悬念，可以吊住读者胃口，你要动动脑筋。"

笔者虽好武侠，但写连载无把握。心中自忖，承蒙领导看中，不妨大胆一试。回家赶写大纲，分节动笔，每篇结尾时卖个关子，大约写了十几篇，取名《龙凤剑》，请领导审阅，领导拍板，我边写边听反馈意见，由韩敏配插图，因读者反映不错。我写了两月之久，年尾征订，报纸印数上升。领导给予我口头表扬，初次涉足，有此小收获，吾亦欣喜。翌年，《龙凤剑》结集出版，易名《龙凤双侠》，一印再印，共印30万册。

> 作者在《新民晚报》复刊后创作的第一部武侠连载《龙凤剑》

受恩师章培恒教授影响，他于1988年写了一篇石破天惊的论文，对金庸武侠小说与姚雪垠的《李自成》两相比较，认定金庸武侠小说胜《李自成》一筹。此论文经《新华文摘》等各大报刊转载，进一步推动了大陆武侠热。原被视为娱乐文学的金庸武侠小说在中国文坛从此站稳脚跟，著名学者冯其庸、严家炎、李欧梵纷纷撰文对金庸文学成就给予高度肯定。这让笔者对研究武侠小说的兴趣日浓，先后写出对古龙、金庸小说的两本评论专著和《中国侠文化史》。评著出版后,笔者受邀去境外对金庸、梁羽生、卧龙生、温瑞安作访谈。

至20世纪90年代,金庸、古龙新武侠小说热再次升温。《新民晚报》领导为适应读者需求和提升报纸影响力,让笔者开发新点子。由笔者策划,1998年《新民晚报》与台北《中国时报》联合举办"金庸小说读者问卷"活动,两报皆用一个整版刊登金庸武侠小说各类提问,收到十万多份读者答卷。该活动由台湾英业达集团总裁、台湾新经济领袖温世仁先生资助。

在评选与颁奖会上,笔者与温世仁得以相识。温世仁容貌富态,四方脸庞,慈眉善目,面如笑佛。两人切磋交流,我才知温世仁与台湾武侠小说家古龙是生前好友,温年轻时曾有写作武侠小说计划,因经商而搁浅。他读过笔者所撰《古龙小说艺术谈》《金庸笔下一百零八将》《中国侠文化史》等武侠论著,两人谈史论侠,畅谈言欢,相见恨晚。

创办国内首本武侠侦探文丛

温世仁于1948年生于台北,出身农家,自幼勤奋攻读。18岁以优异成绩考入台大电机系,毕业后进台大电机研究所工作,因研发出台湾地区第一台电脑,引人注目。他创立三爱电机厂,后任英业达集团总裁、副董事长,成为台湾地区十大财团新经济代表人物。

温世仁邀请笔者参观英业达集团,又到舍下书斋促膝长谈。他说,他于1998年开始转型,把经营企业的精力投入到中国文化事业,尤其是他钟爱武侠文化,他与著名漫画家蔡志忠成立"明日工作室"。温世仁说,"明日工作室"将落户上海,诚邀笔者来打理大陆武侠文化业务,由我收购武侠作品版权,每年提供100万元人民币。

笔者考虑后对此婉拒,但应允帮温世仁圆年轻时的武侠梦。笔者说:"港台地区武侠热对大陆影响较大,但目前大陆文坛还没有出现与金庸、古龙比肩的作家。原因之一大陆刊登武侠作品的刊物仅《今古传奇》等少数几家,若要振兴和培养大陆武侠文化写作人才,拙以为应创办一份刊登武侠作品的文丛,有助于大陆新武侠人才脱颖而出。"

温世仁认为此议甚好,他提供资金,由我创办文丛。经半年筹备,笔者创办的《大侠与名探》(季刊),于1999年3月问世,这是国内第一本专门刊登武侠

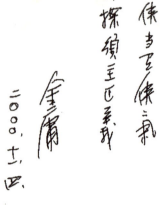

> 《大侠与名探》创刊号　　　　　　 > 金庸为《大侠与名探》题字

与侦探的文丛。因温世仁生前好友古龙在其武侠小说中运用了不少侦探小说的悬念，而侦探与武侠都极具可读性，拥有众多爱好者，因此我们商量后把文丛之名定格于"武侠"与"侦探"两大题材。《大侠与名探》由著名学者冯其庸题字，章培恒、温世仁、蔡志忠任顾问，特约编审是武侠评论家周清霖。第一辑刊温瑞安新作《破阵》，阿加莎·克里斯蒂译作《三只瞎老鼠》，李重民翻译的森村诚一推理小说，蔡志忠漫画《大醉侠》《光头神探》，设有"武侠天地""侦探世界""武侠小辞典""请你当侦探"六个栏目，全书计21万字。

　　"武侠侦探热"在大陆拥有大量读者，初版两万册很快销完。一炮打响后，温世仁以英业达公司名义让我招聘专业编创文员。笔者对200余名求职者进行古文、文学写作与武侠小说知识的考核，录取7名文字编辑（包括美编与办公室主任）。在上海商城背后租赁了一套120平方米的房子作编辑部。

　　1999年推出四辑《大侠与名探》，为培养武侠新人，同时推出"武侠新人新作丛书"，通过组稿，开座谈会，笔者发现大陆热衷写新武侠的中青年作家人数不少，通过《大侠与名探》团结和扶植了一批武侠新人，如司马嘶风、徐雯怡、李超、郭凯、赵安东、马晓倩、戴伟敏等十几位作家。司马嘶风、听雪楼、沧月、步飞烟等新武侠作家成为《大侠与名探》的骨干，后来都成为名闻一时的知名武侠新人。

《大侠与名探》由温世仁先生与英业达集团资助,编辑部实行独立核算,记得第一年支出费用约70万(包括房租、水电、编辑人员工资奖金与印刷费用、办公用具),编辑部以发行《大侠与名探》,创办"武侠新人新作丛书"和编辑"明日工作室丛书",至年底上缴利润68万,基本持平。

《秦时明月》圆温世仁武侠梦

　　"明日文学丛书"是为业余作者出书的一种方式,作者(包括有点名气的作者)出书不易,当时一个书号的管理费约贰万元,还有编辑、审稿、排版、美工、印刷等诸多费用,业余作者写了一部作品,想出版何其难哉! 经几年努力,"明日文学丛书"共出版六十余部个人专著,其中包括学者洪丕谟,法官李昌道,律师杨绍刚,编辑何国栋、刘雪玑,教授作家王国荣、胡申生、翁长松,报人苏瑞常、戚泉木等。编辑部还完成了《黄土地上的梦想家园》,这部书稿全方位记载了温世仁投资大西北,为贫困穷乡培养网络人才的动人故事。

　　《大侠与名探》培养武侠新作家,为温世仁年轻时构思的武侠,提供了写作班子。由温世仁分10次讲述荆轲刺秦王的构思,笔者整理大纲,组织武侠作家

＞作者与台湾新经济领袖、英业达集团总裁温世仁合影

> 作者在上海儿童博物馆创办了"读书乐陈列室"

写初稿。温世仁逐章润色修改,约两年时间。杀青前夕,突发意外,2003年12月7日,笔者正在香港出差,获悉温世仁在台北因脑中风遽然逝世,年仅55岁,这让笔者震惊惋惜无比。

温世仁作为台湾十大财团之一——英业达集团副董事长、总裁,是位温文尔雅的儒商,他热爱祖国,去西部考察开发脱贫,对西部最贫穷的乡镇——黄羊川作了详细规划。温世仁于2002年投资5000万美元在大西北成立"千乡万才"中国科技公司,建立网络城乡中心,协助1000个穷乡设立远程教学,为当地培养10000名计算机人才,中央电视台几次报道了温世仁帮助大西北人脱贫的感人事迹。可"天妒英才",我在悲痛中撰一挽联:"世道不公,台岛突降无情雨,天下侠义人共悲温大侠;仁者千古,大陆齐涌思念潮,西北众师生同哭新儒商。"

温世仁逝世后,其弟温世义完成其兄遗愿,30万字的长篇武侠小说《秦时明月》得以问世,由杭州玄机科技信息公司制作3D武侠动画系列,再与上海唐人电影制作有限公司合拍古典武侠连续剧,共54集,陆毅、陈妍希任主演,也圆了温世仁先生青年时代的一个武侠梦。《大侠与名探》于2004年出完第21期而谢幕。

六十六岁拜师记

> 恩师蒋星煜先生 2015 年在看稿

在我坎坷人生的道路上，有幸得到不少贵人相助，他们是我最敬重的文学前辈：郑逸梅、施蛰存、赵家璧、徐中玉、罗竹风、王元化……拜于门下的有三位：教我文史的章培恒，教我新闻的冯英子，教我写历史小说与文史小品的蒋星煜。我拜蒋公为师时，他已96岁，我66岁。

认识蒋公于20世纪80年代初，当时先闻其名后见其人，在《青年一代》杂志上不断读到蒋星煜写的故事新编，后又听报社老记者讲，蒋先生曾因写历史小说《李世民与魏徵》遭受不白之冤，后又读了他写《海瑞》一书，心中更生敬意。1984年秋天，我在《青年一代》主编夏画引荐下，终于见到了身材不高、谈吐幽默的蒋星煜先生。他赠我一书，我赶紧向他约稿，后交往频繁，便结成了"忘年交"。在以后三十年中，我频频向他约稿，蒋先生写读书小品举重若轻。几乎每个月给我撰稿，后来成为我所编版面写稿第一人，其文可读性强，信手拈来，即是佳作。

说到蒋星煜先生，广大读者首先对他写的历史小说印象深刻。据他自述，少年时爱读中国古典小说，13岁就开始舞文弄墨，处女作发表在宜兴的《品报》上。因其读书专注，见解独特，二十出头时就出版了《中国隐士与中国文化》。20世纪50年代他在上海市文化局艺术处工作，1959年他响应号召写了《南包公海瑞》与《李世民与魏徵》，有"北吴（晗）南蒋（星煜）"之称。后风云突变，蒋星煜被关押两年之久。20世纪80年代蒋星煜为发行500万册的《青年一代》写了近70篇历史小说,《大理寺卿的失踪》《公主的镜子》《挂剑》《嵇康之死》《汤显祖赶考》,等等。

蒋公的历史小说与年轻读者的兴趣相吻合,文字流畅,笔法不急不火,在文字风格上比鲁迅的《故事新编》更接近于史实记载。给读者很多新的文史知识,不矜持,不卖弄,唤醒良知是蒋公历史小说的最大长处。

除撰历史小说与文史小品,蒋公还是一位戏曲史研究大家,他对明版本《西厢记》的考证成就卓著。

在我五十年的写作生涯中,受蒋星煜文字风格影响最大,他也对我鼓励最多。我在42岁出版文史小品集《史镜启鉴录》,就由蒋公赐序并给予肯定。2015年我出版《行走欧洲三十六国》,蒋公作序。他在2015年还为《米舒文存》(八卷本)写了总序。

在2014年至2015年两年中,我多次赴蒋公上中西路寓所聆听教诲。这位鲐背之年的老人精神矍铄、思想活跃,他向我回顾了自己求学写作生涯之路,以及他写作上的追求与得益。我先后整理出《谈蒋星煜和他的历史小说》《蒋公养生有妙语》两文,经他细阅后作了修改。

2015年春节前夕,我去他府上请教,那天谈得兴起,我便有意请求:"我写作上受您的文史小品与历史小说影响颇大。您说一生中最爱好旅行、看戏与读书写作,与我平生之追求相合。"我停了一下,又说:"我一直有个想法,今天冒

> 作者66岁拜96岁蒋星煜为师

> 蒋星煜先生为《米舒文存》写总序

昧说出来,不知您肯收我为学生吗?"

蒋公听了,微微一笑,说:"我已为你作品写了三篇序言,你是唯一的一个。"他话锋一转:"我韩国的女学生吴秀卿(韩国汉阳大学教授)上个月来看望我,还给我叩了头。"

我一听,知道蒋公有意收我为弟子。我赶紧在他面前跪下,叩了三个头。

蒋公含笑点点头,让我十分激动。听蒋公喃喃而语:"你喜欢写历史小说与文史小品,与我蛮相像的,我还特别喜欢读你的武侠评论。"

蒋公于2015年12月18日仙逝,享年96岁,我在66岁有幸成为蒋公晚年收的最后一个弟子,是我一生中的幸运。

室内春色几许

　　入冬了,朔风凛冽,冷雨敲窗。眼前的景致,有点黯淡,有点萧条,有点落寞。

　　人的目光其实很好色。赤橙黄绿青蓝紫,对人的眼睛是一种诱惑。在缤纷斑斓的色彩中,笔者崇尚绿色。

　　绿色,是春天的颜色,人类生命的象征,也预示了健康与活力。绿色给人希望、安怡、宽容与和平,让我想到了生机盎然、心旷神怡、赏心悦目、悠然自在。

　　在春、夏、秋三季,绿色一直唱着主调,但随着寒冬降临,梧桐卸下绿装,榆树、栾树、桑树纷纷落叶,窗外的几棵树半个月前已斑驳一片,如今在朔风中黄叶洒了满地。

　　于是我在室内侍弄花草、玩耍盆景,想把春天留在屋里。

　　但花草是有生命的,养好盆景更是不易。买来的盆栽花卉树木,养不了一个月,全枯萎了。为了赏玩盆景,前几年还特意去苏州拜访了周瘦鹃翁的外孙李为民,他在园子里养了上百盆花木盆景,端是标致。据其言,为了这些心爱的宝贝,他已十几年没外出旅游了。他从早忙到晚,修枝、浇水,掘土、翻盆，一年三百六十五天，一天也没闲着。我参观回来，长长吐出一口气，养花卉盆景是种雅趣，实非易事，一介书生难以服侍。

杜鹃、茶花、月季、海棠、君子兰，听养花行家说，极其难养。我干脆买点四季常青的盆栽植物，小榕树、雀梅、黄杨、六月雪……从花卉市场搬回家，见其枝条或仰或卧，或伸或垂，甚是撩人。婀娜多姿、俏丽曼妙的花容令人迷离，着实让我高兴了多日，只不过盆栽的花木也不易侍弄，不过月余，花已谢，叶已枯，芳踪丽影变成了枯木凋零的景象。提了盆向花匠询问，或曰水加多了，或曰水加少了。写字台上的文竹虽呵护有加，依旧黄了。

思前想后，定是爬格子的人或忘了添水，或是添水多了，还有，没将花木放到室外去通风，好看的树木必然娇贵，你不用心，它就不活了。

一日突然想起，当年执编"花鸟虫鱼"版时，曾买过几十本养花的书，我赶紧取出来翻阅，找到一本《家养水培花卉》。一读之下，让我茅塞顿开，既然盆栽的花木不易伺弄，不妨就养点水培植物吧，一样可以让室内春色常驻。于是选定了绿萝、富贵竹、吊兰、伞草等，这些水培植物，不需泥土，只须插在玻璃器皿里，两三天换一次水，翠绿耀眼，清秀雅致，放置案头，大可养目。

前些日子，又迷上了日本吊钟，这种植物自有说不出的清逸与妩媚，树冠呈圆形，精巧清新，舒展自如，颇有点诗情画意。春夏为翠绿，至秋转红色，插入水中，纯净水加点营养液，可养四五十天，我养的一枝吊钟竟绿了两个多月。到了冬天，吊钟枯萎了，就养马醉木，马醉木形似吊钟，只是不够精致，粗放了些。如果说吊钟是小姐，马醉木便是丫环，价格便宜了一半，而且四季常青，家里养几枝马醉木，好像柜上有一片小森林。

寒冬腊月，室内春色几许？留绿的愉悦是自我陶醉。

我家芙蓉是"票友"

> 我家的小辣椒

去年柳风杏雨时，从花鸟市场挑来一对珍珠鸟与一只芙蓉鸟。珍珠鸟一白一灰，雌鸟雪衣红嘴，出落得娇美灵秀，仪态万方。雄鸟灰羽棕翅，上有小白斑点，形如珍珠，故有其名。两只珍珠鸟是我"拉郎配"，白鸟自恃天生美姿，有点瞧不起"丈夫"，灰鸟虽玉树临风，惜乎眼睛小了点，经它再三献殷勤，一周后，始得"举案齐眉"。白鸟娇羞，我稍走近，它便飞扑；灰鸟胆大，喂它青菜，抢先来吃。平日里啾啾吱吱，鸣声虽不悦耳，但珍珠鸟灵巧跳跃的美姿与卿卿我我的如胶似漆，好不可爱。价格实是便宜，两只才60元。

与珍珠鸟相比，芙蓉鸟可是身价百倍。同样的芙蓉鸟分三、六、九等，挑纯种芙蓉鸟，以深橘红最佳。好鸟羽色无一杂毛，面容清秀、举止典雅。按此标准，我在花鸟市场溜跶了两个小时，终于挑中一只芙蓉鸟，胖老板开价600元，我在摊位坐下后，一坐半个小时，直听它喉部鼓起，鸣声悠扬且颤音多啭，终以550元成交。

芙蓉鸟又名金丝雀，产地德国，后移居中国，培育出山东黄与扬州青。因其羽色橙红得浓烈，我取名"辣椒"。"辣椒"鸣叫时，嘴喙微张，喉部鼓起，上下波动，从轻啼转为高亢，从高亢转为悠扬，随着喉部鼓起不停地颤动，竟能连续四五啭，从浑厚的男中音转向清脆的女高音，鸟之天籁之音也！

有此三鸟陪伴，老来不远行亦已乐哉！

至酷暑初秋，"辣椒"寂然无声，我纳闷多日，便向养芙蓉鸟高手戴师傅请教，他笑曰："芙蓉鸟初秋换毛时不鸣，秋后才唱。"

晚秋时分，"辣椒"重显神威，且长鸣更为多啭，清脆胜似银铃。我带鸟请戴师傅观之，他家饲养芙蓉鸟四五十只，赞曰："此鸟羽色明艳，叫口嘹亮，实在不可多得！"我心窃喜之。

因芙蓉鸟笼损坏了几根，珍珠鸟巢也需换新，便携两笼赴花鸟市场，胖老板问我此鸟如何？我禁不住极口夸奖，又说已请鸟家品赏，"辣椒"数一数二。讨价还价之中，我又去隔壁家买一只珍珠鸟巢，不过两三分钟而返，胖老板原开价200元的鸟笼，愿以150元成交，我笑曰："老板厚道人，必定生意兴隆。"

返家后，才知"辣椒"有异，鸣声单调而无啭声，原以为新笼缘故。三五日后，此鸟叫声短而促，只怪我一有宝贝，便张扬夸耀，全忘了古人之训，此鸟非彼鸟，去交涉也无证据，只能自扇耳光哉！

郁闷沮丧多日，一日做练功十八法，音乐声起，被我取名的"小辣椒"居然开始啼鸣，虽单声音短，却让我知其有音乐之好。于是，我便把原来"辣椒"引吭高歌20秒的录音放给"小辣椒"听，它东张西望，不知哪来同伴之声？我找来徐调、蒋调、张调的弹词开篇试之，发现它对铿锵遒劲的张调十分入迷。它一听三弦、琵琶之声，跟着节奏摇头晃脑、左顾右盼、乐不可支。再让它听京剧，京胡一拉，司鼓一敲，它顿时精神亢奋。试了几日，才知"小辣椒"歌喉虽欠缺，但对戏曲（尤其是京剧），特别有瘾，我选了最爱听的于魁智与李胜素唱的《四郎探母》《武家坡》，锣鼓一响，京胡拉起，"小辣椒"听着听着，随即跟着节拍鸣唱，对马连良唱的《空城计》尤为倾心。

于是，我每日坐在洒满阳光的阳台上，陪"小辣椒"欣赏京剧戏曲一小时。不过一周左右，"小辣椒"歌喉竟大有长进，虽不能连续啭四五次，但喉部已会鼓起，鸣声中有连续颤音。也许经名家名曲的熏陶，"小辣椒"有朝一日也会成为一流"票友"，阿弥陀佛！

> 作者家中珍爱的鸟儿们

弱电房里的小猫

那年初夏傍晚，邻居小高敲门问我："曹先生，这是你家养的猫吗？"我随他走到弱电房一看，纸箱里伸出五只惊恐的小脑袋，大概是流浪猫妈妈在此产下的猫仔。我不想惊扰它们，轻轻掩上门，在门口放了一盘猫粮，让猫妈妈晚上来吃。

翌日晨起，好奇心促使我打开弱电房门，不料门一打开，一只花狸猫立马窜了出来。第三天，再去看，五只小猫只剩两只了，猫妈妈再也不来了，留下了两只孤苦伶仃、可怜兮兮的猫仔。是我惊动了老猫，于是我只能收留它们，每天为它冲奶粉，用猫粮泡水喂。小猫渐渐长大，开始爬出纸箱，它们溜到走廊里玩耍，腿脚不稳，已学会淘气。邻居放在过道的小自行车成了它俩的玩具，爬上爬下。两只小猫，一只直尾巴，一只弯尾巴。直尾巴胆子大，弯尾巴紧随其后。晚上它俩抱团睡在我家门口的垫子上。只要我一开门，它俩就探着小脑袋试图进我的家门。

过了一月，麻烦事来了。邻居说小腿上非常痒。我发现自己腿上也有几个红疙瘩，只能把小猫抱到小区流浪猫的聚集地，好在它们已长大。我每天去看它们，放一点猫粮，它们渐渐和一群流浪猫合群。不料，一场狂风暴雨后，那只弯尾巴的小猫被发现死在小区大门口。我心中不由感叹，流浪猫的生存毕竟艰难。

又过一月，"直尾巴"能顺着一棵大树爬上去，它见到我，还会在草地上打滚，向我撒娇。我喂它时间久了，它能分辨出我的声音，更令我诧异的是，它会记得我住在哪一幢楼，有几次竟坐在我的楼栋大门口等我。

小猫翘着直直的尾巴，在一群流浪猫中很显眼，它对我很亲热，会用脑袋蹭我的裤腿。我蹲下身子对它说，我也保护不了你呀，我喂你太多，让有些不喜欢猫的邻居看到，他们会作弄你，你要小心，学会保护好自己。

"直尾巴"好似听懂了我的话，它在一群野猫中逐渐站稳了脚跟，由于它是一只漂亮的雌猫，追求它的雄猫有好几只。"直尾巴"一岁刚出头，就怀孕了，看着它沉甸甸的肚子，真为它担心。一天傍晚，我在小区锻炼身体时，它一直紧紧地跟着我，并发出呜呜的奇怪叫声，我猜想它是要生产了。我束手无策，只能摸摸它的头，表示安慰以减轻它的痛苦。过了几天，再见"直尾巴"时，它已当了母亲。我对它说，你带我去看看你的宝宝。它居然引我去地下车库，在一个废弃的纸板箱里，我看到4只小猫，三只花狸猫，一只橘色猫，才明白"直尾巴"的老公是那只大黄猫。

雌猫好会繁殖，才隔半年，"直尾巴"又怀孕了，这次它似乎有了经验，不再慌张，顺利产下猫仔后，又来找我要吃的，我买了鸡胸肉给它补充营养。我对它说："你把宝宝带上来让我看看。"谁料到，它真的叼着一只小猫走到我眼前，我大为惊喜。此时，远处一只花狸猫对着它呲牙咧嘴，似乎在责备母猫，我猜想，这是它的第二任丈夫。又过几天，我发现它们两个好像分手了，各自带一只奶猫。公猫居然带一只

> 相伴作者的是家中的蓝猫阿曼达

猫仔生活,这令我大感意外。

母猫一年能生两三胎,等"直尾巴"第二胎小猫两个月时,我终于把它带到宠物医院做了绝育手术。手术后,我把它放进笼子,安置在我家门口的走廊里,准备等它养好伤口后拆线。其间,它由于受到惊吓与疼痛,不断发出凄惨的叫声,它的第一任老公大黄猫竟能循声上楼来看望它。

现在,"直尾巴"没有了后顾之忧,在小区的野猫群中生活得很好。有趣的是,我喂它喜欢吃的猫罐头,它会把大黄猫叫来同食。也许它还记得自己手术后关在笼子里,"老公"来看它的那份深情暖意。猫呵,也是有感情的动物!

自组团的喜怒哀乐

少年时读到董其昌的"读万卷书,行万里路",心中暗暗喜欢,此乃人生之快哉!

幼有癖,好收藏,第一收藏即淘书,不知不觉间,藏书16000余册,不能说本本细读,但其中4600余册签名本,系师友所赠,感其厚谊,大多是读过的。编中国武侠、世界侦探两部文学史,浏览了500余部原著,完成了一半,还有5000册,读的是文史古籍、传记随笔之类,勉强及格。

"行万里路",亦吾所好,青年时漫游江浙,上班后有机会去南北组稿与参加各地笔会。20世纪90年代初首次出境,而后每年出国两至三次,或受邀公派,或随旅行社出游。但团队游时不时带来一些不快。

那年随一大旅行社赴南欧葡萄牙、西班牙,团队三十余人,领队是位男青年,他讲了游程安排与遵守规则,众人诺诺。但一进葡萄牙,讲好汇合时间,却有好几位不准时,有位年轻女士自恃貌美,晚到了半小时,也不向众人致歉。后去西班牙,自说自话,遇到她喜欢的购物商场,自顾自去逛,遇到她不感兴趣的景点，便摧大家快走。那位男领队竟成了对她言听计从的跟班。由于她自说自话，好多景点都未游得尽兴，众旅友饱受她发飙的小姐脾气。

这种自以为是的人，随大部队旅游时常会遇到几位。去以色列、巴勒斯坦游，团内有七八个农村镇长参团者，他们高谈阔论，讲史实天花乱坠，完全颠倒黑白。旁人不解，我忍俊不禁，对其谬说作了纠正，竟引起一个五短身材的村领导蛮横叱责，我以沉默应之。翌日他一上车，竟强行占据我坐的位置，一路上炫耀斗富不已。

这两件事令人悟到，志不同者何必一起同行。于是我决定自组团出游，自选海外景点，做好详尽游程，再向爱好旅游的朋友发出邀请。闻者无不赞好，但一问及价格，有人便沉默不语，经细问，原来我这个游程价格比大型旅游团队游贵了好几百元。何也？因旅行社的大部队游，在四十人之上。我们仅10人左右，每人承担导游、交通费自然多了。此外，我设计的游程，特意安排了古镇、老街、跳蚤市场与博物馆、文学馆等名胜遗址。

> 作者自组团在日本旅行

对此，便有了闲言碎语，令我啼笑皆非。自组团先要翻阅资料，确定各个景点，打了无数次电话，花费了多少精力，总旅游费按人数平摊，到头来落得一个吃力不讨好，心中郁闷且不说它。吾不解释，因想到苏子曰："无故加之而不怒。"

遗憾的是，2019年我组团去乌克兰、白俄罗斯与摩尔多瓦12日游，经四方联系，终于组到10人同行。从确定景点到选定旅行社，前后奔波忙碌半个

> 美丽的乌克兰只能成为我永远的怀念

多月，待旅行社做好行程，订好当地旅馆，我们也向旅行社付了定金。有位旅友突然表示不去了，问其原因？他说乌克兰要打仗，此行太危险！旅游碰到炮火，此非小事。我匆匆赶去报社找海外部马主任，她让人打国际长途，联系驻莫斯科的中国记者，询问详情后告我："最近没有发生战乱的迹象。"我告之，他却摇头。10个人少了一位，我再联系其他旅游爱好者，打了三十多个电话，皆以无暇致歉。这么折腾了半个多月，不得已打退堂鼓。莫非乌克兰真有危险？还是途中恐有不测？这位旅友有神奇预兆？真可惜，此生与美丽的乌克兰无缘一见，此乃自组团之哀也。

　　这样的小风波，发生过几次，但终于组成一个十余人的基本团队，先后去过二十多个国家，尤其自组团访日本12次，畅玩了日本一个都、一个道、两个府与41个县，还访问了日本几十家美术馆、文学馆和十几座古城老街，草津温泉街的悠闲、合掌村的诗意、日式庭院的别致、浮世绘的古雅、汤布院的迷人、"秘窑之乡"的绚丽、关市"莫奈之池"的恬静、漫步《伊豆舞女》的诞生地、走进《非诚勿扰》四姐妹居酒屋、寻觅高仓健纪念馆、偶遇《阿信》拍摄地……饱赏日本风情之美，此为"行万里路"之乐哉！

书香迷离依旧在

代后记

《书香迷离》完稿了,面对的是"花褪残红青杏小"的初夏,作者欲说还休。

自幼迷恋读书,天性使然;长大不断读书,一半是母亲的教育,一半是环境所迫。读教材以外的闲书,才让我品味到生活的愉悦。

少年时的我,有种种嗜好与不合实际的幻想,但不甘自弃回报的是自取其辱。一个资质平庸的俗人,在少年轻狂时不断碰壁,终于使我悟到:还是老老实实静下心来选择读书。

读书是看似极容易又是最寻常的事,但书读多了,才知读书有意外而极其宝贵的收获。原来读书是人生启蒙的第一课:明辨是非,感受良知。孟子曰:"性本善",荀子说:"性本恶"。两位圣人讲得都不错,在人的头脑中,善恶只是一念之差。多读书可做好人,不读书,任其邪念渗入,便是无趣之人,日久天长,成了近恶之人。

于是我知道,读书是一个人接近美好理想的基础,也是一个人走向"博学多识"的起步点。读书让每个人,尤其让我懂得什么应该去做,什么不该去做。读书还可以净化和救赎人的灵魂,是鞭挞"人性之恶"的善举。

这本《书香迷离》记录了一个普通读书人的阅读经历,面对书的诱惑,我走过了读一个甲子的书籍的岁月。读书范围很杂很广,缘于我在36岁时执编一个"读书乐"专刊,快乐而坚持度过了独立执编22年的漫长岁月。在"书友茶座"上,我每天收到几封乃至十几封天南地北的来信,他们向"书友茶座"主持人米舒倾诉自己读书的困惑与疑问。应对众多读者的求解,激发我沉入书海,读文学、历史、戏曲、风俗、地理、科学……在书中寻找答案的过程中,也充实了自己的知识面,让我力求懂得多一点,向"博学多识"走近一步又一步。

我把自己读文学、历史、武侠、侦探等书籍的一点个人体会，整理出来，于是便有这本读书小品集。中国人爱书的传统太悠久了，汉代就诞生了"书市"，而后又有了"四大书院"。中国的历史太离奇曲折而扑朔迷离，许多人物与事件，至今仍存不同的说法。我不能以讹传讹，遵照恩师章培恒先生的指导与教诲，从正史读到野史，去伪存真，多方考证，以旁征博引还原史实真相。武侠小说是中国人的一大发明，侠义之士的经历何等惊心动魄，让笔者从金庸、古龙的新武侠中一一道来。在广受读者欢迎的侦探小说中，我从爱伦·坡首创侦探谈到日本的推理小说人气王东野圭吾……传统老戏与历史真相孰是孰非？笔者试图为此解惑。本书最后一辑，是写本人幼年、童年、少年、青年、中年乃至晚年读书经历中的往事。岁月如烟，但人生的记痕却铭刻于心间，养鸡让我侥幸进了名校，翻砂厂里悄悄背唐诗，四十八篇退稿的煎熬，章门弟子学"句读"，没读过哲学的工人当了哲学教师，自学考试的艰难之路，编《大侠与名探》的难忘经历，回忆章培恒、冯英子、蒋星煜三位恩师的教诲……老来回顾这些刻骨铭心的往事，不由令吾哽咽不已而热泪盈眶。

　　清朝湖州人姚文田自幼好读书，在乾隆五十九年考试中名列举人第一，嘉庆四年又高中文状元。他一生正气，敢于直言，为民请命，他在书房中自撰一副对联自勉："世上几百年旧家，无非积德；天下第一等好事，还是读书"。此联语一直回旋于我心头，人生至乐，莫如读书之快哉。

　　书比人长寿。任岁月流逝，人事代谢，书香迷离依旧在。是为后记。

曹正文

2023年6月9日记于沪上

附言：在此谨谢本书责任编辑吴志刚兄与美术编辑汤靖女士。特别感激耄耋之年的龚心瀚先生为本书题诗勉励，感激贾树枚先生赐序，两位长者给予笔者热情鼓励与厚爱。并对为书中小文刊出的王瑜明、赵美、刘伟馨、卓滢女士致谢。封面题字由张晓明题写，本书插图作者是上海连环画非遗传承人罗希贤先生和董林祥、侯仁端、王继青。著名画家韩敏、谢春彦曾为拙作创作武侠绘画精品，本书选入十几幅，谨致谢忱。配文照片由侯福樑、邓美玲诸位提供，一并感谢。

图书在版编目（ＣＩＰ）数据

书香迷离：米舒读书小品集 / 曹正文著 . -- 上海：
上海文化出版社 , 2023.7
ISBN 978-7-5535-2773-4

Ⅰ . ①书… Ⅱ . ①曹… Ⅲ . ①书评 – 中国 – 现代 – 选
集 Ⅳ . ① G236

中国国家版本馆 CIP 数据核字 (2023) 第 110153 号

出 版 人　姜逸青
责任编辑　吴志刚
装帧设计　汤　靖
封面题字　张晓明
插　　图　罗希贤 侯仁端 董林祥 王继青
摄　　影　侯福樑

书　　名　书香迷离 : 米舒读书小品集
作　　者　曹正文
出　　版　上海世纪出版集团 上海文化出版社
地　　址　上海市闵行区号景路 159 弄 A 座 2 楼 201101
发　　行　上海文艺出版社发行中心
　　　　　上海市闵行区号景路 159 弄 A 座 2 楼 206 室 201101
印　　刷　上海颛辉印刷厂有限公司
开　　本　787×1092 　1/16
印　　张　18.5
印　　次　2023 年 7 月第一版 2023 年 7 月第一次印刷
书　　号　ISBN978-7-5535-2773-4/I.1065
定　　价　58.00 元

告读者　如发现本书有质量问题请与印刷厂质量科联系　电话: 021-56152633